中国科学院中国孢子植物志编辑委员会　编辑

中 国 海 藻 志

第二卷　红藻门

第七册　仙菜目　松节藻科

夏邦美　主编

中国科学院知识创新工程重大项目

国家自然科学基金重大项目

(国家自然科学基金委员会　中国科学院　国家科学技术部　资助)

科学出版社

北京

内 容 简 介

本书较系统全面地总结了我国海产红藻门仙菜目松节藻科海藻分类学研究的成果，记述了1科26属117种(不包括变种)，其中有27种(包括新变种)为我国发现的新的分类单元。对每个分类单元均以我国的标本作出科学而详细的描述，并附有精美的特征图，每种都有形态和构造特征描述、生态习性、产地和分布较详细的论述，内有插图131幅，图版13面。本书是目前国内较全面论述海产红藻门松节藻科的专著。

本书可供大专院校、养殖生产单位的生物学、植物学、藻类学、环境科学和地质学等领域的科研工作者以及有关学科的科研、教学人员参考。

图书在版编目(CIP)数据

中国海藻志. 第2卷 红藻门. 第7册, 仙菜目　松节藻科 / 夏邦美主编. —北京：科学出版社，2011

(中国孢子植物志)

ISBN 978-7-03-032447-4

I. 中⋯　II. 夏⋯　III. ①海藻–植物志–中国　②红藻门–植物志–中国 ③仙菜目–植物志–中国　④松节藻科–植物志–中国　IV. Q949.208

中国版本图书馆 CIP 数据核字(2011)第 198110 号

责任编辑：韩学哲/责任校对：郭瑞芝
责任印制：钱玉芬/封面设计：槐寿明

科学出版社 出版
北京东黄城根北街16号
邮政编码：100717
http://www.sciencep.com

双青印刷厂 印刷
科学出版社编务公司排版制作
科学出版社发行　各地新华书店经销

*

2011年10月第 一 版　　开本：787×1092 1/16
2011年10月第一次印刷　　印张：15　插页：8
印数：1—800　　字数：344 000

定价：95.00 元
(如有印装质量问题，我社负责调换)

CONSILIO FLORARUM CRYPTOGAMARUM SINICARUM
ACADEMIAE SINICAE EDITA

FLORA ALGARUM MARINARUM SINICARUM

TOMUS II   RHODOPHYTA

No. VII   CERAMIALES   RHODOMELACEAE

REDACTOR PRINCIPALIS

Xia Bangmei

**A Major Project of the Knowledge Innovation Program
of the Chinese Academy of Sciences
A Major Project of the National Natural Science Foundation of China**
(Supported by the National Natural Science Foundation of China,
the Chinese Academy of Sciences, and the Ministry of Science and Technology of China)

Science Press
Beijing

第二卷　红藻门
第七册　仙菜目　松节藻科

编著者

曾呈奎　夏邦美　丁兰平　王永强

(中国科学院海洋研究所)

项斯端

(浙江大学)

郑　怡

(福建师范大学)

Auctores

Tseng, C. K. (Zeng Chengkui)　Xia Bangmei　Ding Lanping　Wang Yongqiang

(*Institute of Oceanology, Chinese Academy of Sciences*)

Xiang Siduan

(*Zhejiang University*)

Zheng Yi

(*Fujian Normal University*)

CONSILIO FLORARUM CRYPTOGAMARUM SINICARUM
ACADEMIAE SINICAE EDITA

FLORA ALGARUM MARINARUM SINICARUM

TOMUS II RHODOPHYTA

No. VII   CERAMIALES   RHODOMELACEAE

REDACTOR PRINCIPALIS

Xia Bangmei

**A Major Project of the Knowledge Innovation Program
of the Chinese Academy of Sciences
A Major Project of the National Natural Science Foundation of China**

(Supported by the National Natural Science Foundation of China,
the Chinese Academy of Sciences, and the Ministry of Science and Technology of China)

Science Press
Beijing

第二卷　红藻门
第七册　仙菜目　松节藻科

编著者

曾呈奎　夏邦美　丁兰平　王永强

(中国科学院海洋研究所)

项斯端

(浙江大学)

郑　怡

(福建师范大学)

Auctores

Tseng, C. K. (Zeng Chengkui)　Xia Bangmei　Ding Lanping　Wang Yongqiang

(Institute of Oceanology, Chinese Academy of Sciences)

Xiang Siduan

(Zhejiang University)

Zheng Yi

(Fujian Normal University)

中国孢子植物志第五届编委名单

(2007 年 5 月)

序

　　中国孢子植物志是非维管束孢子植物志，分《中国海藻志》、《中国淡水藻志》、《中国真菌志》、《中国地衣志》及《中国苔藓志》五部分。中国孢子植物志是在系统生物学原理与方法的指导下对中国孢子植物进行考察、收集和分类的研究成果；是生物物种多样性研究的主要内容；是物种保护的重要依据，对人类活动与环境甚至全球变化都有不可分割的联系。

　　中国孢子植物志是我国孢子植物物种数量、形态特征、生理生化性状、地理分布及其与人类关系等方面的综合信息库；是我国生物资源开发利用、科学研究与教学的重要参考文献。

　　我国气候条件复杂，山河纵横，湖泊星布，海域辽阔，陆生和水生孢子植物资源极其丰富。中国孢子植物分类工作的发展和中国孢子植物志的陆续出版，必将为我国开发利用孢子植物资源和促进学科发展发挥积极作用。

　　随着科学技术的进步，我国孢子植物分类工作在广度和深度方面将有更大的发展，对于这部著作也将不断补充、修订和提高。

中国科学院中国孢子植物志编辑委员会

1984 年 10 月·北京

中国孢子植物志总序

中国孢子植物志是由《中国海藻志》、《中国淡水藻志》、《中国真菌志》、《中国地衣志》及《中国苔藓志》所组成。至于维管束孢子植物蕨类未被包括在中国孢子植物志之内，是因为它早先已被纳入《中国植物志》计划之内。为了将上述未被纳入《中国植物志》计划之内的藻类、真菌、地衣及苔藓植物纳入中国生物志计划之内，出席1972年中国科学院计划工作会议的孢子植物学工作者提出筹建"中国孢子植物志编辑委员会"的倡议。该倡议经中国科学院领导批准后，"中国孢子植物志编辑委员会"的筹建工作随之启动，并于1973年在广州召开的《中国植物志》、《中国动物志》和中国孢子植物志工作会议上正式成立。自那时起，中国孢子植物志一直在"中国孢子植物志编辑委员会"统一主持下编辑出版。

孢子植物在系统演化上虽然并非单一的自然类群，但是，这并不妨碍在全国统一组织和协调下进行孢子植物志的编写和出版。

随着科学技术的飞速发展，人们关于真菌的知识日益深入的今天，黏菌与卵菌已被从真菌界中分出，分别归隶于原生动物界和管毛生物界。但是，长期以来，由于它们一直被当作真菌由国内外真菌学家进行研究；而且，在"中国孢子植物志编辑委员会"成立时已将黏菌与卵菌纳入中国孢子植物志之一的《中国真菌志》计划之内并陆续出版，因此，沿用包括黏菌与卵菌在内的《中国真菌志》广义名称是必要的。

自"中国孢子植物志编辑委员会"于1973年成立以后，作为"三志"的组成部分，中国孢子植物志的编研工作由中国科学院资助；自1982年起，国家自然科学基金委员会参与部分资助；自1993年以来，作为国家自然科学基金委员会重大项目，在国家基金委资助下，中国科学院及科技部参与部分资助，中国孢子植物志的编辑出版工作不断取得重要进展。

中国孢子植物志是记述我国孢子植物物种的形态、解剖、生态、地理分布及其与人类关系等方面的大型系列著作，是我国孢子植物物种多样性的重要研究成果，是我国孢子植物资源的综合信息库，是我国生物资源开发利用、科学研究与教学的重要参考文献。

我国气候条件复杂，山河纵横，湖泊星布，海域辽阔，陆生与水生孢子植物物种多样性极其丰富。中国孢子植物志的陆续出版，必将为我国孢子植物资源的开发利用，为我国孢子植物科学的发展发挥积极作用。

中国科学院中国孢子植物志编辑委员会

主编　曾呈奎

2000年3月　北京

Foreword of the Cryptogamic Flora of China

Cryptogamic Flora of China is composed of *Flora Algarum Marinarum Sinicarum*, *Flora Algarum Sinicarum Aquae Dulcis*, *Flora Fungorum Sinicorum*, *Flora Lichenum Sinicorum*, and *Flora Bryophytorum Sinicorum*, edited and published under the direction of the Editorial Committee of the Cryptogamic Flora of China, Chinese Academy of Sciences(CAS). It also serves as a comprehensive information bank of Chinese cryptogamic resources.

Cryptogams are not a single natural group from a phylogenetic point of view which, however, does not present an obstacle to the editing and publication of the Cryptogamic Flora of China by a coordinated, nationwide organization. The Cryptogamic Flora of China is restricted to non-vascular cryptogams including the bryophytes, algae, fungi, and lichens. The ferns, a group of vascular cryptogams, were earlier included in the plan of *Flora of China*, and are not taken into consideration here. In order to bring the above groups into the plan of Fauna and Flora of China, some leading scientists on cryptogams, who were attending a working meeting of CAS in Beijing in July 1972, proposed to establish the Editorial Committee of the Cryptogamic Flora of China. The proposal was approved later by the CAS. The committee was formally established in the working conference of Fauna and Flora of China, including cryptogams, held by CAS in Guangzhou in March 1973.

Although myxomycetes and oomycetes do not belong to the Kingdom of Fungi in modern treatments, they have long been studied by mycologists. *Flora Fungorum Sinicorum* volumes including myxomycetes and oomycetes have been published, retaining for *Flora Fungorum Sinicorum* the traditional meaning of the term fungi.

Since the establishment of the editorial committee in 1973, compilation of Cryptogamic Flora of China and related studies have been supported financially by the CAS. The National Natural Science Foundation of China has taken an important part of the financial support since 1982. Under the direction of the committee, progress has been made in compilation and study of Cryptogamic Flora of China by organizing and coordinating the main research institutions and universities all over the country. Since 1993, study and compilation of the Chinese fauna, flora, and cryptogamic flora have become one of the key state projects of the National Natural Science Foundation with the combined support of the CAS and the National Science and Technology Ministry.

Cryptogamic Flora of China derives its results from the investigations, collections, and classification of Chinese cryptogams by using theories and methods of systematic and evolutionary biology as its guide. It is the summary of study on species diversity of cryptogams and provides important data for species protection. It is closely connected with human activities, environmental changes and even global changes. Cryptogamic Flora of China is a comprehensive information bank concerning morphology, anatomy, physiology, biochemistry, ecology, and phytogeographical distribution. It includes a series of special monographs for using the biological resources in China, for scientific research, and for teaching.

China has complicated weather conditions, with a crisscross network of mountains and rivers, lakes of all sizes, and an extensive sea area. China is rich in terrestrial and aquatic cryptogamic resources. The development of taxonomic studies of cryptogams and the publication of Cryptogamic Flora of China in concert will play an active role in exploration and utilization of the cryptogamic resources of China and in promoting the development of cryptogamic studies in China.

C. K. Tseng

Editor-in-Chief

The Editorial Committee of the Cryptogamic Flora of China

Chinese Academy of Sciences

March, 2000 in Beijing

《中国海藻志》序

中国有一个很长的海岸线,大陆沿岸 18 000 多公里,海岛沿岸 14 200 多公里和 300 万平方公里的蓝色国土,生长着三四千种海藻,包括蓝藻、红藻、褐藻及绿藻等大型底栖藻类和硅藻、甲藻、隐藻、黄藻、金藻等小型浮游藻类,分布在暖温带、亚热带和热带三个气候带,包括北太平洋植物区和印度西太平洋植物区两个区系地理区。中国的底栖海藻多为暖温带、亚热带和热带海洋植物种类,但也有少数冷温带及极少数的北极海洋植物种类。

中国底栖海藻有 1000 多种。最早由英国藻类学家 Dawson Turner (1809)在他的著名著作《墨角藻》(*Fuci*)一书里就发表了中国福建和浙江生长的 *Fucus tenax*,即现在的一种红藻——鹿角海萝,福建本地称之为赤菜 *Gloiopeltis tenax* (Turn.) Decaisne。Turner (1808)还发表了 Horner 在中国与朝鲜之间朝鲜海峡的海面采到的 *Fucus microceratium* Mert.,即 *Sargassum microceratium* (Mertens) C. Agardh,现在我们认为是海蒿子 *Sargassum confusum* C. Agardh 的一个同物异名。在 Dawson Turner 之后,外国科学家继续报道中国海藻的还有欧美的 C. Agardh (1820),C. Montagne (1842),J. Agardh (1848,1889),R. K. Greville (1849),G. V. Martens (1866),T. Debeaux (1875),B. S. Gepp (1904),A. D. Cotton (1915),A. Grunow (1915,1916),M. A. Howe (1924,1934),W. A. Setchell (1931a, 1931b, 1933,1935,1936),V. M. Grubb (1932)和日本的有贺宪三(1919),山田幸男(1925,1942,1950),冈村金太郎(1931,1936),野田光造(1966)。

最早采集海藻标本的中国植物学家是厦门大学的钟心煊教授。钟教授在哈佛大学学习时就对藻类很感兴趣,20 世纪 20 年代初期到厦门大学教书时,他继续到福建各地采集标本。在采集中,他除了注意他专长的高等植物之外,还采集了所遇到的藻类植物,包括海藻类和淡水藻类。但钟教授只是限于采集标本和把标本寄给国外的专家,特别是美国的 N.L.Gardnar 教授,他从来不从事研究工作。最早开展我国底栖海藻分类研究的是曾呈奎。他在 1930 年担任厦门大学植物系助教时就开始调查采集海藻,第一篇论文发表于 1933 年初。南京金陵大学焦启源于 1932 年夏天到厦门大学参加暑期海洋生物研究班,研究了厦门大学所收集的海藻标本,包括冈村金太郎定名的有贺宪三所采集的厦门标本,于 1933 年也发表了一篇厦门底栖海藻研究的论文,可惜的是他在这篇文章发表之后便不再继续海藻研究而进行植物生理学研究了。第三个采集和研究中国底栖海藻的中国人是李良庆教授。李教授 1933~1934 年间在青岛和烟台采集了当地的海藻标本,并把标本寄给曾呈奎,以后两人共同发表了"青岛和烟台海藻之研究"一文(1935)。此后,李教授继续他的淡水藻类的分类研究,但海藻的分类研究便停止了。因此,在 20 世纪 30 年代到 40 年代一直从事中国海藻分类的研究者只有曾呈奎一人。20 世纪 40 年代后期,曾呈奎从美国回到了在青岛的国立山东大学担任植物系教授兼系主任,有两个得力助手张峻甫和郑柏林,共同从事底栖海藻分类研究。20 世纪 50 年代,张峻甫同曾呈奎一起到中国科学院海洋研究所(及其前身中国科学院水生生物研究所青岛海洋生物研究室)工作，继续进行海藻的分类研究。郑柏林则在山东大学及后来的山东海洋学院、青岛海洋大学(现名中国海洋大学)进行我国底栖海藻的分类研究。同期，朱浩然和周贞英教授也回国参加工作，朱浩然进行海洋蓝藻分类研究，周贞英进行红藻分类研究。50 年代我国台湾还有两位海藻分类学者即江永棉和樊恭炬，这两位教授都是美国著名海藻分类学家 George Papenfuss 的学生。樊恭炬后来回到大陆工作。因此，在 20 世纪 50 年代进行中国底栖海藻分类研究的中国藻类学家除了曾呈奎以外，还有朱浩然、周贞英、张峻甫、郑柏林、江永棉、樊恭炬等 6 人，共 7 位专家。从 50 年代后期起，有更多的年轻人参加进了海藻分类研究中来，如周楠生、张德瑞、夏恩湛、夏邦美、王素娟、项思端、董美玲和郑宝福。60 年代以后开始进行底栖海藻分类研究的还有陆保仁、华茂森、周锦华、李伟新、王树渤、陈灼华、王永川、潘国瑛、蒋福康、杭金欣、孙建章、刘剑华、栾日孝和郑怡等。我国前后从事大型底栖海藻分类研究的人员有 30 多人。

我国海洋浮游藻类及微藻类有 2000 多种。1932 年倪达书在王家楫先生的指导下，开展了这项工作，当年发表了"厦门的海洋原生动物"一文，其中有 20 页是关于甲藻类的，当时甲藻是作为原生动物研究的。从 1936 年起倪达书单独发表了几篇关于海南岛甲藻的文章；新中国成立后，倪达书把工作转到了鱼病方面。金德祥从 1935 年开始进行浮游硅藻类的研究，两三年后正式发表论文，以后也进行底栖硅藻的分类研究。20 世纪 50 年代朱树屏和郭玉洁参加浮游硅藻类分类研究，以后参加硅藻分类研究的还有程兆第、刘师成、林均民、高亚辉、钱树本和周汉秋。参加甲藻分类研究工作的还有王筱庆、陈国蔚、林永水、林金美等。参加浮游藻类分类研究工作的前后也有十几人。

中国孢子植物志的五个志中，《中国海藻志》的进展较慢。这是因为《中国海藻志》的编写不但开始的时间较晚而且最基本的标本采集工作也最为困难。要采集底栖海藻标本，必须到海边，不仅在潮间带而且在潮下带，一直到几十米深处才能采到所要的标本。采集浮游藻类标本，问题就更大了。在许多情况下，船只是必需的。如只采集海边的种类，利用小船则可，但要采集近海及远海的浮游植物就必须动用海洋调查船且只能作为海洋调查的一个部分，费用必然加大。

我国从 20 世纪 50 年代中期开展海洋调查，共进行全国海洋普查三到四次，还有几次海区性的调查。如近几年来的南沙群岛海洋调查迄今已有三次，每次都采集了大量的浮游海藻标本。大型底栖海藻的调查，北起鸭绿江口，南至海南岛，西沙群岛、南沙群岛沿海及其主要岛、礁都有我们采集人员的足迹。参加过海洋底栖和浮游藻类调查的工作人员有好几十人。近年来，浮游藻类已从微型的发展到超微型的微藻研究，如焦念志小组已开展了水深 100 米以下的种类研究，最近在我国东海黑潮暖流区发现了超微原核的原绿球藻 *Prochlorella*，十几年前在我国南海也有发现。单就中国科学院海洋研究所一个单位而言，四十几年来采到的标本就有 18 万多号，其中底栖海藻蜡叶标本 12 万多号，浮游藻类液浸标本 6 万多号。

微藻还是养殖鱼虾苗种的良好饵料。在 20 世纪 50 年代，张德瑞及其助手发表了扁藻的一个新变种 ——青岛大扁藻 *Platymonas helgolandica* var. *tsingtaoensis* Tseng et T. J. Chang，但由于研究微藻分类的确比较困难，同时其他工作也很紧张，所以微藻的分类研究没有继续下来。20 世纪 80 年代后期，曾呈奎感到饵料微藻类的分类研究很重要，说服了陈椒芬进行这项工作，前后发表了两个新种——突起普林藻 *Prymnesium papillatum* Tseng et Chen (1986)和绿色巴夫藻 *Pavlova viridis* Tseng, Chen et Zhang (1992)，但不久，这项工作又停了下来。海洋微藻是一个很重要的化学宝库，特别是其中含有不饱和脂肪酸、EPA、DHA 等。李荷芳和周汉秋发表了几种微藻的化学成分。我相信，随着海洋研究的深入，海洋微藻及饵料微藻类的分类工作必将再次提到日程上来。

早在 2000 年前，我们的祖先就有关于大型海藻经济价值的论述。在《本草纲目》和各沿海县的县志中记载了许多种经济海藻，如食用的紫菜、药用的鹧鸪菜、制胶用的石花菜、工业用的海萝等。近年来对微藻的研究也包括了饵料用的种类以及自然生长的种类，这些都是富含 EPA、DHA，鱼类吃了就产生"脑黄金"的种类，对人类非常有益。中国人研究海藻 70 多年了，发表了好几百篇分类研究论文。我们认为现在是将我们的研究成果集中起来形成《中国海藻志》的时候了。因此，我们提出中国孢子植物志的编写应包括《中国海藻志》。

在《中国海藻志》中，大型底栖海藻有四卷，包括第一卷蓝藻门、第二卷红藻门、第三卷褐藻门、第四卷绿藻门；浮游及底栖微藻三卷，包括第五卷硅藻门、第六卷甲藻门和第七卷隐藻门、黄藻门及金藻门等。我们根据种类的多少，每卷有若干册，每册记载大型海藻 100 种以上或微藻 200 种以上的种类。毫无疑问，每卷册出版以后仍将继续发现未报道过的种类。因此，一段时间以后还得作必要的修改和补充。

知识是不断地在扩大的，科学也是在不断地发展的。今天，我们的海洋微藻类，除了硅藻类和甲藻类材料比较丰富以外，其他的知道得还很少。由于海洋调查的范围在不断地扩展，调查方法也不断地改善，必然会加速超微型藻类的发现，大型海藻也会有新发现。我们关于海藻分类的知识也不断地在扩大。我们希望 10 年、20 年后，第二版《中国海藻志》会出现。

中国孢子植物志编辑委员会主编　曾呈奎

2000 年 3 月 1 日　青岛

Flora Algarum Marinarum Sinicarum

Preface

China has a long coastline of more than 18,000 kilometers, coastline of the islands of more than 14, 200 kilometers and 3 million square kilometers of blue territory, in which are found 3 to 4 thousand species of macroscopic, benthic marine algae, including blue-green algae, red algae, brown algae and green algae, and microscopic planktonic algae including diatoms, dinoflagellate and other microalgae occurring in three climatic zones, warm temperate, subtropical and tropical zones, and two biogeographic regions, the Indo-west Pacific region and the Northwest Pacific region; there are very few cold temperate species and even arctic species.

There are more than 1000 species of benthic marine algae in China. One of the earliest reported species is *Fucus tenax* published by Dawson Turner in 1809, a red algal species, now known under the name *Gloiopeltis tenax* (Turn.) Decaisne, collected from Fujian and Zhejiang provinces. A year earlier, Turner reported *F. microceratium* Mert., collected from somewhere near the Korean Strait between China and Korea. This is now known as *Sargassum microceratium* (Mert.) C. Agardh, currently regarded by us as synonymous with *S. confusum* C. Agardh. After Turner, there are quite a few foreigners reporting marine algae from China, such as C. Agardh (1820) C. Montagne (1842), J. Agardh (1848, 1889), R. K. Greville (1849), G. V. Martens (1866), T. Debeaux (1875), B. S. Gepp (1904), A. D. Cotton (1915), A. Grunow (1915, 1916), M. A. Howe (1924, 1934), W. A. Setchell (1931a, 1931b, 1933, 1935, 1936), V. M. Grubb (1932) and the Japanese K. Ariga (1919), Y. Yamada (1925, 1942, 1950), K. Okamura (1931, 1936) and M. Noda (1966). The first Chinese who collected algal specimens is Prof. H. S. Chung at Amoy (now Xiamen) University in the early 1920s. Prof. Chung, a plant taxonomist, while a student at Harvard University was already interested in algae, although he was a taxonomist of seed plants. As a botanical professor, he had to collect plants from Fujian province for his teaching work; he collected also various kinds of algae, both freshwater and marine. He was unable to determine the species of the algae and had to send the specimens abroad to Prof. N. L. Gardner of U. S. for determining the species names. The first Chinese who collected and studied the seaweeds is Prof. C. K. Tseng, a student of Prof. Chung. He started collecting seaweeds in 1930 when he served as an assistant in the Botany Department. Amoy (Xiamen) University. He published his first paper "Gloiopeltis and the Other Economic Seaweeds of Amoy" in 1933, the first paper on Chinese seaweeds by a Chinese, when he was a graduate student at Lingnan University, Guangzhou (Canton). The second Chinese studying Chinese seaweeds was Prof. C. Y. Chiao of Jinling University, Nanking. Chiao came to Amoy in the summer of 1932 and studied the algal specimens deposited at the herbarium of Amoy University, including specimens collected by the Japanese K. Ariga and identified by Okamura. He studied these specimens and published a paper, "The Marine Algae of Amoy", in late 1933. This was the second paper on Chinese seaweeds by a Chinese. Unfortunately Chiao did not continue his work on seaweeds and turned to become a plant physiologist. The third Chinese who was involved in studies on Chinese seaweeds was Prof. L. C. Li who collected seaweeds in Qingdao and Chefoo in 1933~1934 and cooperated with Tseng on an article "Some Marine Algae of Tsingtao and Chefoo, Shantung" (1935). Prof. Li continued his work on taxonomy of China freshwater algae, and gave up his study of Chinese seaweeds. Thus in the 1930s and 1940s, only a single Chinese, C. K. Tseng, consistantly stuck to the study of Chinese seaweeds. In the late 1940s, when C. K. Tseng returned to China and took up the professorship and chairmanship of the Botany Department at the National Shandong University in Qingdao, two assistants, Zhang Jun-fu and Zheng Bai-lin took up seaweed taxonomy as their research topic. In the 1950s, Zheng Bai-lin remained in Shandong University, now Qingdao Ocean University and Zhang Jun-fu moved to the Institute of Oceanology with C. K. Tseng. Since the early 1950s, both Zheng Bai-lin and Zhang Jun-fu continued their research work on seaweed taxonomy. Professor Chu (Zhu) Hao-ran, participated in the taxonomy of cyanophyta and Prof. R. C. Y. Chou (Zhou) kept on her work on Rhodophyta. Both returned from the U. S. to China. There are two phycologists from Taiwan, Chiang Young Meng and Fan Kang Chu, both students of the American phycologist, George Papenfuss. Later, Fan Kang Chu returned to the mainland. There are, therefore, seven phycologists in the early 1950s working on taxonomy of seaweeds. In the late 1950s there are a few more workers on marine phycology, such as N. S. Zhou, D. R. Zhang, E. Z. Xia, B. M. Xia, S. J. Wang, S. D. Xiang, M. L. Dong and B. F. Zheng who eventually turned to taxonomic research. In and after the 1960s, a few more phycological workers are involved in taxonomic studies of seaweeds such as B. R. Lu, M. S. Hua, J. H. Zhou, W. X. Li, S. B. Wang, Z. H. Chen, Y. C. Wang, G. Y. Pan, F. K. Jiang, J. X. Hang, J. Z. Sun, J. H. Liu, R. X. Luan, L. P. Ding and Y. Zheng. Dr. Su-fang Huang is also active in phycological work in Taiwan. There are altogether more than thirty persons involved in the collecting and research on Chinese benthic marine algae.

There are more than 2 thousand species of planktonic marine algae in China. It was started by Professor Wang Chia-Chi, the famous Chinese Protozoologist and his student Prof. Ni Da-Su; they studied the marine protozoas of Amoy and published in 1932 a paper, including many species of dinoflagellates which they treated as protozoas. Prof. Ni Da-Su published a series of papers on Hainan dinoflagellates beginning with 1936. Taxonomic studies of the diatoms was initiated by Professor T. S. Chin (Jin) who started the research in 1935 and published his first paper in 1936. In the 1950s, Prof. S. P. Chu (Zhu) and his student, Y. C. Guo started their research on diatoms. In the sixties and afterwards, participating in the collecting and research on diatoms are Z. D. Zheng, Y. H. Gao, J. M. Lin, S. C. Liu, S. B. Qian and H. Q. Zhou, and on dinophyceous algae are G. W. Chen, Y. S. Lin, J. M. Lin and X. Q.

Wang. Altogether, there are more than 10 persons involved in research on the taxonomy of planktonic algae.

In the five floras of the Cryptogamic Flora of China, the *Marine Algal Flora* was initiated the latest, and progress the slowest, because collecting of the algal specimens involves lots of difficulties. Collections of benthic seaweeds will have to wait until low tides when the rocks on which the seaweeds attach are exposed or by diving to a depth of 5~10 meters for these seaweeds. For planktonic algae, one needs a boat and the necessary equipment for the coastal collection and for collecting planktonic algae in far seas and oceans, one has to employ ocean going expeditional ships. The cost is enormous.

China has initiated oceanographic research on the China seas in the late 1950s and early 1960s, which provide opportunity for phytoplankton workers to obtain samples from the various seas of China. Collection of benthic seaweeds extended from Dalian, Chefoo and Qingdao in the Yellow Sea in the north to Jiangsu, Zhejiang and Fujian coastal cities in the East China Sea and Guandong, Gongxi, Hainan provinces, including Xisha (Paracel) Islands and Nansha (Spratley) Islands in the South China Sea in the south. For the last fifty years, the staff members of the Institute of Oceanology, CAS, collected more than one hundred twenty thousand numbers of dry specimens, and sixty thousand number of preserved specimens.

From more than 2000 years ago to recent time China has already quite a few records of seaweeds and their economic values in herbals and district records, for instance, the purple laver or Zicai (*Porphyra*) for food, Zhegucai (*Caloglossa*) as an anthelmintic drug, Shihuacai (*Geldium*) for making agar, Hailuo (*Gloiopeltis*) for industrial uses etc. In recent years, microalgae are found to contain good quantities of valuable substances, such as EPA, DHA. For the last seventy something years, Chinese phycologists have been devoted to study their own algae and have published hundreds of scientific papers on algal taxonomy dealing with the Chinese marine algae. We believe now is the time for them to publish *Marine Algal Flora*. Therefore when we have decided to publish Cryptogamic Flora of China, we insist that we should include our *Marine Algal Flora*. We have decided to publish the *Marine Algal Flora* in 7 volumes, 4 volumes on benthic macroscopic marine algae, or seaweeds, and 3 volumes on microscopic planktonic marine algae, namely, Vol. 1. Cyanophyta, Vol. 2. Rhodphyta, Vol. 3. Phaeophyta, Vol 4. Chlorophyta, Vol. 5. Baccilariophyta, Vol 6. Dinophyta and Vol. 7. Cryptophyta, Xanthophyta, Chryeophyta and other microalgae. On the basis of the number of species in the group, the volumes may be divided into a few numbers, when necessary and each number will deal with about 100 or more macroscopic species and 200 or more microscopic species. There is no question that after the publication of a group, more species will be reported in the group.

Knowledge is always in the course of increasing and science also in the course of growing. Today, our study on microalgae is very limited, with the exception of the diatoms and to a less extent, the dinoflagellates. With the increase of microalgae investigations, and the improvement of the collecting methods, discovery of more microalgae, especially the piccoplanktonic algae, such as *Prochlorella* discovered by Jiao Nian-zhi in China, will be made. New benthic seaweeds will also be reported. Our knowledge of the taxonomy of marine algae will keep on increasing. We hope in the next 10 or 20 years, the second edition of *Flora Algarum Marinarum Sinicarum* will appear.

C. K. Tseng in Qingdao
March 1, 2000

前　言

松节藻科 Rhodomelaceae 是目前世界海产红藻门中最大的科,也就是属种最多的科,它属于红藻门 Rhodophyta,红藻纲 Rhodophyceae,真红藻亚纲 Florideophycidae,仙菜目 Ceramiales。本卷册研究用标本采于我国北自黄海海岸的辽宁大连、旅顺,南到南海的西沙群岛和南沙群岛,跨越我国黄海、渤海、东海和南海沿岸(包括岛屿)。

有关本科的早期分类研究工作,日本藻类学家 1936 年报道了产于我国的海藻 10 属16 种,多产于我国台湾及我国北方的烟台、威海、青岛和北戴河等地。早在 1943 年曾呈奎先生就发表了我国香港地区卷枝藻属 Bostrychia 和凹顶藻属 Laurenica 的种类共计18 个种;1944 年,曾呈奎先生又报道了我国香港产爬管藻属 Herposiphonia 和多管藻属 Polysiphonia 的种类共计 10 个种;曾呈奎等(1962)在《中国经济海藻志》一书中报道了本科 3 种经济红藻;1983 年,在曾呈奎等的 Common Seaweeds of China 一书中描述了本科的 15 属 40 种;张峻甫、夏邦美(1978—1985 年)在我国西沙群岛海洋生物研究专辑中先后报道了有关本科的 21 个种。1980 年,曾呈奎、张峻甫、夏恩湛、夏邦美报道了香港地区产本科的属种 11 个。1980 年和 1985 年,张峻甫、夏邦美报道了产于我国西沙群岛凹顶藻属的 13 个种。黄淑芳(1998,2000)先后报道了产于我国台湾省属于本科的 12个种;2003 年,丁兰平的博士论文补充了我国凹顶藻类的部分种类的分类研究。1998年,Garbary D. J.和 Harper J. T. 根据藻体的构造不同,自凹顶藻属 Laurencia 中分出一些种类,建立了软凹藻属 Chondrophycus,我国有 7 个种属于这个属。1999 年,Nam K. W.又将 20 个种的凹顶藻属新组合至软凹藻属,其中有我国产的 7 个种。2007 年,Nam 根据主模的原始发表及命名,确认栅凹藻属 Palisada K. W. Nam 这个属名,故将部分软凹藻属和凹顶藻属的种类新组合到栅凹藻属中。这样原先我国产的凹顶藻属的种类现在分别归属于 3 个属中。这些研究和报告都对编研本卷册提供了重要的基础资料。

参加本卷册编研工作的单位及人员:

中国科学院海洋研究所　　　　夏邦美(其他各类)

中国科学院海洋研究所　　　　丁兰平(部分凹顶藻属、软凹藻属的种类)

中国科学院海洋研究所　　　　王永强(鸭毛藻属、卷枝藻属)

浙江大学生命科学学院　　　　项斯端(多管藻属、新管藻属)

福建师范大学生命科学学院　　郑怡(部分软骨藻属、爬管藻属、翼管藻属的种类)

本卷册共编写了 1 科 26 属 117 种,其中 27 个种是在我国发现的新的分类单元。

本卷册中的一些海藻种类具有重要的经济价值,至今已知许多种类都具有抗菌活性,由于藻体内含有卤代酮、溴化酚和帖类等化合物,当前备受关注的有凹顶藻、松节藻、多管藻等。许多科技人员都在积极开展这方面的研究工作。

本卷册的图大多由作者本人描绘,部分插图由冯明华绘制,冷增福、李士玲复墨,图版由王永强制作。所有研究用的标本由中国科学院海洋生物标本馆、浙江大学生命科学学院、福建师范大学生命科学学院、厦门大学生物系提供。我们诚挚地感谢所有不辞辛苦地长期奔波在我国沿岸及岛屿采集大量标本的同志们，他们的辛勤劳动，为本卷册的编写奠定了坚实的基础；对那些为本志编写做出贡献的个人和单位，作者表示崇高的敬意和衷心的感谢。

本卷册研究用大部分标本存放在中国科学院海洋生物标本馆(青岛)。

本卷册中的个别属种由于产自我国台湾，我们目前没有标本，则参照原著把文、图列入本志，但加注说明。

本志是在国家自然科学基金委员会、中国孢子植物志编辑委员会的领导下，在兄弟单位的大力支持下完成编写工作的。

本书难免存在不足或错误，深盼读者不吝赐教。

夏邦美

2010年10月

目　录

图版

仙菜目 CERAMIALES
Oltmanns, 1904, p. 700

藻体单轴型，丝状或非丝状，直立或匍匐，丝状的藻体不具皮层，或仅主枝具皮层，或全具皮层；非丝状藻体呈多管状或叶片状，具皮层或无皮层；大多数种类保持顶端生长，少数具散生或边缘的分生组织。有或无次生纹孔连结；帽层缺少孔塞。配子体和孢子体常同型，有些种类产生单孢子囊，或多孢子囊代替四分孢子囊；偶尔用繁殖体来进行生殖。四分孢子囊通常四面锥形分裂，很少十字形分裂。精子囊生长成球形的或长柱形的头，偶尔成扁平的垫状或囊群状排列。辅助细胞通常在受精后由支持细胞(能育的围轴细胞)形成，在一些实例中，支持细胞直接作为辅助细胞，多数是双倍核经过特化形成辅助细胞，自辅助细胞产生初生的产孢丝，产生大的、通常外部的囊果，被不育的丝状的果被覆盖，或者被有假薄壁细胞组织的囊果被，或很少裸露。

松节藻科 Rhodomelaceae Areschoug
Areschoug, 1847, p. 260, nom. cons

藻体直立，或部分或全部匍匐；多数种类是岩生的，有些是附生的，少数是寄生的；固着器盘状或纤维状，或基部以假根附着。自由分枝，分枝圆柱形，扁压或扁平，所有直立枝相似，或者具有无限分枝生有局限生长的有限侧枝；某些属存在不定枝，所有种类都是多管型，有4个或更多的围轴细胞围绕着中央轴细胞，单轴生长，由顶端细胞横或斜分裂，横裂后跟着是纵裂产生围轴细胞，而斜裂后形成侧枝；初生的分枝是外生的，某些属后来的分枝是内生的，它们源于轴细胞或皮层中的围轴细胞。顶端不是放射状的就是对称的背腹性的。皮层有或无。皮层为薄壁组织或根丝，或者有根丝分隔围轴细胞或皮层细胞；假围轴细胞在一些属中存在。毛丝体通常存在于亚顶细胞上，有些属的围轴细胞或皮层细胞是无色的，有些属的则含有藻红体(rhodoplast)。细胞单核或多核；藻红体通常圆盘状。

配子体通常雌雄异体；混合世代发生在某些属内。果胞系生长在毛丝体的较低的细胞上，由一个支持细胞(即一个生殖的围轴细胞或是它的衍生细胞)和一(3)4 个细胞的果胞枝，和一个侧生的不育细胞群一起组成；辅助细胞在受精后从支持细胞中分割出来。果孢子体发育自辅助细胞及其邻近细胞，这些细胞通常形成一个基部的融合胞，上面生长很多分枝的产孢丝，其顶端发育成棒状果孢子囊。囊果亚球形或卵球形，偶有壶形；囊果被产生在受精前，从邻近细胞到支持细胞，由直立丝组成，每个细胞具有2 或3 个外围轴细胞，皮层有或无，具有一窄的或宽的囊孔。

精子囊器官通常生长在毛丝体的分枝上，或者替代了全部的毛丝体，圆形柱或扁平的盘状，并具有单管的柄，或者直接生长在藻体的较少的分枝上；轴细胞分割2~5 个围轴细胞，这些围轴细胞形成原始的一层，由它产生一个精子囊的外层。

四分孢子囊产生在多管的、圆柱形的侧生分枝内，或者产生在扁压的到扁平的特殊分枝内，通常称为孢囊枝，由围轴细胞分割而来，或在某些属来自皮层细胞，常有 2 或 3 个前孢子囊盖细胞，这些细胞来自能育的围轴细胞，偶尔见到一个后孢子囊盖细胞，皮层细胞有或无一个盖细胞。四分孢子囊四面锥形分裂，常常亚球形，每节单个，或螺旋排列或呈一个直列，或成对地二列或交互对生地排列，或轮生，每节 4~6 个孢子囊。

　　科的模式属：*Rhodomela* C. Agardh, nom. cons.

松节藻科 Rhodomelaceae 分属检索表

鱼栖苔属 *Acanthophora* Lamouroux

Lamouroux, 1813, p. 132

　　藻体直立，圆柱状，辐射分枝。藻体全部或部分被有圆锥状短刺，螺旋状互生排列。体软骨质，结构坚实，由薄壁细胞组成，中轴 1 条，密接 5 条围轴管。四分孢子囊生于短的刺状侧枝上，每节可产生几个四分孢子囊，四面锥形分裂，精子囊群扁平，片状，生在毛丝体上，边缘有不育细胞；囊果卵形，无柄，生于刺腋间。

　　选定模式种为 *Acanthophora thierii* Lamouroux。

鱼栖苔属 *Acanthophora* 分种检索表

1. 台湾鱼栖苔　图 1

Acanthophora aokii Okamura, 1934, p. 35, pl. 318, figs. 15-17; Yoshida, T., 1998, p. 1004.

　　模式标本产地：台湾台南。

　　藻体矮，2~2.5 cm 高，直立，线形或圆柱形，下部约 0.5 mm 厚，向顶端逐渐变细，叉状互生分枝，腋角狭，枝近平行，主枝及茎下部裸露，上部螺旋状围绕很短的刺状小枝。四分孢子囊枝卵球形或微长圆形，在小枝的顶端形成，有时备有一个单刺，很少有两个的。藻体紫红色，膜质，制成的蜡叶标本能牢固地附着于纸上。

产地：台湾。

国外分布：日本。

我们没有采到本种标本，以上描述和图均引自 Okamura (1934, p. 35, pl. 318, figs. 16-17)。

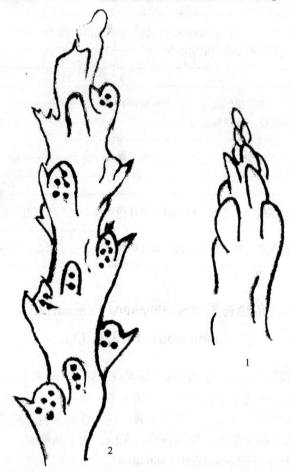

图 1   台湾鱼栖苔 *Acanthophora aokii* Okamura (仿 Okamura, 1934)
1. 藻体顶端部分；2. 生有孢囊枝的顶端。

Fig. 1   *Acanthophora aokii* Okamura (After Okamura, 1934)
1. Apical portion of frond; 2. Apical portion of branch bearing stichidia.

2. 藓状鱼栖苔   图 2   图版 I:1

Acanthophora muscoides (Linnaeus) Bory de Saint-Vincent, 1828, p. 156; Taylor, 1960, p. 619, pl. 72, fig. 3; Xia, Xia and Zhang in Tseng (ed.), 1983, p. 142, pl. 74, fig.1; Silva, P. C., E. G. Menez and R. L. Moe, 1987, p. 60; Silva, P. C., P. W. Basson and R. L. Moe, 1996, p. 469; Yoshida, 1998, p. 1006.

Fucus muscoides Linnaeus, 1753, p. 1161.

模式标本产地：阿森松岛 Ascension Island。

藻体直立丛生，圆柱状，6~18 cm 高，764~1029 μm 宽；基部具有盘状固着器固着于基质上。藻体较纤细，分枝不规则，较密，主轴不明显；各级枝上螺旋生长有短的单刺，刺长 282~398 μm，刺宽 83~100 μm，基部宽，顶端尖，顶端枝距短，枝及小枝顶端中央生有早落的叉分的毛丝体。藻体暗紫红色，干后变黑，软骨质，制成的蜡叶标本不完全附着于纸上。

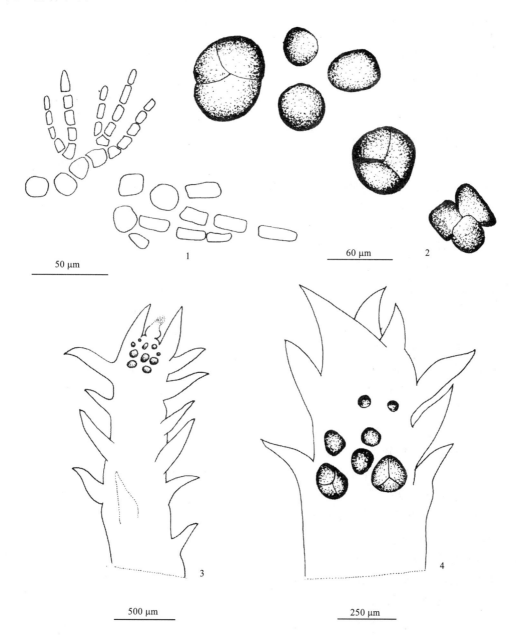

图 2　藓状鱼栖苔 *Acanthophora muscoides* (Linnaeus) Bory (AST 80-2560)
1. 毛丝体；2. 四分孢子囊；3,4. 四分孢子囊小枝。

Fig. 2　*Acanthophora muscoides* (Linnaeus) Bory (AST 80-2560)
1. Trichoblast; 2. Tetrasporangia; 3,4. Tetrasporangial branchlets.

藻体横切面观，由薄壁细胞组成，中央有一小的近圆形的中轴细胞，外围是近圆形的围轴细胞，再外围是一些数层的逐渐变小的皮层细胞。

四分孢子囊集生于小枝的顶端，四分孢子囊近球形或卵圆形，成熟的囊径59~89 μm×56~73 μm，四面锥形分裂。囊果、精子囊未见。

习性：生长在低潮带岩石上或石沼中，或石坝的基石上。

产地：福建、广东、海南岛。

国外分布：日本，菲律宾，大西洋。

刺枝鱼栖苔和藓状鱼栖苔之间的主要区别是藻体的粗细、分枝的疏密不同，前者藻体较粗，分枝稀疏，顶端枝距长；而后者藻体较细，分枝密集，顶端枝距短。

3. 刺枝鱼栖苔　图 3，4　图版 I:2

Acanthophora spicifera (Vahl) Børgesen, 1910, p. 201, figs. 18-19; Weber-van Bosse, 1923, p. 347, figs. 131, 132; Dawson, 1954, p. 456, fig. 61a,b; Taylor, 1960, p. 620, pl. 71, fig. 3, pl. 72, figs. 1,2; Zhang and Xia, 1980, p. 62, figs. 10:1-3, 11:1-7, pl. I:5; Silva, P. C., E. G. Menez and R. L. Moe, 1987, p. 60; Silva, P. C., P. W. Basson and R. L. Moe, 1996, p. 470; Yoshida, 1998, p. 1006, fig. 3-102A; Abbott, 1999, p. 355, fig. 102D-E; Huang, Su-fang, 2000, p. 194; Tsutsui, Isao et al., 2005, p. 218.

Fucus spicifera Vahl, 1802, p. 44.

Acanthophora orientalis J. Agardh, 1863, p. 820; Tseng et al., 1962, p. 167, fig. 50, pl. X, fig. 87.

模式标本产地：维尔京群岛。

藻体直立，丛生，由圆柱状主轴和分枝组成，高 5~20 cm；固着器圆盘状；主干比较明显，向上常生出数条主枝，分枝稀疏；主枝径 1.5~2 mm，主轴径可达 3 mm；枝上生有较多的短的有限枝，有限枝顶端明显地具刺，而其他部位则无刺或偶有单刺；枝及小枝的顶端尖锐；顶部枝距长；毛丝体早落，长在枝及小枝的顶端。藻体紫褐色，新鲜时质脆，易断，干后软骨质，不完全附着于纸上。

藻体横切面观，由薄壁细胞组成，中央有一近圆形的中轴细胞，径 32 μm；外围有近圆形的围轴细胞，径 212~277 μm，围轴细胞以外是一些逐渐变小的不规则的圆形薄壁细胞，径可以从 310 μm 逐渐过渡到 16 μm；最外层的细胞椭圆形，29~32 μm×13~16 μm。

四分孢子囊集生于小枝顶端，该处略膨大为半球形或长圆柱形；孢囊小枝的中、下部有刺，囊枝径 342~391 μm；四分孢子囊球形或卵形，成熟的囊径 114~130 μm，四面锥形分裂。囊果、精子囊未见。

习性：多生长在风浪较小的浅滩上或珊瑚礁上，自低潮线至大干潮线下数米深处均能生长。

产地：台湾、海南省西沙群岛和海南岛。

国外分布：日本，越南，菲律宾，印度尼西亚，马利亚纳群岛，加罗林群岛，夏威夷，所罗门，澳大利亚，印度洋，大西洋。

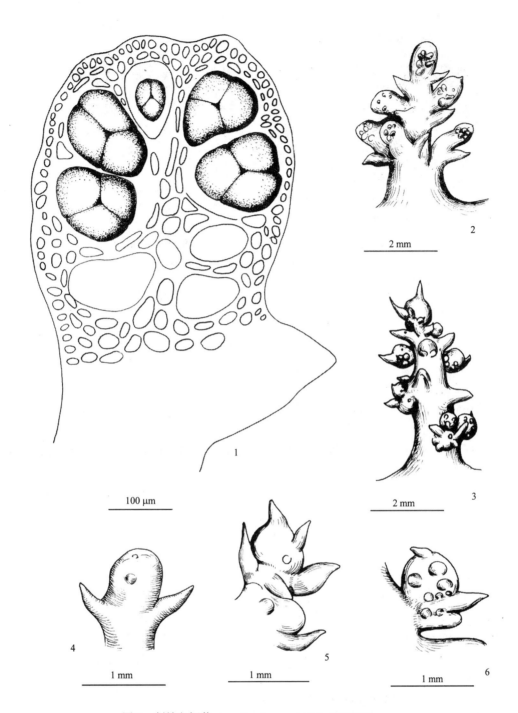

图 3　刺枝鱼栖苔 *Acanthophora spicifera* (Vahl) Børgesen

1. 四分孢子囊枝的表面观(AST 58-4796)；2. 刺生于孢囊枝的下部(AST 58-4162)；3. 刺生于孢囊枝的
顶端及中部(AST 58-4162)；4-6. 图示西沙群岛产的一藻体上的孢囊枝(AST 57-897)。

Fig. 3　*Acanthophora spicifera*(Vahl) Børgesen

1. Surface view of tetrasporangia (AST 58-4796); 2. Spines on the low part of tetrasporangial
branchlets(AST 58-4162); 3 Spines on the apex and middle part of tetrasporangial branchlets(AST 58-4162);
4-6. Spines on the different part of tetrasporangial branchlets that from same frond(AST 57-897).

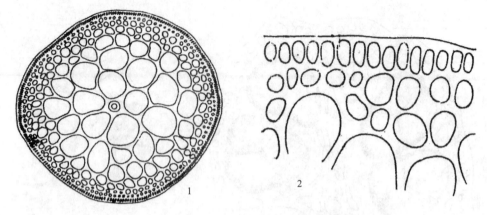

图 4　刺枝鱼栖苔 *Acanthophora spicifera*(Vahl) Børgesen (仿张峻甫, 夏邦美, 1980)
1. 藻体的横切面；2. 藻体部分横切面。

Fig. 4　*Acanthophora spicifera*(Vahl) Børgesen (After Zhang and Xia, 1980)
1. Transection of frond; 2. Transection of part of frond.

顶囊藻属 *Acrocystis* Zanardini

Zanardini, 1872, p. 145

　　藻体聚生，基部具匍匐的根状茎，向上产生短的、中实的圆柱形柄部，单条或分枝，其上部是中空的囊状体，囊倒卵形或梨形；柄部的横切面有一中轴细胞和 5 个围轴细胞，外围数层薄壁细胞的皮层；囊状部中央是一中轴，轮生 5 个围轴细胞，外被 3 或 4 层细胞，顶端生有早落性的毛丝体。

　　四分孢子囊生长在囊状部顶端的乳头状孢囊枝内，四面锥形分裂，外被 2 个大的盖细胞。

　　属的模式种：*Acrocystis nana* Zanardini, 1872:145。

4. 顶囊藻　图 5　图版 I:3

Acrocystis nana Zanardini, 1872, p. 145, pl. 8A, figs. 1-6; Dawson, 1954, p. 461, fig. 63, b, c; Xia, Xia and Zhang in Tseng (ed.), 1983, p. 142, pl. 74, fig. 3; Silva P. C., E. G. Menez and R. L. Moe, 1987, p. 61; Silva, P. C., P. W. Basson and R. L. Moe, 1996, p. 472; Yoshida, 1998, p. 1007, fig. 3-102, B. C.; Huang, Su-fang, 2000, p. 195.

模式标本产地："Tangion Datu" Sarawak (Indonesia)。

　　藻体成群聚生，形成不规则形的伸展的片状，藻体上部为中空的囊状体，囊体倒卵形或梨形，体下部为短的中实的圆柱形柄，基部为匍匐根状茎附着于基质上，其上附生有毛状根纤维。藻体 0.7~2 cm 高，囊状体一般 6~10 mm 长，3~6 mm 宽，柄 2~5 mm 长，径约 1 mm。藻体红褐色或暗紫色，质软但强韧，制成的蜡叶标本能附着于纸上。

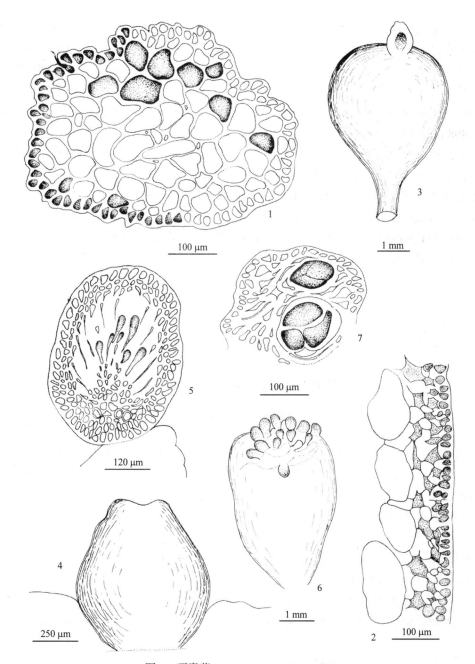

图 5　顶囊藻 *Acrocystis nana* Zanardini

1. 柄的横切面(AST93-0762)；2. 部分囊体横切面(AST93-0762)；3. 囊体顶生的囊果(AST60-7661)；4. 囊果放大图(AST60-7661)；5. 囊果纵切面观(AST58-5232)；6. 囊体顶生的四分孢子囊(AST54-4534)；7. 四分孢子囊切面观(AST54-4534)。

Fig. 5　*Acrocystis nana* Zanardini

1. Transection of stem(AST93-0762); 2. Transection of part of hollow body(AST93-0762); 3. Cystocarp on the apex of hollow body(AST60-7661); 4. Cystocarp(AST60-7661); 5. Longitudinal section of cystocarp(AST58-5232); 6. Tetrasporangia1 branchlets on the apex of hollow body(AST54-4534); 7. Transection of part of tetrasporangia(AST54-4534).

藻体内部构造，囊状部分横切面观，中空，内有一条中轴细胞及 5 个围轴细胞轮生，囊部外皮厚 145~178 μm，由 3 或 4 层细胞组成，最内层细胞大，99~158 μm 长，53~86 μm 宽，外皮层细胞小，不规则卵形或长方形，13.2~16.5 μm×6.6~9.9 μm 大小。柄的横切面观，中实，中央有明显的一个中轴细胞及 5 个围轴细胞，外围为薄壁细胞，胞径 46~86 μm×26~66 μm，表皮细胞较小，13.2~36.3 μm×6.6~19.8 μm，柄径 531~564 μm× 481~498 μm (干标本)。

具同型世代交替，孢子体与配子体外形相同；四分孢子囊囊枝乳头状或三角锥状突起，位于囊状体顶端，常密生或散生，365~597 μm 长，282~332 μm 宽，孢囊枝切面观，可以看到 2~4 个大的卵圆形或近圆的四分孢子囊，92~106 μm×72~92 μm，四面锥形分裂；囊果近球形或长卵形，生于囊状体顶部或上部，高 830~996 μm，宽 697~830 μm；切面观，498~531 μm×332~365 μm，囊果底部由一些小细胞组成的产孢丝，其上产生长的棍棒状果孢子囊，囊长 26~92 μm，囊宽 13~20 μm，囊果被厚 59~99 μm，由 3~5 层细胞组成，顶端有一开口。精子囊未见。本种的囊果为首次发现。

习性：生长在中、低潮带背阴的岩石上或边缘处。

产地：台湾及海南岛。

国外分布：日本，越南，菲律宾，马来西亚，印度尼西亚，印度洋。

软骨生藻属 *Benzaitenia* Yendo
Yendo, 1913, p. 283

藻体黄色，瘤状，寄生在粗枝软骨藻的藻体上，常以小型细胞浸入到寄主的细胞组织中；生殖器官直接生长在藻体的外部。孢囊枝长圆锥形，每节有 6 个围轴细胞，每个四分孢子囊有 2 个盖细胞，四面锥形分裂；精子囊群圆锥状；囊果球形，无柄。

属的模式种为 *Benzaitenia yenoshimensis* Yendo。

5. 软骨生藻

Benzaitenia yenoshimensis Yendo, 1913, p. 283, pl. 14, figs. 1-10; Okamura, 1936, p. 806, fig. 387; Segawa, 1980, p. 112, pl. 67, fig. 541; Morril, 1976, p. 203, figs. 1-26; Lee, In Kyu and Jae Won Kang, 1986, p. 324; Yoshida, 1998, p. 1008; Sun Jianzhang, 2006, p. 61.

模式标本产地：日本北海道。

我们没有采到此种标本，根据记录产于我国浙江普陀山(Sun Jianzhang, 2006, p. 61)。

国外分布：日本，朝鲜半岛。

卷枝藻属 *Bostrychia* Montagne
Montagne in Ramon de la Sagra, 1842, p. 39

藻体个体较小，通常分为背腹构造并匍匐。藻体是丝状的，大多数是二列互生分枝，有时很不规则，常常具有内卷的顶端。丝体为亚圆柱形或扁压的，多管的，由一个中轴管和几个包围的围轴细胞组成，这些围轴细胞可能是裸露的无皮层的，或者是有皮层的，被 1 到几层较小的长方形细胞包围，由此就形成了一个假薄壁组织的皮层。在中轴细胞垂直分裂之后，围轴细胞为了一个横壁常常再分裂形成 2 个细胞。因此，结果是每个中央管细胞就有 2 个围轴细胞，也就是说，中轴细胞的长度是围轴细胞的 2 倍。然而，在某些种类，由横分裂形成的围轴细胞的 1 个或 2 个分裂多于 1 次或 2 次，就会产生每个中央管(或中轴)细胞有 3~6 个围轴细胞。在每个特殊的种类这点似乎是不变的，保证了在属的分类上它的应用。围轴细胞列的数量，正好相反，是不变的，藻体的较低部位变化从 5 到 10，并且向上逐渐减少直至最末小枝，或者至少它们的顶端部分或多或少是单管的。这个属除了初生的固着器外，还通常生长有一定数量的副的固着器官——附着器。四分孢子囊四面锥形分裂，生长在膨胀的纺锤形顶生的孢囊枝内，呈双列排列。囊果顶生在小枝上，通常卵圆形，具有明显的顶端囊孔。精子囊形成在最末小枝膨胀的末端。

属的模式种：*Bostrychia scorpioides* (Hudson) Montagne.

卷枝藻属 *Bostrychia* 分种检索表

1. 藻体无皮层 ·· 2
1. 藻体具皮层 ·· **柔弱卷枝藻 B. tenella**
　2. 藻体具有单管小枝 ··· 3
　2. 藻体没有单管小枝 ·· **多管卷枝藻 B. radicans**
3. 藻体有规则的单管小枝及较丰富的分枝 ··············· **香港卷枝藻 B. hongkongensis**
3. 藻体仅在顶部保留一短的单管小枝 ··············· **简单卷枝藻 B. simpliciuscula**

6. 香港卷枝藻　图 6

Bostrychia hongkongensis Tseng, 1943, p. 171.

模式标本产地：中国香港。

藻体浅紫红色，缠结丛生，可达 20 mm 高，分枝互生，二列，不规则亚羽状混生，下部有时亚叉分。丝状体具节，整体无皮层。主枝径同为 150 μm，多管，每个中轴管通常外围 6 个围轴细胞，向上围轴细胞减为 4 个，围轴细胞表面观为长方形，通常长约为宽的 2 倍。两个纵列的围轴细胞对一个中轴细胞。节部通常稍短于径部。最末小枝由一多管的基部和一些单条的或稍有分枝的亚伞房形排列的单管丝组成，这些丝状体细胞长方形，比宽略长，在横壁处稍缢缩，较低部位径约 45 μm，顶部逐渐减为 30 μm，周边型的附着器不规则地产生，但常产生在叉分处，或近于此处。没有发现生殖个体。

习性：生长在隐蔽的潮间带有泥覆盖的岩石上，形成缠结的团块。

产地：香港。

本种为我国特有种。

本种常和简单卷枝藻 *Bostrychia simpliciuscula* 混生在一起，但是后者不同于前者是藻体比较细，宽度只是前者的一半。

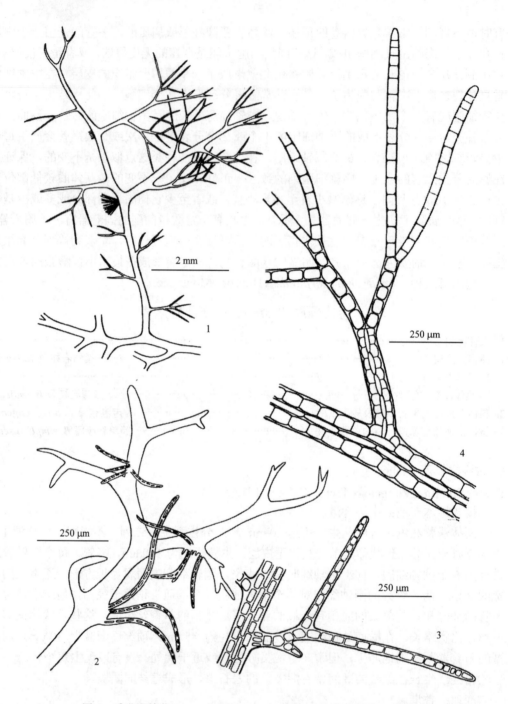

图 6　香港卷枝藻 *Bostrychia hongkongensis* Tseng(仿曾呈奎，1943)

1. 藻体外形图；2. 部分藻体示假根状吸附器；3. 部分幼枝纵面观，示围轴和中轴细胞及单管丝；

4. 一个老枝纵面观，示单管小枝。

Fig. 6　*Bostrychia hongkongensis* Tseng (After Tseng, 1943)

1. Habit sketch of part of the plant; 2. Part of the plant, showing rhizoidal haptera; 3. Longitudinal sectional view of part of young branch, showing the pericentral and axial siphon cells and monosiphonous filament;

4. Longitudinal sectional view of part of an older branch, showing a monosiphonous branchlet.

7. 多管卷枝藻　图 7

Bostrychia radicans (Montangne) Montangne in Kützing, 1842, p. 661; Tseng, 1943, p. 168, pl.
I. figs. 1-3; Dawson, 1954, p. 452, fig. 59d,e; Durairatnam,1961, p. 69; Tanaka, J. and M.
Chihara, 1988, p. 95, fig. 7; Silva, P. C., E. G. Menez and R. L. Moe, 1987, p. 62; Silva, P.
C., P. W. Basson and R. L. Moe, 1996, p. 474; Yoshida, 1998, p. 1011, fig. 3-102M-O.

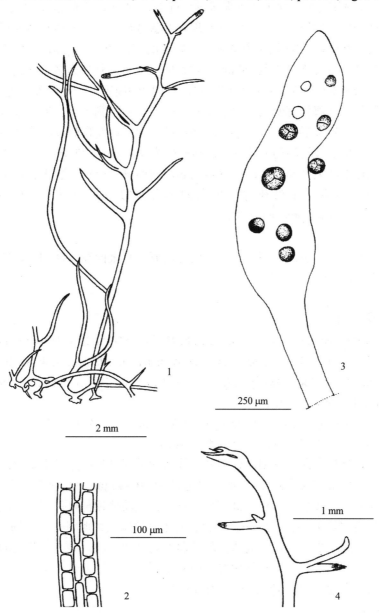

图 7　多管卷枝藻 *Bostrychia radicans* (Montangne) Montagne in Kützing (1，2，4 仿曾呈奎，1943)
1. 四分孢子体的外形；2. 藻体纵面观，围轴和中轴细胞；3. 四分孢子囊小枝(Tseng 2079a)；4. 枝端具吸附器。
Fig. 7　*Bostrychia radicans* (Montangne) Montagne in Kützing (1,2,4 after Tseng, 1943)
1. Habit sketch of a tetrasporic plant; 2. Longitudinal section of a filament, showing pericentral and axial
siphon cells; 3. Tetrasporangial stichidia (Tseng 2079a); 4. Upper part of branches, showing haptera.

Rhodomena radicans Montagne 1840, p. 198, pl. 5, fig. 3.

Bostrychia leprieurii Montagne, 1850, p. 289.

Bostrychia rivularis Harvey, 1853, p. 57.

模式标本产地：法属圭亚那卡宴附近"Prope Cayenne", French Guiana。

藻体暗紫色，簇生不缠结，约 1.5 cm 高，线形丝状，由匍匐部和直立部组成，匍匐茎发育很好，不规则分枝，向下产生很多盘状固着器固着于基质上，向上则产生直立枝，直立枝二列地分枝，比较稀少，并混有不规则羽状分枝。主轴多少有些曲折。最粗处在中部，径可达 240 μm，向两端逐渐变细，在较低的基部径约 90 μm，在中部逐渐增大到 170 μm，然后在顶部再次减少到 90 μm。丝状体无皮层，整体为多管结构。围轴细胞表面观长方形，长是宽的 1.5~2 倍；纵切面观，2 个围轴细胞对一个中轴细胞，横切面观，围轴细胞的数量不同部位有变化，主枝为 6~8 个，小枝减到 4 个；所有最末小枝多少有些内弯，副的附着器芽形，由假根束的末端组成，规则地发自分枝的基部小枝。

四分孢子囊位于枝端的孢囊枝内，孢囊枝略膨胀，266~697 μm 长，183~199 μm 宽；四分孢子囊近球形，大小 40~53 μm×33~46 μm，四面锥形分裂。囊果、精子囊未见。

习性：生长在隐蔽的红树林沼地潮间带有泥覆盖的岩石上，与 *Stictosphonia kelanensis*、*Caloglossa leprieurii* 混生。

产地：香港。

国外分布：日本，越南，菲律宾，印度尼西亚，马来西亚，新加坡，印度，南非，澳大利亚，大西洋。

8. 简单卷枝藻　图 8

Bostrychia simpliciuscula Harvey ex J. Agardh, 1863[1851-1863],p. 854-855; Tseng, 1943, p. 173, pl II, figs. 6-7; Lee, In Kyu and Jac Won Kang, 1986, p. 324; Silva, P. C., E. G. Menez and R. L. Moe, 1987, p. 62; Silva, P. C., P. W. Basson and R. L. Moe, 1996, p. 475; Yoshida, 1998, p. 1012.

Bostrychia tenuis f. *simpliciuscula* (Harvey ex J. Agardh) Post, 1936, p. 23.

模式标本产地：汤加 Tonga, "Friendly Islands"。

藻体缠结，分枝小而不规则，近邻分枝枝次的不同只是在直径上略有区别，近基部的分枝径 60~90 μm，向上逐渐变细，顶部径为 30~40 μm，藻体较大部分径通常为 55~65 μm。丝状体无皮层，除顶部外都是多管的。仅藻体顶部可保留一短的单管。直立枝的围轴细胞通常呈 4，匍匐部分呈 5 或 6；两个纵的围轴细胞对一个中轴细胞；围轴细胞表面观长是宽的 1.2~1.5 倍。周边的附着器不规则地生成，并产生延长的假根丝，径 18~20 μm。藻体浅紫红色，干后能较好地附着于纸上。生殖器官未见。

习性：生长在隐蔽的盐沼地潮间带有泥的岩石上。

产地：香港。

国外分布：日本，朝鲜半岛，菲律宾，泰国，印度尼西亚，新加坡，波利尼西亚，南非，印度洋。

本种的近缘种是香港卷枝藻 *Bostrychia hongkongensis*，它们的藻体都无皮层，围轴细胞的形态相似，围轴细胞和中轴细胞的长度比例以及附着器的类型都是相似的，但不同的是，简单卷枝藻没有真正的单管丝体，有稀少的不规则分枝，各次分枝有较相等的直径以及较细的丝体。基于这些明显的不同，即使有时它们混生在一起，也能容易地区分它们。

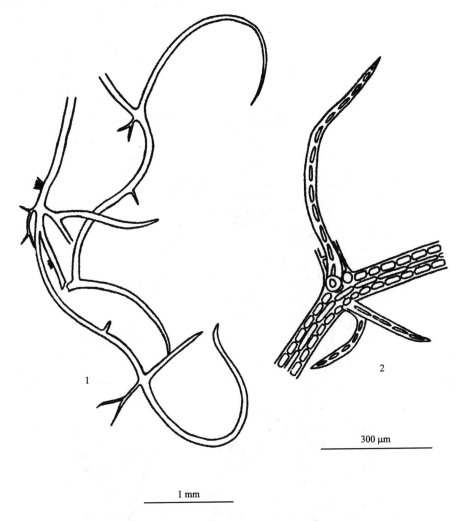

300 μm

1 mm

图 8　简单卷枝藻 Bostrychia simpliciuscula Harvey ex J. Agardh (仿曾呈奎，1943)
1. 藻体外形图，示分枝及吸附器；2. 丝状体纵面观，示围轴和中轴细胞及假根丝。
Fig. 8　*Bostrychia simpliciuscula* Harvey ex J. Agardh (After Tseng, 1943)
1. Habit sketch of part of a frond, showing branching and haptera; 2. Longitudinal section of a filament,
showing pericentral and axial siphon cells and rhizoidal filaments.

9. 柔弱卷枝藻　图 9　图版 I：6

Bostrychia tenella (Lamouroux) J. Agardh, 1863, p. 869; Silva P. C., E. G. Menez and R. L.
　　Moe , 1987, p. 62; Silva, P. C., P. W. Basson and R. L. Moe, 1996, p. 475; Yoshida, 1998,
　　p. 1012, fig. 3-102K,L; Huang, Su-fang, 2000, p. 196, fig. 196.
Plocamium tenellum Lamouroux, 1813, p. 138.
Fucus tenellus Vahl, 1802, p. 45.

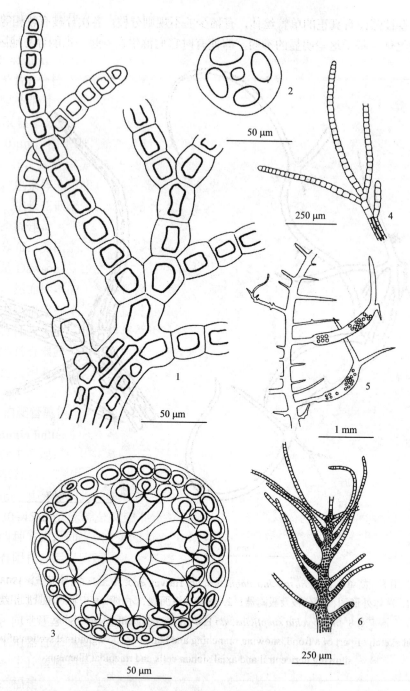

图 9　柔弱卷枝藻 *Bostrychia tenella* (Lamouroux) J. Agardh (仿曾呈奎，1943 及曾呈奎等，1980)
1,4. 藻体上单管丝状小枝；2. 最末小枝的横切面；3. 分枝的横切面；5. 四分孢子囊枝；6. 藻体上部分枝及单管育枝。

Fig. 9　*Bostrychia tenella* (Lamouroux) J. Agardh (After Tseng, 1943 and Tseng et al., 1980)
1,4. Branchlet showing monosiphonous filaments, 2. Transection of the apical monosiphonous ultimate branchlet; 3. Transection of the branch; 5. Tetrasporangial stichidia; 6. Upper part of a frond, showing branching and proliferated monosiphonous filaments.

Bostrychia tenella (Vahl) J. Agardh, Tseng, 1943, p. 176, pl. I, fig.6.

Bostrychia binderi Harvey, 1847, p. 68, pl. 28; Tseng, 1943, p. 177, pl. I, figs. 7-8.

模式标本产地：维尔京群岛圣克罗伊岛。

藻体紫红色或红褐色，较柔弱，匍匐平卧，形成缠结的块，扁压，有背腹面。主轴 2~3 cm 高，2 或 3 次复羽状分枝，分枝互相覆盖；有长的无限枝和短的有限枝，小枝互生或稍叉分，分枝末端常向腹面弯曲。最末小枝的顶端成单条或分枝的单管丝，丝体由多个近桶状细胞组成，胞径 24~30 μm，且长大于宽，下部较宽，向顶部渐细，有的基部多管。主轴、主枝以及较粗的小枝都具皮层，皮层细胞径 30~45 μm。横切面观，围轴细胞 6 或 7 个，产生一些皮层细胞层；纵切面观 2 个围轴细胞对一个中轴管细胞。周边的附着器不规则地产生。

四分孢子囊枝圆柱状—喙状—披针形，径可达 150~180 μm，长 800 μm，顶端钝形，急尖，或细尖的，或者上部有一小枝。有性生殖体未见。

习性：生长在最高水位标记之上，一个洞穴的顶部，隐蔽处覆盖有泥的潮间带岩石上。

产地：香港、海南岛和台湾。

国外分布：日本，朝鲜半岛，新加坡，印度尼西亚，菲律宾，马来西亚，泰国，缅甸，巴基斯坦，斯里兰卡，毛里求斯，印度，南非。

海人草属 *Digenea* C. Agardh

C. Agardh, 1822, p. 389

藻体直立，丛生，圆柱形，互生或二叉分枝，主轴软骨质，没有一个很明确的顶细胞或多管构造，主轴具有厚的皮层，轴及枝的表面密被毛状小枝，这些小枝横切面观有 6~10 个围轴细胞和一层细胞的皮层；四分孢子囊生长在不规则的膨大的没有皮层的生殖枝上部，每个孢子囊被 3 个围轴细胞覆盖，精子囊呈卵球形的盘状群，在生殖小枝的顶端形成；囊果卵球形，顶生或侧生在小枝上。

属的模式种为 *Digenea simplex* (Wulfen) C. Agardh。

10. 海人草　图 10，11　图版 I：5

Digenea simplex (Wulfen) C. Agardh, 1822, p. 389; Shen, Y. F. and K. C. Fan, 1950, p. 342; Tseng et al., 1962, p. 165, text-fig. 48, pl. X:85; Chapman, V. J., 1963, p. 133, fig. 138; Xia, Xia and Zhang in Tseng(ed.), 1983, p. 146, pl. 76, fig. 4; Silva P. C., E. G. Menez and R. L. Moe, 1987, p. 63; Silva, P. C., P. W. Basson and R. L. Moe, 1996, p. 490; Yoshida, 1998, p. 1021, figs. 3-106E.

模式标本产地：意大利的里雅斯特。

藻体直立丛生，圆柱状，5~11 cm 高，径 2~3 mm；基部具不规则圆盘状固着器；不规则互生叉枝分枝，体下部枝腋角广开，上部略小；体下部及近基部常因小枝脱落而裸露，其余部位密被毛状小枝，顶端似狐狸尾，小枝单条，偶有分歧，硬，2~3 mm 长，100~133 μm 宽。藻体暗紫红色，干燥后变绿或灰色，软骨质，制成的蜡叶标本不易附着于纸上。

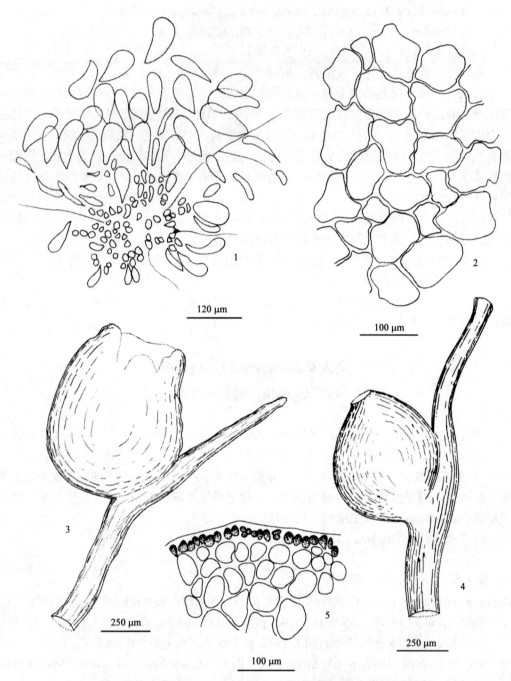

图 10 海人草 *Digenea simplex* (Wulfen) C. Agardh (AST86-1259)

1. 挤压出的产孢丝和果孢子囊；2. 部分主轴横切面；3,4. 囊果外形图；5. 部分藻体横切面，示皮层。

Fig. 10 *Digenea simplex* (Wulfen) C. Agardh (AST86-1259)

1. Gonimoblast and carpospores pressed from cystocarp; 2. Transection of part of main axes;

3,4. Cystocarps; 5. Transection of part of frond, showing cortex.

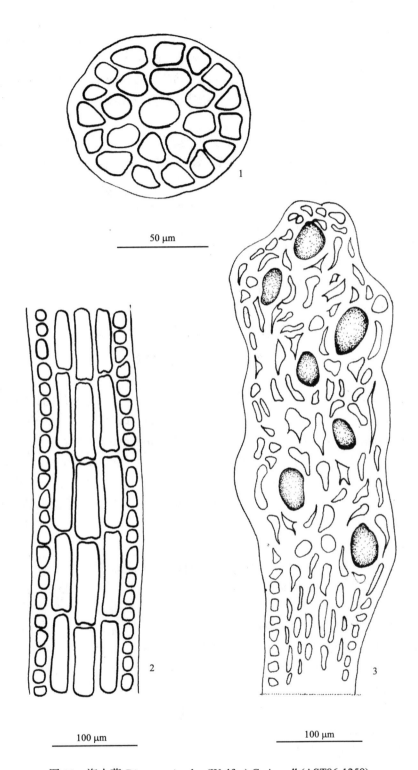

图 11　海人草 *Digenea simplex* (Wulfen) C. Agardh(AST86-1259)

1. 藻体横切面；2. 藻体纵切面；3. 四分孢子囊小枝纵切面。

Fig. 11　*Digenea simplex* (Wulfen) C. Agardh (AST86-1259)

1. Transection of frond; 2. Longtitudinal section of frond; 3. Longitudinal section of tetrasporangial branchlet.

藻体内部构造，主枝横切面观，体中央由薄壁细胞组成的髓部，髓胞长径为 40~118 μm，向外逐渐变小，表皮层细胞卵圆形，6.6~16.5 μm×6.6~9.9 μm；小枝横切面观，中央有一大的中轴细胞，胞径 29.7~33 μm×13.2~19.8 μm；小枝的围轴细胞 8~10 个，胞径 16.5~23.1 μm×9.9~16.5 μm，外围一层皮层细胞，不规则卵形、卵圆形或长方形，胞径 9.9~16.5 μm×9.9~13.2 μm。

生殖器官生于刚毛状的小枝上，四分孢子囊生于小枝顶端的膨大部分，螺旋排列；囊果(干标本)加水后，果孢子囊极易从囊孔溢出，产孢丝细胞较小，果孢子囊长卵形，99~118.4 μm×19.8~52.8 μm；精子囊未发现。

习性：生长在大干潮线下 2~7 m 深处的珊瑚碎块上。

产地：台湾、海南省的东沙群岛。

国外分布：日本，菲律宾，太平洋东岸，大西洋，印度洋，红海，地中海的热带海岸。

本种为小儿驱蛔药。

爬管藻属 *Herposiphonia* Nageli
Nageli, 1846, p. 238

爬管藻属 *Herposiphonia* 是 Nageli 于 1864 年建立的，已知本属的种类约 40 余种，产于中国的有 13 个种 1 个变种。有关本属种类的记载，国外的如 Børgesen (1915—1920, 1937)、Okamura (1936)、Taylor (1960)、Abbott 和 Hollenberg (1976)、Hollenberg (1943, 1968)、Pilger (1911, 1920)、Howe (1920)、Kylin (1925)、Setchell (1926)、Segi (1954)以及 Yoshida T. (1998)等。国内的有曾呈奎(Tseng, 1936, 1944) 先后报道过厦门和香港地区的本属种类，并建立 2 个新种，张峻甫和夏邦美 1978 年报道产于西沙群岛的本属种类，郑怡对产于福建地区的爬管藻属进行分类研究，并建立 2 个新种(1992 年)和 1 个新变种(1990 年)。

藻体平卧或匍匐，丝状匍匐的轴具有背腹性，分枝从侧背面或两侧生出，为外源性生长，无皮层。假根由主轴腹面围轴细胞割出。分枝有无限枝与有限枝，左右交错排列，但一个有限枝和下一个无限枝总是在同一侧，其排列方式有两种：①大多数种类是在 2 个连续的无限枝之间有 3 个有限枝，无裸露节片；②每一无限枝后接着 1 个有限枝，后又紧接着 1 个以上的裸露的节片。但有时这两种排列方式同时发生在同一藻体的分枝上，个别种类分枝排列不规则。无限枝分枝顶端不同程度地向上卷曲，有限枝单条不分枝，个别种类有分枝，枝多少向前弯曲，幼枝更为明显。

生殖器官和毛丝体着生在有限枝上，有性生殖器官从有限枝基部至顶端均可着生。囊果壶形或近壶形，精子囊弓形或穗状，大多数螺旋排列。四分孢子囊单列着生在有限枝上，四分孢子囊四面锥形分裂。

本属模式种：*Herposiphonia tenella* (C. Agardh) Ambronn。

爬管藻属 *Herposiphonia* 分种检索表

11. 基生爬管藻　图 12

Herposiphonia basilaris Zheng et Chen, 1992, p. 96-98, pl. II: 1-2, fig. 2: a. b. c.

模式标本产地：中国福建晋江的永宁。

藻体粉红色，附生在珊瑚藻的藻体上。平卧的无限枝径为 70~110~(130)μm，其节片长为径的 0.5~1.0 倍，围轴细胞 8 或 9 个。假根由平卧的无限枝节处生出，单条，末端分叉，径 32~35 μm。在两个连续的无限枝之间有 3 个直立的有限枝，无裸露节片。有限枝由 5~12~(14)个节片组，径为 40~65~(75)μm，其节片长为径的 0.5~0.8 倍，围轴细胞 8(9) 个。色素体非带状。毛丝体 2~4 束，生于有限枝顶端，2~3(4)次二叉分枝，长可达 500 μm。成熟时大部分脱落。四分孢子囊 2~5 个，单列着生在有限枝的中部或下方节片中，径为 47~70 μm。囊果壶形，径为 270~330 μm，着生在有限枝基部的第 2、3 个节片上。精子囊枝穗状，1 或 2 束，长 200~250 μm，径为 50~70 μm，生于有限枝基部第 2~4 个节片上。

习性：生长在低潮带，附生在珊瑚藻 *Corallina* sp.的藻体上。

产地：福建。

本种为我国特有种。

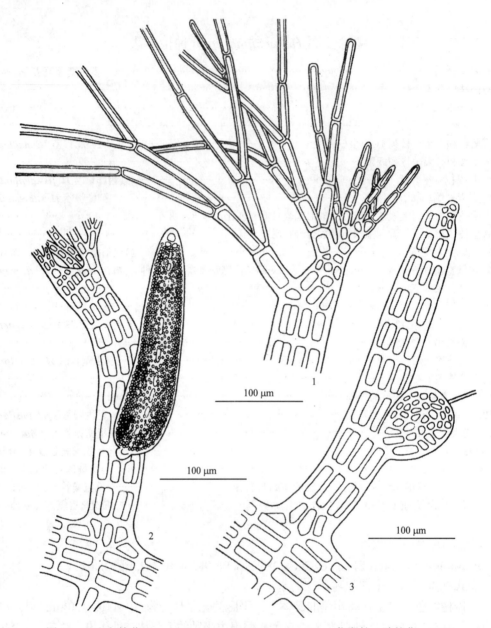

图 12　基生爬管藻 Herposiphonia basilaris Zheng et Chen (仿郑怡、陈灼华，1992)
1. 有限枝顶端的毛丝体；2. 有限枝上的精子囊枝；3. 发生在有限枝基部的果胞系。

Fig. 12　*Herposiphonia basilaris* Zheng et Chen (After Zheng and Chen, 1992)
1. Trichoblasts on the apex of determinate branch; 2. Spermatangial branchlet on the determinate branch;
3. Procarp on the base of determinate branch.

　　本种的主要特征是，有限枝节片数目较少，由 5~12~(14) 个节片组成；囊果基生于有限枝基部的第 2、3 个节片上。本种在有限枝节片数目、围轴细胞数目以及毛丝体等方面的特征与顶囊爬管藻 *Herposiphonia parca* Setchell 相似，所不同的是囊果的着生位置，顶囊爬管藻的囊果是顶生的。从果胞系发生的位置来看，本种与细嫩爬管藻 *H. delicatula* Hollenberg 相近，都是基生的，但本种的有限枝节片数目较少，果胞系更靠近基部。

12. 丛生爬管藻　图 13，14　图版 III：1-2

Herposiphonia caespitosa Tseng, 1944, p. 58-61, pl.I; Umezaki, 1967, p. 285, f. 6; Yoshida, 1998, p. 1027.

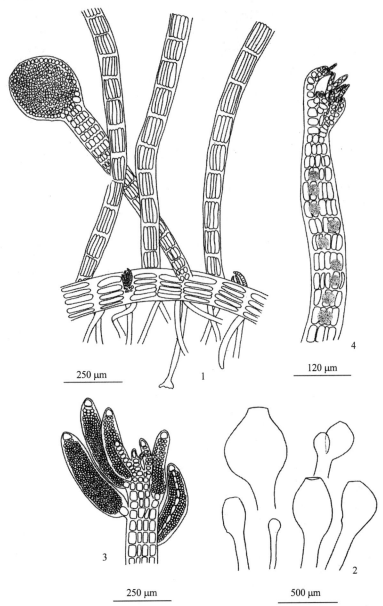

图 13　丛生爬管藻 *Herposiphonia caespitosa* Tseng (仿曾呈奎，1944)
1. 部分囊果的外形；2. 不同时期发育的囊果具有两个一对；3. 雄性小枝的上部，示精子囊；
4. 幼孢子囊小枝的上部，示幼毛丝体。
Fig. 13　*Herposiphonia caespitosa* Tseng (After Tseng, 1944)
1. Habit sketch of part of cystocarpic plant; 2. Cystocarps in different stages of development, with two in pair; 3. Upper part of male branchlet, showing spermatangial cluster; 4. Upper part of young tetrasporic branchlet, showing young trichoblasts.

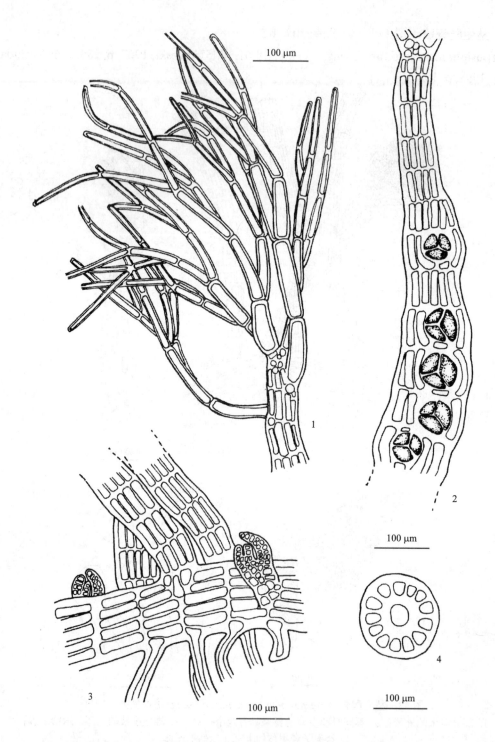

图 14　丛生爬管藻 *Herposiphonia caespitosa* Tseng (F. N. U. 84-57a)

1. 有限枝顶端的毛丝体；2. 四分孢子囊枝；3. 主轴上的分枝和假根；4. 主轴横切面。

Fig. 14　*Herposiphonia caespitosa* Tseng (F. N. U. 84-57a)

1. Trichoblasts on the apex of determinate branch; 2. Tetraporangial branchlet; 3. Branches and rhizoid of main axes; 4. Transection of main axes.

模式标本产地：中国香港。

藻体软垂，红褐色。分枝密集，从侧面呈栉状出发，丛生，高可达 3 mm，围轴细胞 8~14。在两个互生的无限枝之间有 3 个有限枝，主枝和无限枝匍生，具背腹，顶端向上内卷，每一节片成对生出单细胞的假根，有时单条或 3 条，径 30~150 μm，节片长不及宽或相近；有限枝直立，高 1.2~3 mm，径 70~90 μm，下部较宽，顶端钝圆，节片数目 16~30，节片上方较短，下方较长，大约可达宽的 2 倍。毛丝体发达，螺旋状生于有限枝顶端，4~6 次亚二叉分枝，基部细胞径约 20 μm。色素体带状排列。四分孢子囊 30~60 μm，单列生于有限枝。精子囊枝多数，近圆柱形，螺旋状生于有限枝顶端，径 45~80 μm，长 170~600 μm，顶端具一大的不育性细胞。囊果幼时呈近圆球形至卵形，成熟后变成壶形，径 460 μm，长 520 μm，顶生于育性枝上，偶见成对，一个较大，另一个迟发育，较小；育性枝的长度通常只有相邻营养枝的 1/3 到 1/2，但它们的节片数目相同，育性枝的节片很短。

习性：生长在潮间带岩石上，丛生呈垫状，或附生在珊瑚藻 Corallina sp.的藻体上。

产地：香港、福建。

国外分布：日本。

产于福建的标本主要特征与原种的描述有以下几点相同：①藻体丛生；②主轴节片长小于径；③假根成对；④有限枝顶端具有发达的毛丝体。但是围轴细胞数目原种 8~12 个，而福建的标本 12~14 个，较原种多。

13. 细嫩爬管藻　图15　图版 III：3-6

Herposiphonia delicatula Hollenberg, 1968, p. 540-541, fig. 1A, B, 2H, 3; Silva, P. C., P. W. Basson and R. L. Moe, 1996, p. 496; Abbott, 1999, p. 371, fig. 107F-G.

模式标本产地：加罗林群岛。

藻体粉红色，附生在其他藻类藻体上。平卧的无限枝径(50)~60~80 μm,其节片长为径的(0.8)~1.0~1.3 倍。假根由主轴节处发出，单条，径 10~35 μm，末端分叉，主轴具有裸露节片，分枝的排列有 2 种方式，即在两个连续的无限枝之间有 3 个直立的有限枝或每一无限枝跟一个有限枝，后又紧跟 1(2)个裸露节片，无限枝小或退化至几个细胞；有限枝不分枝，节片数目 16~24~(38)，径 50~60 μm，节片长除顶端小于径外，一般与径相等，围轴细胞 8(9)个，色素体非带状。毛丝体小或缺乏，有时具发达的毛丝体。四分孢子囊 12~14 个，单列着生在有限枝节片上，径 50~55 μm，囊果单个，壶形，径可达 380 μm，着生在有限枝基部第(3)4~6(7)节片，精子囊枝穗状，4 或 5 束，长(100)~400~600 μm，径 50~80 μm，螺旋排列在有限枝基部第 4~12 节片上。

习性：生长在低潮带，附生在珊瑚藻 Corallina sp.、凹顶藻 Laurencia sp. 藻体上。

产地：福建。

国外分布：加罗林群岛，印度洋。

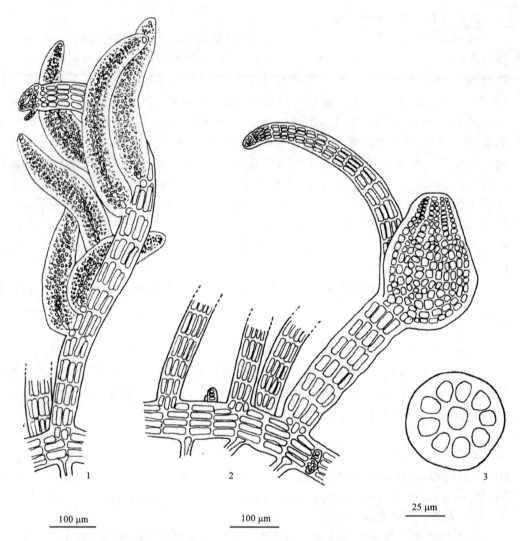

100 μm   100 μm   25 μm

图 15 细嫩爬管藻 *Herposiphonia delicatula* Hollenberg
1. 有限枝上螺旋排列的精子囊枝(F.N.U.84-84♂)；2. 主轴的一部分，示分枝的排列和囊果的位置
(F.N.U.84-82♀)；3. 主轴横切面(F.N.U.84-82♀)。

Fig. 15 *Herposiphonia delicatula* Hollenberg

1. Spermatangial branchlets spiral arrangement on the determinate branch (F.N.U.84-84♂); 2. Part of main axes, showing the arrangement branch and the position of cystocarp (F.N.U.84-82♀); 3. Transection of main axes (F.N.U.84-82♀).

Hollenberg (1968)建立本种时指出，这个种的分枝排列方式与 *H. tenella* 一样变化很大，有些标本主轴没有裸露节片，而有些标本主轴具有裸露节片，与 *H. tenella* 主要不同之处在于，本种的囊果着生于有限枝下方，而 *H. tenella* 的囊果位于有限枝的上方，产于福建沿岸的标本，其分枝在主轴上的排列方式与原种描述相似，且两者的囊果着生位置很接近，福建标本的囊果是位于有限枝基部第(3)4~6(7)节片，原种是位于有限枝基部第 4~6 节片，但是福建的标本有限枝数目比原种多，为 16~24~(38)，而原种绝大多数是 12~14~(30)，然而 Hollenberg 曾提到在他所检查的标本中，也只有个别标本其有限枝节片数目较多(可达 40 个节片)。

本种为我国新纪录。

14. 裂齿爬管藻　图 16　图版 IV: 1

Herposiphonia fissidentoides (Holmes) Okamura, 1899, p. 36, pl. 1, figs. 9-11; 1909, p. 9, pl.
4; 1936, p. 872, fig. 406; Noda, 1967, p. 38-39, fig. 4:12; Lee, In Kyu and Jao Won Kang,
1986, p. 324; Yoshida, 1998, p. 1027, figs. 3-106,H,I.

Polyzonia fissidentoides Holmes, 1896, p. 257, pl. 12, fig. 2.

模式标本产地：日本神奈川县江之岛。

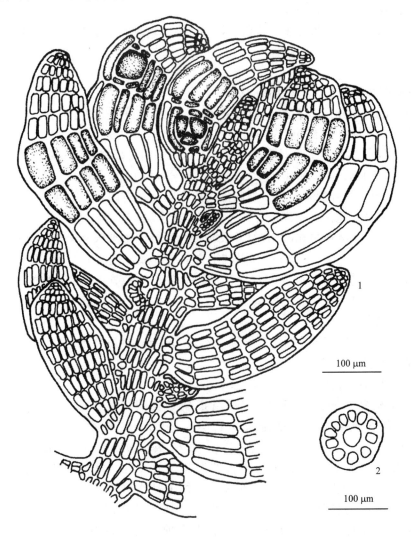

100 μm

100 μm

图 16　裂齿爬管藻 *Herposiphonia fissidentoides* (Holmes) Okamura
1. 分枝的一部分，示四分孢子囊枝(F. N. U. 64-548A); 2. 主轴横切面(F. N. U. 84-85)。
Fig. 16　*Herposiphonia fissidentoides* (Holmes) Okamura
1. Part of branches, showing tetrasporangial branchlets (F. N. U. 64-548A); 2. Transection of main axes (F. N.
U. 84-85).

藻体小，附生在其他藻体上，主轴径 67~100 μm，其节片长为径的 0.5~1.1 倍，围轴细胞 8~12 个，由主轴节处发出单条假根，单细胞，末端分叉，每一节处都有分枝、无裸露节片；分枝向主轴两侧水平发出，呈 2 列；在两个连续的无限枝之间有 3 个有限枝；有限枝扁平、叶状，顶端钝圆，径 67~145 μm，近中部最宽，节片数 9~13，其节片长为径的 0.2~0.3 倍，围轴细胞在近中部最多，12~16 个，色素体非带状，毛丝体缺乏。四分孢子囊着生在有限枝中下方节片中，2 或 3 个，有性生殖器官未见到。

习性：生长在低潮带，常附生在叉节藻 Amphiroa sp. 上。

产地：福建。

国外分布：日本，朝鲜半岛。

本种的有限枝形态为扁平叶状这一特征，在本属种类中是唯一的一种，因而很容易辨认。

15. 福建爬管藻　图 17，18　图版 IV：3-4

Herposiphonia fujianensis Zheng et Chen, 1992, p. 95-96, pl.I: 1-2, fig. 1: a. b.

模式标本产地：中国福建厦门鼓浪屿。

藻体粉红色，附生在珊瑚藻类的藻体上。平卧的无限枝径为 60~90 μm，其节片长为径的 0.4~1.5 倍，围轴细胞 9(8) 个。假根生于平卧的无限枝节处，单条，末端分叉，径为 22~55 μm。平卧的无限枝节处向上生出无限枝和有限枝，在两个连续的无限枝之间有 3 个有限枝，通常无裸露节片。无限枝小或退化。有限枝直立，不分枝，由 20~27 个节片组成，径为 45~70 μm，其节片长与径相近，围轴细胞 9(8) 个。色素体非带状。毛丝体绝大多数缺乏，但有时在有限枝上方具有小或退化的毛丝体。四分孢子囊单列着生在有限枝节片中。果胞系起源于有限枝基部第 4(3) 节片以上至顶端节片，有时在一个有限枝上有 2 个果胞系。囊果壶形，径为 250~350 μm，着生位置与果胞系相同。精子囊枝未见到。

习性：生长在低潮带，附生在珊瑚藻 Corallina sp. 的藻体上。

产地：福建。

本种为我国特有种。

有性生殖器官的位置和特征是爬管藻属分类的重要依据。在本属、种中，已报道的果孢系和囊果一般都是发生在有限枝的一定位置上，如 Herposiphonia tenella、H. parca 等的囊果都是顶生的，而 H. delicatula、H. subdisticha 等的囊果则是基生的。在本种，果胞系和囊果的发生位置变化很大，从有限枝基部节片至顶端节片都可以着生，这一特征在本属、种中是十分独特的，明显地不同于其他种。与本种近缘的种是 H. tenella，它们在分枝的排列、围轴细胞数目以及毛丝体等方面的特征相近，但 H. tenella 的囊果是顶端的，有限枝是顶生的，有限枝节片数目较少。

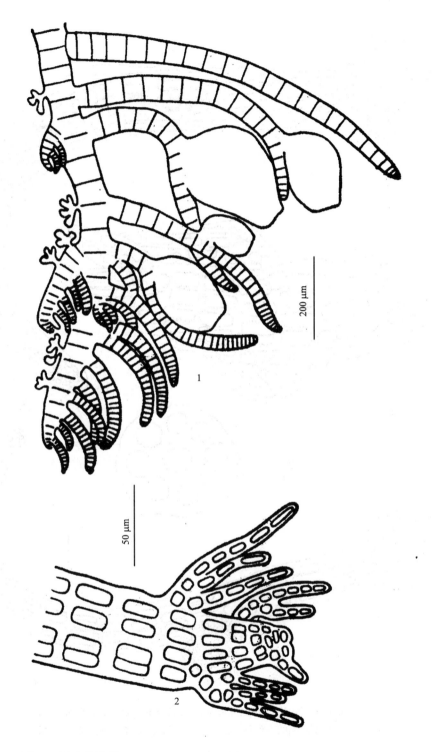

图 17　福建爬管藻 *Herposiphonia fujianensis* Zheng et Chen (F. N. U. 83-39)

1. 示囊果着生在有限枝上的不同位置；2. 有限枝顶端，示毛丝体。

Fig. 17　*Herposiphonia fujianensis* Zheng et Chen (F. N. U. 83-39)

1. Diagram of position of cystocarps; 2. Trichoblasts on the apex of determinate branch.

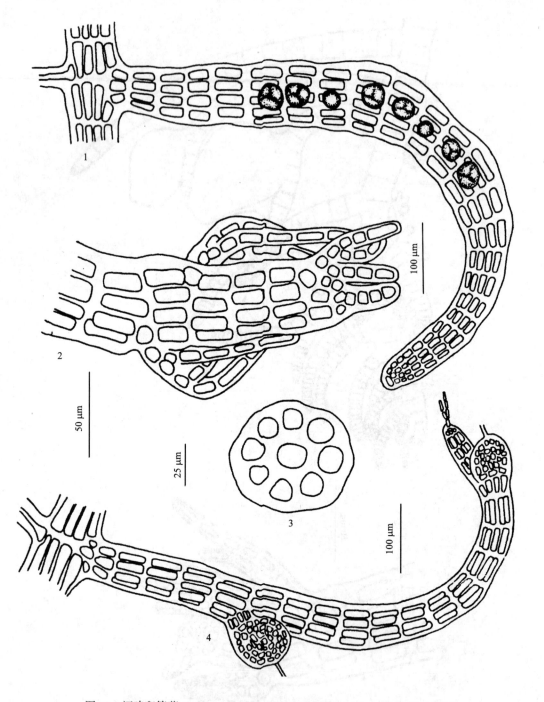

图 18　福建爬管藻 *Herposiphonia fujianensis* Zheng et Chen (F. N. U. 83-39)

1. 四分孢子囊枝；2. 有限枝顶端的毛丝体；3. 主轴横切面；4. 有限枝上的两个果胞系，一个顶生一
个基生。

Fig. 18　*Herposiphonia fujianensis* Zheng et Chen (F. N. U. 83-39)

1. Tetrasporangial branchlet; 2. Trichoblasts on the apex of determinate branch; 3. Transection of main axes;

4. Procarps on the determinate branch, one on the apex, another on the base.

16. 赫伦伯爬管藻 图 19　图版 IV：2

Herposiphonia hollenbergii Dawson, 1963: 430-431, pl. 144(19), figs. 2-4; Abbott and G. J. Hollenberg, 1976: 715, fig. 665.

模式标本产地：墨西哥的瓦哈卡。

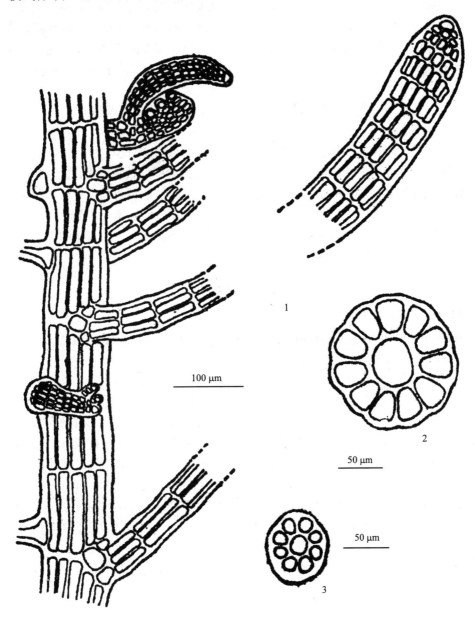

图 19　赫伦伯爬管藻 *Herposiphonia hollenbergii* Dawson (F. N. U. 84-33)

1. 藻体分枝的一部分，示分枝的排列，有限枝上端和基部；2. 有限枝顶端横切面；3. 有限枝基部横切面。

Fig. 19　*Herposiphonia hollenbergii* Dawson (F. N. U. 84-33)

1. Part of branches of frond, showing the arrangement of branches, upper apex of determinate branches and base; 2. Transection of apex of determinate branch; 3. Transection of base of determinate branch.

藻体暗紫色，附生在石块或其他藻类的藻体上，藻体部分分枝游离，平卧的主轴径100~180 μm，其节片长为径的(0.9)~1~1.8倍，围轴细胞10(9)个，假根由平卧无限枝处生出，径30~45 μm，单细胞，罕见多细胞，末端分叉或不分叉，部分节处没有假根。主轴具有裸露节片，分枝的排列有两种方式，即在两个连续的无限之间有3个直立的有限枝，或第一无限枝跟着一个有限枝，后又紧跟着1(0)裸露节片；无限枝小，常常退化至只剩原基。有限枝不分枝，高1 mm以上，可达3.8 mm，径由下而上逐渐变粗，上方径80~140(170)μm，围轴细胞增加，11~13个，下方渐窄，围轴细胞减少，6~8个；节片数目(22)~30~46，其节片在基部长大于径，而向上逐渐缩短至径的1/4；枝顶端通常钝圆，有时渐细。色素体非带状。毛丝体缺乏。生殖器官未见到。

习性：生长在低潮带，附着在石块或珊瑚藻 *Corallina* sp. 的藻体上。

产地：福建。

国外分布：美国加利福尼亚，墨西哥。

本种是 Dawson 在1963年建立的，虽然我们采到的标本数量不多，也没有见到任何生殖器官，然而标本的主要特征比较明显，易与本属的其他种类相辨别。本种标本的藻体通常较大，福建标本的有限枝的径和围轴细胞数目由下而上增加、毛丝体缺乏以及节片数目等特征与 Dawson 的描述相近。与原种不同之处在于，产于福建的标本中，本种藻体的主轴具有裸露节片，而原种没有裸露节片。

本种为我国新纪录。

16a. 赫伦伯爬管藻裸节片变种

Herposiphonia hollenbergii var. interrupta Zheng, 1990, p. 85-89, fig. 1: 1-2.

模式标本产地：中国福建厦门鼓浪屿。

藻体暗红色，附生在石块或其他藻类的藻体上，部分藻体游离。平卧的无限枝径100~180 μm，其节片长为径的(0.9)~1~1.8倍，围轴细胞10(9)。假根由平卧的无限枝节处长出，径30~45 μm，末端分叉或不分叉，部分节处没有假根。主轴具有裸露节片，分枝的排列有两种方式，即在两个连续的无限枝之间有3个直立的有限枝或每一无限枝之后接着一个有限枝，后又紧跟着1个裸露的节片；无限枝小，多数退化；有限枝不分枝，高1~3.8 mm，径由下而上逐渐变粗，下方径60~100 μm，上方径80~140 μm，围轴细胞由下而上数目增加，下方6~8个，上方11~13个，节片数目(22)~30~46个，其基部节片长大于径，向上逐渐缩短至径的1/4，枝顶端通常钝圆，有时渐细。色素体非带状。毛丝体缺乏。生殖器官未见到。

习性：生长在低潮带，附着在石块或珊瑚藻 *Corallina* sp. 藻体上。

产地：福建。

本变种为我国地方特有种。

本变种的主要特征与 Dawson (1963) 描述的模式种基本一致，但本变种的主轴上具有裸露节片，而模式种没有。在爬管藻属的分类中，主轴上有无裸露节片(即无限枝与有限枝的排列方式)是重要的分类依据之一，Hollenberg 在他的爬管藻属的专论中也提到了这一点。

17. 爬管藻

Herposiphonia insidiosa (Greville ex J.Agardh) Falkenberg, 1901, p. 317; De Toni, 1903, p. 1058; Okamura, 1930, p. 25, pl. 264, figs. 10-16; Tseng, 1936, p. 60, pl. 6, fig. 34; Tseng, 1944, p. 61; Børgesen, 1937, p. 352; Dawson, 1954, p. 452, fig. 58h, j; Lee, In Kyu and Jae Won Kang, 1986, p. 324; Silva, P. C., P. W. Basson and R. L. Moe, 1996, p. 497; Yoshida, 1998, p. 1027.

Polysiphonia insidiosa Greville ex J. Agardh, 1863, p. 926.

Vertebrata insidiosa (Greville ex J. Agardh) Kuntze, 1891, p. 928.

模式标本产地：东印度。

藻体高约 1 cm，主枝径 90~120 μm，小枝径 64~90 μm，假根发达，其节片长由明显小于径到相近，围轴细胞 8~12。分枝和小枝不规则生出，不具备模式种的特征，主枝和无限枝的顶端向上卷曲，两个无限枝之间的有限枝数目不定，有时具有裸露的节片，有限枝互生，朝着藻体前端明显弯曲，并螺旋状内卷，顶端钝圆，节片数目 20~26。一般没有毛丝体，如有则简单而不分枝。四分孢子囊单列纵生在有限枝的中部，径可达 60 μm。

习性：附生在潮间带凹顶藻 *Laurencia* sp. 藻体上。

产地：香港。

国外分布：日本，朝鲜半岛，印度尼西亚，印度洋。

18. 顶囊爬管藻　图 20

Herposiphonia parca Setchell, 1926, p. 103, pl. 20, fig. 2; Hollenberg, 1968, p. 552, figs. 2c, 16, 20, 22, 23; Hackett, 1977, p. 18; Chang et Xia, 1978, 35-37, fig. 8: 1-7; Lee, In Kyu and Jao Won Kang, 1986, p. 324; Silva, P. C., P. W. Basson and R. L. Moe, 1996, p. 498; Yoshdia, 1998, p. 1028; Abbott, 1999, p. 374, fig. 108H-I.

Herposiphonia teminalis Segi, 1954: 365, pl. 1 and text-figs. 1-4.

Herposiphonia fusca Jaasund, 1976, p. 129, fig. 263.

模式标本产地：塔希提岛。

藻体柔细，浅粉红色，高 7~10 mm，常附生在其他藻体上。平卧的无限枝径 80~140 μm，其节片长为径的 1.0~1.5~(1.9)倍，一般来说，老体与边缘部分的节片长于径相似，中央部分的节片长大于径，围轴细胞 8~10 个，枝端常卷曲。假根枝为无色透明的丝体，单条不分枝，长 115~200 μm，可达 1.2 mm，生于平卧的无限枝节处，向下生长，借以附着于其他藻体上。平卧的无限枝的节处向上生出直立的有限枝和分枝的无限枝，这两种枝的排列很有规律，即两个连续的无限枝之间生有 3 个有限枝，节处几无例外地都有枝。有限枝单条，不分枝，由 8~10~(12)个节片组成，宽 48~65 μm，幼枝较明显地弯曲，色素体近带形。毛丝体 2~(3)个，生于无限枝的顶端，长 300~500 μm，宽 12~25 μm，常在基部叉分。

习性：附生在礁湖内的礁石上的其他藻体上。

产地：海南省西沙群岛。

国外分布：菲律宾群岛，印度尼西亚，关岛，加罗林群岛，马绍尔群岛，吉尔伯特群岛，斐济群岛，夏威夷群岛，约翰斯顿岛，塔希提岛，马尔代夫群岛。

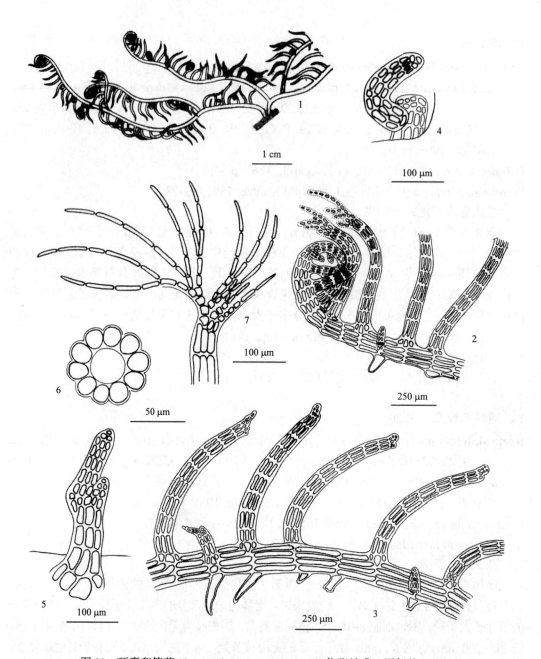

图 20　顶囊爬管藻 *Herposiphonia parca* Setchell (仿张峻甫，夏邦美，1978)
1. 藻体的一部分；2. 匍匐无限枝的顶端；3. 匍匐无限枝的一部分，其上生有限枝，无限枝和假根枝；
4,5. 幼小的无限枝；6. 藻体的横切面观；7. 有限枝顶端的毛丝体。

Fig. 20　*Herposiphonia parca* Setchell (After Zhang and Xia, 1978)
1. A part of frond; 2. Apex of prostrate indeterminate branches; 3. A part of prostrate indeterminate branch,
with determinate branches, indeterminate branches and rhizoids; 4,5. Young indeterminate branches;
6.Transection of frond; 7.Trichoblast of apex of determinate branch.

　　Setchell (1926) 建立本种时没有见到生殖器官，只是与 10 个围轴细胞的种类作了简单的比较，使人不易掌握，以致他的新种后来在世界各地几乎没有补充的报道。Segi (1954)

发表了采自日本的一个新种，根据囊果顶生的特点命名为 *H. terminalis* Segi，他还认为冈村(1936)报道日本产的所谓 *H. tenella* (C. Agardh) Schmitz，并非 C. Agardh 的种，应代之以 Segi 的新种。濑川(1959)在原色日本海藻图鉴改订版中虽然提到 Segi 的新种，但没有接受。Hollenberg (1968)在研究热带太平洋中、西部产的本属种类时，检查了 *H. tenella* 的模式标本，并认为 Segi 的种实际上是 Setchell 的种。我们在检查我国西沙群岛的标本时，没有见到任何生殖器官，这就增加了鉴定上的困难。

我们检查过的西沙标本的有限枝细胞数，围轴细胞数和毛丝体数目等特征都是比较稳定的。Hollenberg 在他的爬管藻属的专论中总结他的经验时，也提到这些特征可做为爬管藻属种类的分类依据。因此，我们把我国西沙群岛的这些标本鉴定为顶囊爬管藻，希望将来获得生殖器官的标本时再进一步证实。

19. 篦齿爬管藻　图版 IV：5
Herposiphonia pecten-veneris (Harvey) Falkenberg, 1901, p. 315; Howe, 1920, p. 573; Tseng, 1944, p. 57; Taylor, 1960, p. 603.

模式标本产地：美国佛罗里达州。

藻体柔细、粉红色，疏弛地附着在其他藻体上，一般只是藻体老的部分附着，而其余大部分藻体游离，可达几厘米，主轴径 100~185 μm，其节片为径的 0.7~2.0 倍，围轴细胞 8~12 个。假根无色透明，单条，径 30~50 μm，长 280~750 μm，偶尔成对。在两个连续的无限枝之间有 3 个直立的有限枝，没有裸露节片，无限枝和主轴前端向背强烈卷曲；有限枝一般有明显的弯曲，顶端钝圆，高不超过 1 mm，径 62~100(110)μm，节片数目 12~14(15)，其节片长与径相近，围轴细胞 7~12。色素体大多数非带状，少数排列成带状，毛丝体常常缺乏或生于小的有限枝顶端。生殖器官未见到。

习性：生长在低潮带，附生在珊瑚藻 *Corallina* sp. 和马尾藻 *Sargassum* sp. 的藻体上。

产地：香港、福建。

国外分布：美国，印度西部，百慕大群岛，巴哈马群岛，哈迈卡(古巴)。

H. pecten-veneris 是作为一个独立的种，还是归入 *H. tenella* 存在着争议。Børgesen、Okamura 认为应该放入 *H. tenella*，而 Collins、Howe 和 Taylor 则认为应作为独立的一个种。我国学者曾呈奎在研究香港地区本属种类时，检查了许多标本后，认为 *H. pecten-veneris* 应该作为一个独立的种，主要根据是这些标本主轴前端相当曲卷，而且有限枝节片数目都不超过 14 个，这些可区别于 *H. tenella*。在福建的许多标本中，经详细比较，这两个特征也明显存在并相对稳定。

20. 多枝爬管藻　图 21，22　图版 IV：6
Herposiphonia ramosa Tseng, 1944, p. 62-63, pl.II, figs. 1-3.

模式标本产地：中国香港九龙。

藻体较硬，暗红色，高约 7 mm，多级侧向分枝。主枝和长的无限枝游离，具背腹性，附着在其他藻体上，特别是珊瑚藻上，具有长的，2 或 3 个细胞的根状小枝，径约 30 μm；围轴细胞 12~18 个，节片长不及宽或相近；长枝平铺，侧向有限枝直立，具背腹性，每一无限枝后紧接着一个有限枝，通常再接着 2 个，有时 3 个或 4 个裸露的节片，然后在另一侧再生出一个无限枝。该藻体特别之处是有限枝上产生外源的、无规则的亚二叉或羽状分枝；主枝及长的有限枝径通常为 180~200 μm，有时达 240 μm，顶端向上内卷，节片长不及或相近与宽；有限枝高可达 7 mm，径 120~150 μm，有时 180 μm，顶端钝圆，节片数目 25~30，下方节片长与宽相近，中部较长，可达宽的 1.5 倍，上方又变短。毛丝体螺旋生于有限枝的末端，4 或 5 次二叉分枝，基部细胞径 20 μm。生殖器官未见。

习性：生长在低潮带，附生在珊瑚藻 *Corallina* sp. 上。

产地：香港、福建。

本种为我国特有种。

据文献记载，已报道本属种类中，有限枝通常是单条，不分枝的，而产于福建的标本有限枝上端分枝的特征易与本属其他种类区分开来，标本除具有这个特殊的特征外，在藻体大小，围轴细胞数目和分枝的排列方面与曾呈奎(1944)的描述基本一致。生殖器官也未见到。这种爬管藻只见于我国海岸。

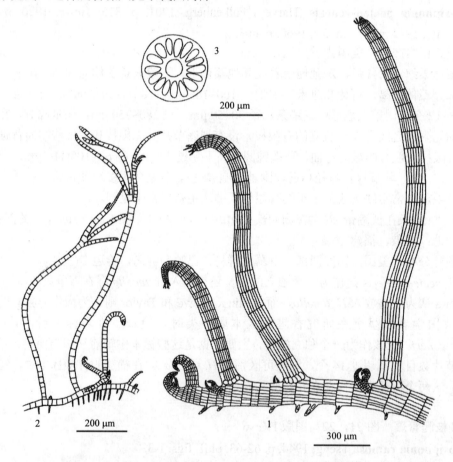

图 21 多枝爬管藻 *Herposiphonia ramosa* Tseng (仿曾呈奎，1944)

1. 藻体外形图；2. 藻体外形图，示矮枝的分枝；3. 小枝横切面。

Fig. 21 *Herposiphonia ramosa* Tseng (After Tseng, 1944)

1. Habit sketch showing general structure; 2. Habit sketch showing branching of dwarf shoots;

3. Transection of branchlet.

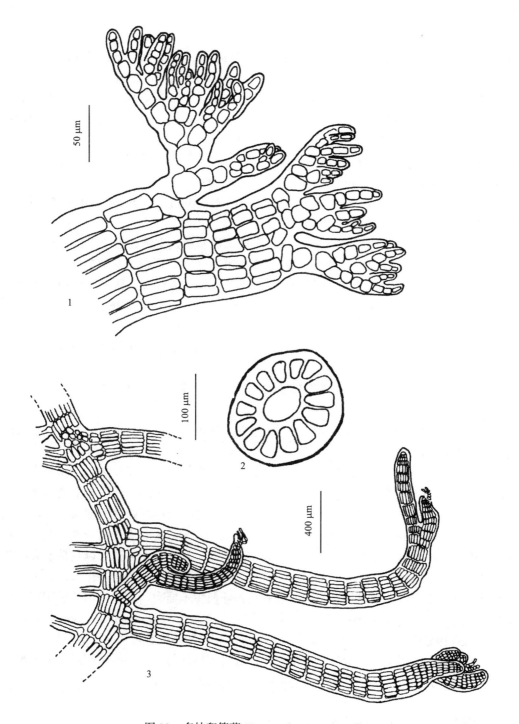

图 22　多枝爬管藻 *Herposiphonia ramosa* Tseng

1. 有限枝顶端的毛丝体(F. N. U. 63-157)；2. 主轴的横切面(F. N. U. 84-44)；3. 分枝的一部分，示无限
分枝和有限分枝(F. N. U. 63-157)。

Fig. 22　*Herposiphonia ramose* Tseng

1. Trichoblast of apex of determinate branch (F. N. U. 63-157); 2. Transection of main axes (F. N. U. 84-44);

3. A part of branches, showing indeterminate branch and determinate branches (F. N. U. 63-157).

21. 偏枝爬管藻　图版 V: 4

Herposiphonia secunda (C. Agardh) Ambronn,1880, p. 197; De Toni, 1903, p. 1052;
Børgesen, 1915-1920, p. 290-291, 496-472; Dawson, 1963, p. 432, pl. 140, fig. 2; 1945, p.
40; Durairatnum, 1961, p. 71; Taylor, 1960, p. 604, pl. 72, figs. 10, 11; Lee, In Kyu and
Jao Won Kang, 1986, p. 324; Silva, P. C., P. W. Basson and R. L. Moe, 1996, p. 499;
Abbott, 1999, p. 376, fig. 109A-E.

Hutchinsia secunda C. Agardh, 1824, p. 149.

Polysiphonia secunda (C. Agardh) Zanardini, 1840, p. 203.

Herposiphonia tenella (C. Agardh) forma *secunda* (C. Agardh) Hollenberg, 1968, p. 556.

模式标本产地：意大利西西里岛(地中海)。

藻体粉红色，附生在其他藻体上，一部分游离出基质，主轴径为 75~110 μm，其节
片为径的 1.5~2.3 倍，少数小于或等于径，围轴细胞10(11)。假根由主轴节处生出，部分
节处没有假根或只有原基细胞，主轴具有裸露节片，每一无限枝后跟着一个直立的有限
枝，后又紧跟 1~4 个裸露节片，无限枝小或退化至几个细胞；有限枝长超过 1 mm，顶
端较钝圆，径 75~110 μm，基部多少变窄，节片数目 15~25 个，其节片在下方长大于径，
上方逐渐缩短以至小于径，围轴细胞 9 或 10 个。色素体非带状。毛丝体缺乏或退化。生
殖器官未见到。

习性：生长在低潮带，附生在珊瑚藻 *Corallina* sp. 藻体上，藻体相互缠绕。

产地：福建。

国外分布：日本琉球列岛，美国加利福尼亚、佛罗里达州、夏威夷群岛，百慕大群
岛，墨西哥太平洋沿岸，西印度群岛，哥伦比亚，巴西，意大利，印度洋。

主轴上具有裸露节片是这个种的主要特征之一，它的形态特征与 *H. tenella* 比较相
近，*H. tenella* 有时也有裸露节片，因此两者不容易区别，Falkenberg (1901) 指出典型的
H. secunda 的分枝排列是在一个无限枝后跟一个有限枝，后面紧跟 2 个裸露节片，而在
H. tenella 仅有 1 个裸露节片；Børgesen (1915~1920)最初认为两者是同一种，但后来发
现它们雄体的精子囊数目和结构不同，*H. tenella* 的有限枝上精子囊数目以及精子囊中节
片数目比 *H. secunda* 多，据此他又认为应该分为两种，在他的标本中裸露节片大多数是
3 个，个别是 2 个。在福建的标本中，没有见到任何生殖器官，给鉴定增加了困难，但
是分枝排列与上述的 *H. secunda* 比较接近，没有发现典型的 *H. tenella* 分枝排列方式，
与 Dawson (1963)报道的产于墨西哥的 *H. secunda* 相比较，虽然它们的裸露节片比较少，
只有 1 或 2 个，但围轴细胞数目、有限枝节片数目等特征与福建的标本相近，由于没有
采到生殖器官的标本，鉴定这个种只是根据其分枝的排列方式。

22. 二列爬管藻　图 23　图版 V: 5

Herposiphonia subdisticha Okamura, 1899, p. 37, pl. 1, figs. 12-14; 1915, p. 199, pl. 146,
figs. 11-18; 1936, p. 873; Dawson, 1963, p. 433-435, pl. 141(16), figs. 4-5; Noda, 1967, p.
39-40, fig. 5; Hollenberg, 1968, p. 554-555, fig. 11; Lee, In Kyu and Jae Won Kang,
1986, p. 324; Yoshida, 1998, p. 1028.

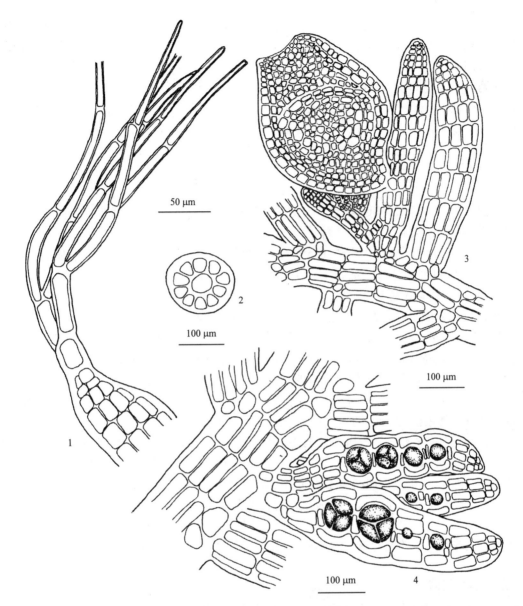

图 23　二列爬管藻 *Herposiphonia subdisticha* Okamura

1. 有限枝顶端的毛丝体(F. N. U. 84-71)；2. 主轴横切面(F. N. U. 64-632)；3. 分枝的一部分；示囊果的位置(F. N. U. 64-632 ♀)；4. 四分孢子体的一部分(F. N. U. 84-53a)。

Fig. 23　*Herposiphonia subdisticha* Okamura

1. Trichoblasts on the apex of determinate branch(F. N. U. 84-71); 2. Transection of main axes(F. N. U. 64-632); 3. A part of branch, showing cystocarp(F. N. U. 64-632 ♀); 4. A part of tetrasporangial branchlets (F. N. U. 84-53a).

模式标本产地；日本千叶县根本。

藻体暗红褐色，常附生在其他藻体上，有时部分藻体游离出基质，主轴径120~150 μm，其节片长为径的 0.4~0.9 倍，围轴细胞 8~12 个，假根由主轴节处发出，通常单条，径 40~50 μm，主轴每一节片都有分枝，分枝向主轴两侧水平发出，但不总是在同一平面上，呈亚二列；在两个连续的无限枝之间有 3 个有限枝，有限枝圆柱状、长椭圆形，径 90~130 μm，节片数目(6)~8~13，其节片长，在下方与径相近，上方小于径，围轴细胞 8~12 个；枝顶端一般较钝，有时渐细，基部有时收缩，枝多少朝前端弯曲，常常也弯向基质，幼枝明显弯曲。色素体非带状，毛丝体不常见或退化，发育的毛丝体 3 次二叉分枝，基部细胞径约 22.5 μm。四分孢子囊 1~5 个，径 50~100 μm，单列着生在有限枝上。囊果壶形，单个，径 210~370 μm，着生在有限枝基部第 3~7 节片，雄体未见到。

习性：生长在低潮带，附生在其他藻体如珊瑚藻 *Corallina* sp.、凹顶藻 *Laurencia* sp.、马尾藻 *Sargassum* sp.上。

产地：福建。

国外分布：日本，朝鲜半岛，美国加利福尼亚海岸，热带太平洋中、西部，太平洋墨西哥海岸，澳大利亚。

Okamura (1889，1936)和 Noda(1967)先后报道了日本产的这种爬管藻，但都未见到囊果，产于福建的标本特征与他们的描述很相似，如分枝呈亚二列，有限枝基部等宽或有时收缩，毛丝体小或不常见等。在福建的标本中见到囊果，偶尔具发达的毛丝体。Hollenberg (1968) 报道的产于热带太平洋的这种爬管藻，其有限枝基部变窄，这个特征与福建的标本不同。Dawson (1963) 在研究加利福尼亚的本属种类时，把 *H. rigida* Gardner (1927)、*H. rigida* var. *laxa* Setchell and Gardner (1930)和 *H. parva* Hollenberg (1943) 归并入 *H. subdisticha*，其依据是他所检查的一些标本中，同时具有 *H. rigida*、*H. rigida* var. *laxa* 和 *H. parva* 的特征，认为它们之间没有明显的差异。然而，Hollenberg (1968) 不太赞同这种观点，他也检查了许多产于加利福尼亚的标本，认为它们都是典型二列的，而不是亚二列，同时有限枝顶端没有小而退化的毛丝体，这与 Okamura 的描述不同，在福建的标本中，其分枝是亚二列的，而不是典型二列，更重要的是其囊果位于有限枝基部第 3~7 节片，而 Dawson 报道的加利福尼亚的二列爬管藻和 *H. parva* (Hollenberg, 1943)的囊果都位于有限枝基部第 2 个节片，*H. rigida* 的囊果也位于有限枝基部。显然，在囊果位置上这些典型二列的爬管藻与福建的二列的标本有所不同。所以，我们认为把上述产于加利福尼亚的典型二列的爬管藻与 *H. subdisticha* 这个种区分开来更为合理。

23. 柔弱爬管藻　图 24　图版 V：6-7

Herposiphonia tenella (C. Agardh)Ambronn, 1880, p. 197, pl. 4, figs. 9,11,13-16; Børgesen, 1918, p. 286, figs. 287-289; Dawson, 1954, p. 452, fig. 59a; 1963, p. 435-436, pl. 140(15), fig. 1; Taylor, 1960, p. 604, pl. 72, fig. 12.

Hutchinsia tenella C. Agardh, 1828, p. 105.

模式标本产地：意大利西西里岛(地中海)。

藻体粉红色，附生在岩石或其他藻体上。主轴径 80~120 μm，其节片长为径的(0.8)~1~1.1 倍，围轴细胞 9 或 10 个。由主轴节处发出 1 条假根，个别成对，假根径 30~60 μm，在两个连续无限枝之间有 3 个直立的有限枝，没有裸露节片，有限枝径 55~80 μm，节片数目 10~24，其节片长近似于宽，围轴细胞 9 或 10 个。色素体非带状。毛丝体 2 或 3 束，着生在有限枝顶端或缺乏毛丝体，发育的毛丝体 4 次分叉，长达 350 μm，基部细胞宽 23 μm。四分孢子囊纵列生于有限枝的每一节片中。果胞系位于有限枝的最顶端，单个，幼囊果顶生。

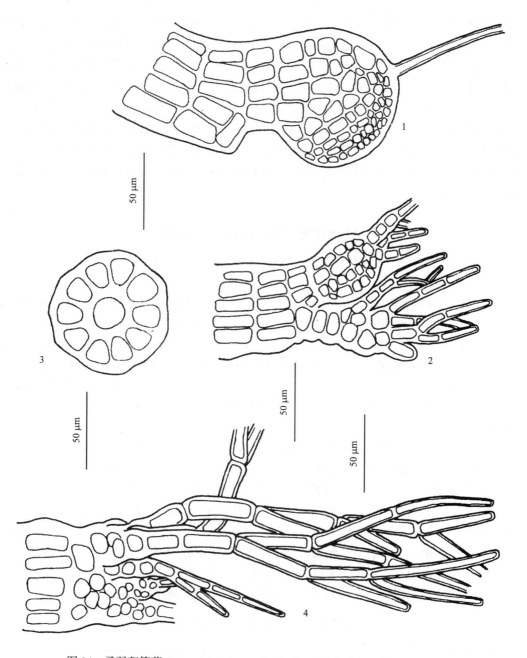

图 24　柔弱爬管藻 *Herposiphonia tenella* (C. Agardh) Ambronn (F. N. U. 84-58)
1. 有限枝最末端的果胞系；2. 有限枝最末端的果胞系和毛丝体；3. 主轴横切面；4. 有限枝最末端毛丝体。

Fig. 24　*Herposiphonia tenella* (C. Agardh) Ambronn (F. N. U. 84-58)
1. Procarp on the apex of determinate branch; 2. Procarp and trichoblasts on the apex of determinate branch;
3. Transection of main axes; 4. Trichoblasts on the apex of determinate branch.

习性：生长在低潮带，附生在珊瑚藻 *Corallina* sp. 藻体上。

产地：福建。

国外分布：美国加利福尼亚、佛罗里达州、夏威夷群岛等，百慕大群岛，墨西哥太平洋沿岸，西印度羣岛，哥伦比亚，巴西，地中海，斯里兰卡，摩洛哥，意大利。

本种为爬管藻属的模式种，世界各地报道的很多，但见到有性生殖器官的标本不多，在特征描述上多少存在一些差异，已报道的本种囊果位置都是在有限枝顶端或最末端，Falkenberg (1901) 记载的种其囊果位置是顶生的，Børgesen (1915—1920) 报道的囊果位于有限枝最顶端，且囊果下方节片常常继续生长；Dawson (1963) 描述的产于墨西哥的本种的囊果也是顶生的，产于福建的标本，除分枝排列是典型的 *H. tenella* 式，没有裸露节片，更主要的是囊果位于有限枝最末端，与报道的本种囊果顶生位置是相符合的。

软骨藻属 *Chondria* C. Agardh

C. Agardh 1817, xviii, nom. cons.

软骨藻属 *Chondria* 是 Agardh 于 1817 年建立的，为暖温性海藻。Kyling (1956)认为本属全世界已知的约 25 种，产于中国的有 9 种。有关本属的记载，国外的如 Børgesen (1920)、Weber-van Bosse (1923)、Taylor (1928、1950、1960)、Newton (1931)、Dawson (1954、1957)、冈村(1936)、濑川(1959)、Tanaka (1963、1965)、Iwamoto(1960)和 Masuda et al.(1995)以及 Yshida (1998)等；国内的有曾呈奎(Tseng, 1945)发表了该属的两个新种，张峻甫和夏邦美(Chang et Xia,1980)对采自西沙群岛的软骨藻 *Chondria* 进行了研究，并建立了一个新种。

藻体直立，圆柱状，有时扁压，肥厚多汁，软骨样。分枝圆柱状，大多数不规则放射状分枝或互生，有时对生或轮生，多次分枝；顶端生长，顶细胞向外突出，不向内凹陷，顶端丛生分枝的毛丝体。藻体内部中央有一个中轴细胞，围轴细胞 5 个，但据 Newton (1931) 对该属特征的描述，围轴细胞 4~6 个，皮层细胞大而薄壁并由内向外渐小，有些围轴细胞和皮层细胞的细胞壁上具有透明状加厚部分。四分孢子囊生于末枝上，无规则分布在皮层表面下，四面锥形分裂。精子囊枝盘状，具有不育性的边缘，簇生在枝的顶端。囊果卵形，无柄，侧生在末枝上，外被皮层。

本属模式种：*Chondria tenuissima* (withering) C. Agardh

软骨藻属 *Chondria* 分种检索表

6. 藻体树枝状，高可达 4 cm，固着器假根状，其上生有短而粗壮分枝的主干··············
···树枝软骨藻 *C. armata*

6. 藻体非树枝状，高可达 25 cm，固着器盘状，并生有匍匐茎·········**细枝软骨藻** *C. tenuissima*

7. 藻体大型，高 10 cm 以上 ·····················**粗枝软骨藻** *C. crassicaulis*

7. 藻体小型，高 2 cm 以下 ··8

　8. 枝宽不超过 0.5 mm ·························· **扩展软骨藻** *C. expansa*

　8. 枝宽超过 0.5 mm ··························· **披针软骨藻** *C. lancifolia*

24. 树枝软骨藻　图 25　图版 V：1

Chondria armata (Kützing) Okamura, 1907, p. 69, pl. 6, figs. 9-19; Tseng et al., 1962, p. 166, fig. 49; Xia, Xia and Zhang in Tseng (ed.), 1983, p. 144, pl. 75, fig. 4; Silva, P. C., E. G. Menez and R. L. Moe, 1987, p. 62; Silva, P. C., P. W. Basson and R. L. Moe, 1996, p. 479; Yoshida, 1998, p. 1014, fig. 3-104A; Huang, Su-fang, 2000, p. 197; Tsutsui, I. et al., 2005, p. 220.

Lophura armata Kützing, 1866, p. 2, pl. 3, figs. a.b.

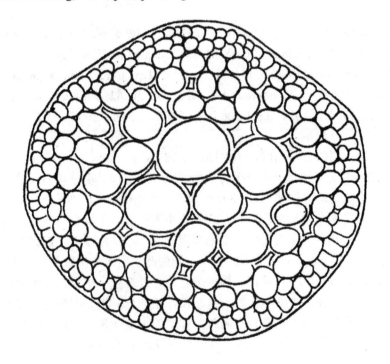

40 μm

图 25　树状软骨藻 *Chondria armata* (Kützing)Okamura (仿曾呈奎等，1962)
小枝横切面。

Fig. 25　*Chondria armata* (Kützing)Okamura (After Tseng et al, 1962)
Transection of branchlet.

模式标本产地：新喀里多尼亚 Irsula wagap, New Caledonia。

藻体浅桃红色，干燥后变成暗褐色(深红色)。树枝状，高可达 4 cm，基部固着器假根状，其上生出一到数条短而粗壮、亚圆柱形的主干，主干径 2~3 mm，其上部生出一些较细的分枝，下部裸露，上部密集，覆盖短的小枝，小枝呈纺锤状，基部狭窄，顶端尖锐。

藻体横切面观，中央髓部有 5 个围轴细胞，环绕中轴，其外为皮层细胞所包围，表皮层在最外面。小枝内部有些疏松，间隙较大，其中常有丝细胞。主干的结构则较小枝紧密。

四分孢子囊形成于小枝上，精子囊、囊果不详。

习性：生长在潮间带下部的岩石上。

产地：广东、海南岛、台湾。

国外分布：日本，菲律宾，马来群岛，美拉尼西亚(西南太平洋的岛屿)，波利尼西亚(中太平洋的群岛)，印度洋。

25. 粗枝软骨藻　图 26　图版 V：2

Chondria crassicaulis Harvey, 1859, p. 329; Holmes, 1896, pl. 8, fig. 4; Okamura, 1907, p. 12, pl. 3, figs. 1-15; Chou Chen-Ying and Chen Zhuo-Hua, 1965, p. 7; Xia, Xia and Zhang in Tseng (ed.), 1983, p. 146, pl. 76, fig. 1; Lee, In Kyu and Jao Won Kang, 1986, p. 324; Silva, P. C., E. G. Menez and R. L. Moe 1987, p. 62; Masuda et al., 1995, p. 193, fig. 2; Yoshida, 1998, p. 1014, fig. 3-104, B. C; Sun Jianzhang, 2006, p. 62.

模式标本产地：日本。

藻体圆柱形，老的有时扁圆，下部细，中央粗，1~2 mm 宽，6~9 cm 高，分枝是不规则地向各方向生出，分枝及小分枝的顶端钝圆，基部细。小分枝由枝腋或顶端生出，单生或集生，生出的地方稍凹，1.5~3 mm 长，0.75~1 mm 宽，顶端下凹，丛生毛丝体；1 个中轴细胞外围 5 个围轴细胞；围轴细胞大小不相等；中轴自枝的顶端的生长点细胞分生，毛丝体也由此生出，毛丝体由中轴细胞产生，毛丝体脱落，但仍留下连接中轴的细长细胞，此细胞称为毛基细胞，因此 1 个中轴细胞生出 5 个围轴细胞和 1 条毛基细胞，毛基细胞在藻体的所有分枝都存在；围轴细胞向外分裂产生皮层，在小分枝的顶端生椭圆形—卵形的小球状体，其细胞内贮大量淀粉，稍伸长，球芽即脱落。球芽和枝连接的部分纤弱，球芽的基部细胞左右稍有隆起，那里的细胞细长，是由表面细胞形成的，以后由此形成固着器，此球芽离开母体后可以发育成新个体。藻体呈绿色、紫红色或黄色，多肉，软骨质，干后附着于纸上。

四分孢子囊生在小枝的顶端，孢子囊小枝和其他小分枝无甚差别。

习性：生于潮间带或低潮带岩石上。四分孢子囊出现于秋季。

产地：辽宁、山东、浙江、福建。

国外分布：日本，朝鲜半岛，菲律宾。

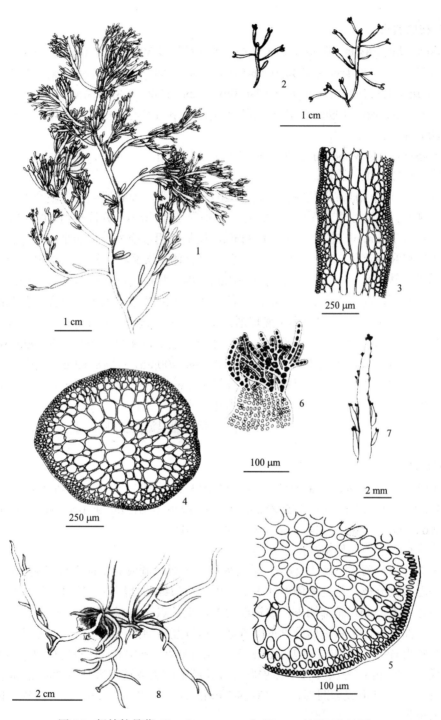

图 26　粗枝软骨藻 *Chondria crassicaulis* Harvey (AST 55-0159)

1. 藻体部分外形图；2,7. 部分小枝外形图；3. 藻体纵切面观；4. 藻体横切面观；5. 部分藻体横切面；
6. 枝端毛丝体；8. 藻体基部固着器。

Fig. 26　*Chondria crassicaulis* Harvey (AST 55-0159)

1. Habit sketch of frond; 2,7. Habit sketch of branchlets; 3. Longitudinal section of frond; 4. Transection of
frond; 5. Transection of part of frond; 6. Trichoblasts at the apex of branch; 8. The basal part of frond.

26. 丛枝软骨藻

Chondria dasyphylla (Woodward) C.Agardh,1817：XVIII; Falkenberg, 1901, p.197-205,
pl.22, fig. 4-18; Tseng, 1936, p. 56-57; Taylor, 1960, p. 616; Yoshikawa, 1977, p.112, pl.
14, figs. 13-17; Lee, In Kyu and Jao Won Kang, 1986, p. 324; Silva, P. C., P. W. Basson
and L. R. Moe, 1996, p. 481; Yoshida, 1998, p. 1014, fig. 3-104D-G; Sun Jianzhang,
2006, p. 62.

Fucus dasyphyllus Woodward, 1794, p. 239, pl. 23, fig. 1.

模式标本产地：英国。

藻体紫红色，常常带黄绿色，高 7~20 cm，丛生，固着器壳状。整个外形呈塔形，
分枝不规则，多次互生或侧生，圆柱形，主轴径 1~1.5 mm，分枝渐细，0.4~1 mm，小枝
短，一般长 3~6 mm，末位小枝长 1~3 mm，枝基部明显缢缩，末端平或中部稍凹陷，上
冠有生长点和毛丝体，生长点略高出端面。毛丝体多次叉状分枝，总长 500~600μm，分
节，无色，基部宽 5~6μm，上部宽 2.5~4μm，螺旋状排列，老体常脱落。构造单轴型，
分皮层和髓部，皮层细胞小，二层，含色素体，表皮细胞排列不甚整齐。髓部细胞大，
无色，围轴细胞 5 个。四分孢子囊球形，锥形分裂，直径 80~160μm，生于末位或次末
位小枝中上部的皮层中，多个群生。囊果卵形或壶形，无柄，单生，长 900~1000μm，
宽 600~800μm，果孢子囊棒状或长卵形，长 140~200μm，宽 48~62μm，色暗。

习性：生长在低潮带石沼中或大干潮线下 1 m 左右平静的内湾中。生长于夏季。

产地：辽宁、河北、山东、浙江、福建。

国外分布：大西洋，地中海，印度洋，亚得西里海，美国。

27. 扩展软骨藻 图 27

Chondria expansa Okamura,1927, p. 163, pl. 243, figs. 9-17; 1936, p. 846, fig. 396; Segawa,
1959, p. 114, pl. 68, fig. 555; Zhang et Xia , 1980, p. 61, fig. 9: 1-5; Lee, In Kyu and Jao
Won Kang, 1986, p. 324; Yoshida, 1998, p. 1016.

模式标本产地：日本高知县柏岛。

藻体纤细，扁压，高 1~2 cm，微紫褐色，膜质，制成的干标本较好地附着于纸上。
不规则近两侧分枝，从近两侧的体表处产生或从边缘凹处产生。枝呈长披针形，全缘，
径很少超过 0.5 cm，基部缢缩，顶端渐尖细，生长点在顶端，突出周围密被毛丝体。在
枝缘或表面生有许多具短柄的盘形附着器，借以互相缠结或附着在其他藻体上。藻体横
切面观中央有明显的中轴细胞，径48~53 μm；围轴细胞8个，有的具有加厚的半月状胞
壁，径32~51 μm；外围具有 1~2 层圆形或长圆形的大薄壁细胞，径29~42 μm；皮层细
胞 1~2 层，近圆形或卵圆形，径 13~19.2 μm；体厚 147~163 μm；叶片两缘稍薄。生殖
器官未见到。

习性：生长在礁平台内低潮线下 0.5~1.0 m 处的珊瑚礁上，与麒麟菜 *Eucheuma* sp.
混生。

产地：海南省西沙群岛。

国外分布：日本，朝鲜半岛。

冈村建立本种时，没有见到任何生殖器官，他根据其外形及构造等特征将其归于软骨藻属中。西沙标本完全符合冈村对本种的描述和附图。冈村建立的这个种的围轴细胞为 6~8 个，西沙标本为 8 个。

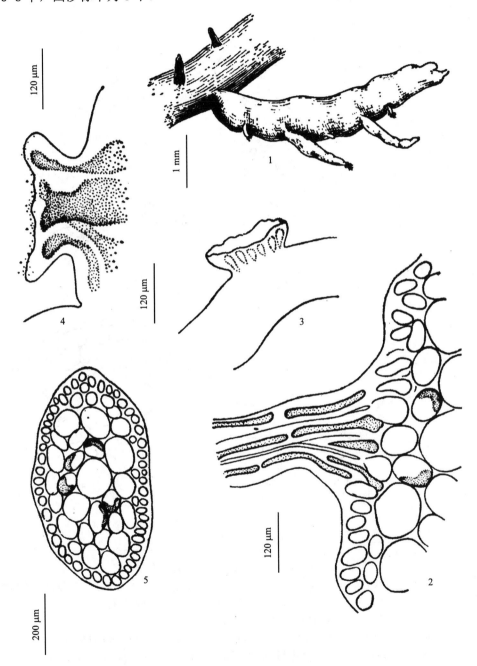

图 27　扩展软骨藻 *Chondria expansa* Okamura (仿张峻甫，夏邦美，1980)
1. 部分藻体外形图；2-4. 各种类型的附着器；5. 藻体横切面。

Fig. 27　*Chondria expansa* Okamura (After Zhang and Xia, 1980)

1. Habit sketch of part of frond; 2-4. Different types of hapteron; 5. Transection of frond.

28. 吸附枝软骨藻　图 28

Chondria hapteroclada Tseng, 1945, p.164, pl. II: 1-4; Xia, Xia and Zhang in Tseng (ed.), 1983, p.146, pl.76, fig. 2.

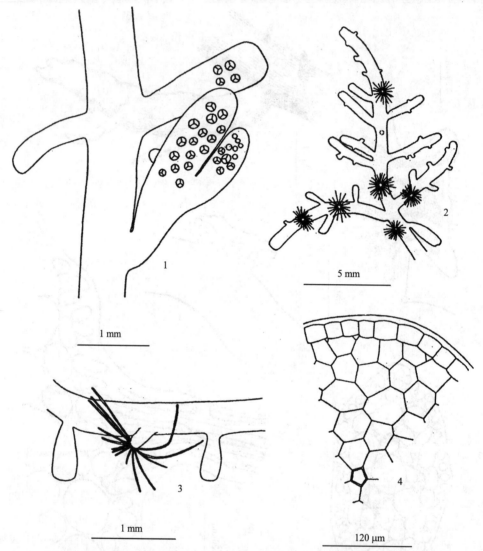

图 28　吸附枝软骨藻 *Chondria hapteroclada* Tseng (仿曾呈奎，1945)

1. 具有四分孢子囊的分枝；2. 藻体侧面观，示两个小枝及一个第三小枝变态成为一个顶端具有假根的附着器；3. 藻体外形，示分枝及假根；4. 小枝横切面。

Fig. 28　*Chondria hapteroclada* Tseng (After Tseng, 1945)

1. Part of a branch with tetrasporangia; 2. Lateral view of a frond showing two branchles and a third one modified to become a hapteron with terminal rhizoids; 3. Habit sketch showing the branching and the rhizoids; 4. Transection of branchlet.

模式标本产地：中国香港。

藻体呈叶枕的片状，高约 1.5 cm，具有发达的羽状分枝；枝圆柱状，径达 0.72 mm，大多数外倾，在藻体各处生有固着器，以此互相缠结或附于基质上，固着器由腹面枝演变而来，它们顶端通常产生径约 30 μm 的单细胞假根，有时当两个节片相互靠得太近时假根矮化或不发育。枝呈帚状、互生或近对生；末枝棍棒状，基部略缢，3 列，有时 2 列，腹面枝通常转变成固着器。枝和小枝的顶端呈截形，生长点位于顶端凹陷处。表皮细胞表面观呈六角形或近圆形，横切面为长方形，高 20~24 μm，宽 24~30 μm；围轴细胞 5 个，由 4 或 5 层厚的皮层细胞包围着，并具有形状大小相近的薄壁细胞，这样中央束很不明显，尤其在藻体老的部分。四分孢子囊径约 90 μm，均匀地散布在分枝或不分枝的末枝中。

习性：生长在红树林中的高潮带的沙土或泥石上。

产性：香港。

本种为我国特有种。

29. 披针软骨藻　图 29

Chondria lancifolia Okamura, 1934, p. 43, pl. 323, fig.1-10; Tseng, 1945, p.166, pl.I:5-7; Yoshida, 1998, p. 1017, fig. 3-104H-J.

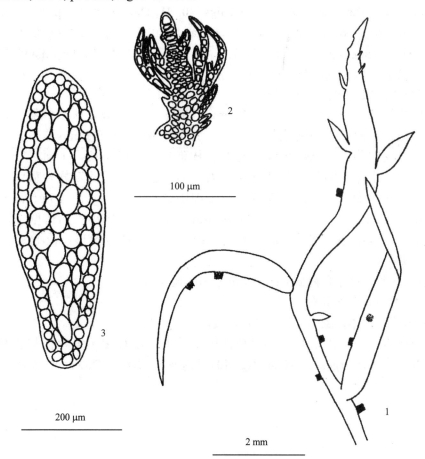

图 29　披针形软骨藻 *Chondria lancifolia* Okamura (仿曾呈奎，1945)
1. 藻体外形图，示分枝和假根；2. 分枝的顶端；3. 分枝的横切面。
Fig. 29　*Chondria lancifolia* Okamura (After Tseng, 1945)
1. Habit sketch showing the branching and the rhizoids; 2. Apex of branch; 3. Transection of branch.

模式标本产地：日本三重县和具。

藻体小，细长，附生，鲜红色，高约 1 cm，基部匍匐，以短的假根丝束附着；直立部 1 或 2 次羽状分枝，叶片扁平，厚约 0.17 mm，宽可达 0.65 mm，枝基部明显缢缩，顶端渐尖细，顶端凸出，急尖，具一大的突的顶端细胞；枝有时以黏着性的假根丝牢固地互相附着，毛丝体二叉分枝，靠近顶端互生。叶状枝横切面观有 5 个围轴细胞围着一个大的中轴细胞，许多大的髓细胞边缘也圈着一层多少分化、宽 12~18 μm 的表皮细胞；髓部细胞壁具有透镜状增厚，特别在老的部分，在一些地方通过皮层的表面清晰可见。

习性：附生在低潮线下马尾藻 *Sargassum* sp.藻体上。

产地：香港。

国外分布：日本。

30. 匍匐软骨藻　图 30

Chondria repens Børgesen, 1924, p. 299, figs. 40, 41; Dawson, 1954, p. 460, fig. 62 d-e; Tanaka, 1963, p. 66, text-fig. 4; Zhang et Xia , 1980, p. 60, pl. 1: 2, fig. 8: 1-2; Silva, P. C., E. G. Menez and R. L. Moe, 1987, p. 63; Silva, P. C., P. W. Basson and R. L. Moe, 1996, p. 484; Yoshida, 1998, p. 1019.

模式标本产地：智利复活节岛。

藻体圆柱状，匍匐生长，高 1~2 cm，具有短而粗的圆盘状附着器。匍匐茎多呈弧形弯曲，上面产生短的或长的分枝，长 1~3 mm，宽 0.5 mm 左右，多偏生，棍棒状，顶端凹陷，基部略缢缩。有的分枝延长又形成主枝，上面再产生分枝和附着器，使整个藻体匍匐生长和互相附着。紫红色，膜质—亚软骨质，制成的干标本不完全附着于纸上。横切面观，中轴细胞较小，圆形，径 16 μm；五个围轴细胞不规则的圆形或卵圆形，径 48~64 μm；外围有数层稍大的薄壁细胞，胞径 32~77 μm；皮层细胞一层，表面观有角，切面观圆形或方圆形，径 16~22 μm。生殖器官未见到。

习性：生长在礁平台内低潮线下 1 m 左右的珊瑚石上。

产地：海南省西沙群岛。

国外分布：日本，越南，菲律宾，印度洋。

西沙标本在外形上，特别是分枝的弧形弯曲、小枝偏生等特征与智利复活节岛产的模式标本(Børgesen, 1924, fig. 40)和越南产的本种(Dawson, 1954, fig. 62d)十分相似。

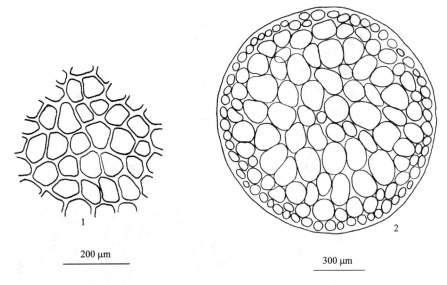

图 30　匍匐软骨藻 *Chondria repens* Børgesen (仿张峻甫，夏邦美，1980)
1. 表皮细胞表面观；2. 藻体横切面。

Fig. 30　*Chondria repens* Børgesen (After Zhang et Xia, 1980)
1. Surface view of some epidermal cells; 2. Transection of frond.

31. 细枝软骨藻　图 31　图版 V：3

Chondria tenuissima (Withering) C. Agardh, 1817:XVIII; Okamura, 1936, p. 842; Yoshida, 1998, p. 1020

Fucus tenuissimus Withering, 1796, p. 117; Goodenough and Woodward, 1795, p. 215, pl. 19.

Chondria tenuissima (Goodenough et Woodward) C. Agardh, Taylor, 1960, p. 613; Xia, Xia and Zhang in Tseng (ed.), 1983, p. 146, pl. 76, fig. 3; Sun Jianzhang, 2006, p. 62.

模式标本产地：美国波兰特。

藻体浅黄褐色或暗紫色，直立，灌木状，高 10~25 cm，具有盘状附着器，枝多少缠结在一起，具匍匐茎。主轴单一或具几个相似的，径 1~2.5 mm 的主枝；主枝粗糙，坚固，节片少的部分柔软。末枝纺锤状，朝两端渐尖，顶端尖，簇生的毛丝体明显。中轴细胞 1 个，较小，围轴细胞 5 个，较大，皮层细胞大而疏松，表面细胞小，1 或 2 层，紫红色，往往呈黄色，软骨质，干标本附着于纸上。

四分孢子囊散生在育性小枝的远端部，径 35~40 μm。囊果壶形，生在小羽枝上。精子囊盘状，广椭圆形，生于小枝顶端，周围簇生有毛丝体。

习性：生长在低潮带的岩石上或浅水坑中。

产地：辽宁、河北、山东、浙江。

国外分布：日本，美国大西洋沿岸。

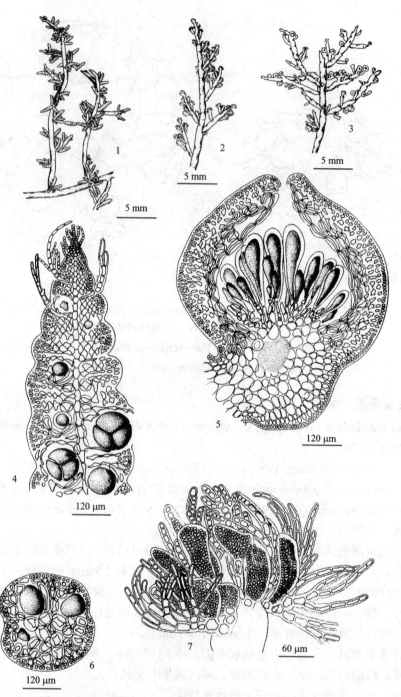

图 31　细枝软骨藻 *Chondria tenuissima* (Withering) C. Agardh

1. 四分孢子囊小枝(AST65-345)；2. 精子囊小枝(AST65-345)；3. 囊果枝(AST65-345)；4. 四分孢子囊
小枝表面观(AST65-345)；5. 囊果切面观(AST65-345)；6. 四分孢子囊小枝横切面(AST64－884)；
7. 精子囊群表面观(AST64－884)。

Fig. 31　*Chondria tenuissima* (Withering) C. Agardh

1. Tetrasporangial branchlets (AST65-345); 2. Spermatangial branchlets (AST65-345); 3. Cystocarpic branchlets
(AST65-345); 4. Surface view of tetrasporangia (AST65-345); 5. Longitudinal section of cystocarp (AST65-345);
6. Transection of tetrasporangial branchlets (AST64-884); 7. Surface view of spermatangial sori (AST64-884).

32. 西沙软骨藻　图 32

Chondria xishaensis Zhang et Xia, 1980, p. 58, fig. 7: 1-17.

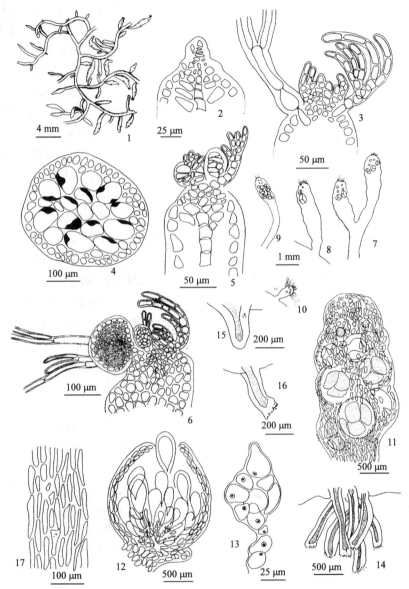

图 32　西沙软骨藻 *Chondria xishaensis* C. F. Zheng et B. M. Xia(仿张峻甫，夏邦美，1980)

1. 藻体外形图；2. 枝端生长点表面观；3. 枝端的毛丝体；4. 藻体横切面观；5. 枝端的幼精子囊叶；
6. 较成熟的精子囊叶；7-10. 各种类型的四分孢子囊枝；11. 四分孢子囊枝表面观放大图；12. 囊果切
面图；13. 果胞系；14-16. 各种类型的假根；17. 藻体表皮细胞表面观。

Fig. 32　*Chondria xishaensis* C. F. Zhang et B. M. Xia (After Zhang and Xia, 1980)

1. Habit sketch of frond; 2. Surface view of apical cells; 3. Trichoblast on the apex; 4. Transection of frond;
5. Young spermatangial discs on the apex of branches; 6. Mature spermatangial discs; 7-10. Tetrasporangial
branchlets; 11. Surface view of tetrasporangial branchlet; 12. Longitudinal section of cystocap; 13. Perocarp;
14-16. Rhizoids; 17. Surface view of epidermal cell.

模式标本产地：中国西沙群岛广金岛。

藻体小，长 2~3.5 cm，由匍匐和半直立的圆柱状枝组成，径 317~587 μm，整个藻体附生在马尾藻的藻体上，在藻体各处生有附着器；附着器或为一些单细胞的假根丝，丝长 130~500 μm，宽 33~49 μm；或由一束假根丝组成一个盘形固着器，有时还能见到孤生的单细胞假根丝。藻体浅红色，柔软，制成的蜡叶标本能较好地附着在纸上。顶端生长，细胞向外突出，并不下陷在坑内。互生分枝，1~3 次，基部变细，枝端突出，上面丛生许多无色透明的二叉分歧 2~4 次的毛丝体，长 229~571 μm，径 9~26 μm，下粗上细，毛丝体有时可以由枝端向下分布一段距离，衰老时常脱落。藻体横切面观，中央有一中轴细胞，径 45~51 μm，外围 5 个围轴细胞，径 51~64 μm；皮层细胞 1 或 2 层，为小的圆或卵圆形，径 13~25 μm；在围轴细胞和皮层细胞之间有一层近圆形或长卵圆形的大薄壁细胞，径 57~77 μm；有些围轴细胞及其外围的大细胞壁具有透镜状的加厚部分。

四分孢子囊生长在枝上部膨大处，此处枝径常可达 0.5 mm 或以上，边缘呈波状，成熟的四分孢子囊卵圆形，163~277 μm×130~179 μm，四面锥形分裂。囊果近球形或宽卵形，生长在藻体各处，具极短的柄，长 33~114 μm，顶端有一开口；产孢丝末端产生倒卵形果孢子囊，130~228 μm×82~114 μm。精子囊叶生长在枝端和枝上部的毛丝体基部，扁平叶状，边缘全缘或呈波状，内部有空腔，囊叶 261~391 μm×196~326 μm；精子囊生于叶的两面，小粒状，白色，反光强。

习性：附生在礁平台内低潮线下 1 m 左右处生长的马尾藻藻体上。

产地：海南省西沙群岛。

本种为我国特有种。

主要特征：①藻体匍匐，借附着器附生于马尾藻的藻体上；②皮层小细胞 1 或 2 层，与围轴细胞间有一层比围轴细胞还大的大细胞，围轴细胞和大细胞上有透镜状加厚部分；③囊果近于无柄。

Taylor (1950:145)在"比基尼岛植物"的研究中，记述了一种未定种名的软骨藻，他疑作 Weber-van Bosse (1923:349, pl. x, figs. 10-12)建立的印度尼西亚的极小软骨藻 *Chondria minutula*，但由于 Weber-van Bosse 的描述中并未陈述轴细胞上有透镜状加厚部分，所以未能确定。西沙标本与 Taylor 描述的比基尼植物有些相似，它与极小软骨藻的区别在于：西沙标本的个体较大，分枝较长，围轴细胞与小的皮层细胞之间只有一层大细胞，囊果近于无柄；而极小软骨藻的个体极小，主轴长只有 5~7 mm，枝高 1~1.5 mm，围轴细胞以外有 2 或 3 层小细胞，缺乏大细胞层，囊果有明显的柄(据 Weber-van Bosse, 1923, pl. x, fig. 10)。因此，不论极小软骨藻内部细胞有无透镜状加厚部分，二者的区别是明显的。Dawson(1957:124, fig. 30, b、d、e)报道了马绍尔群岛安尼威特克环礁上有极小软骨藻和一种过去只见于加勒比海的多根软骨藻 *Chondria polyrhiza* Collins et Hervey。西沙标本在藻体大小、体形和多根状的附着器上与多根软骨藻十分相似，但前者的皮层细胞狭长(幼枝除外)，细胞长为宽的 4~12 倍，毛丝体丛较长，后者的皮层细胞只为宽的 3~4 倍，毛丝体丛短。如果再考虑到 Taylor(1950:145)在描述未定种名的软骨藻内部有透镜状加厚部分时，并未疑作与极小软骨藻相似的多根软骨藻。Iwamoto(1960)在日本冷水水域的北海道北岸也报道了多根软骨藻，如果他的鉴定没有错误的话，他的图证实了这一推论。此外，本种与香港地区产的吸附枝软骨藻 *Chondria hapterocladia* Tseng 在外形上虽有相似处，但后者丰富的羽状分枝与本种截然不同。

翼管藻属 *Pterosiphonia* Falkenberg

Falkenberg in Engler et Prantl, 1897, p. 443

翼管藻属 *Pterosiphonia* 是 Falkenberg 于 1897 年建立的，据 Kylin(1956)报道，已知种类约 20 种。国外有关本属种类的记载如冈村(1936)、Newton(1931)、Abbott et Hollenberg G.J.(1976)、Yoshida(1998)等，国内的报道仅 1 种，如 Tseng(1936)、周贞英(1983)、孙建璋(2006)等。

藻体大部分直立，具匍匐根状枝。直立枝 1 至数次分枝，互生；枝圆柱状至扁平，围轴细胞 4~20 个，通常无皮层或有皮层覆盖；末枝有限生长，无毛丝体。四分孢子囊通常直列生于末枝中，每节一个，四面锥形分裂。精子囊枝簇生在有限小枝的顶端附近或生在有限枝上的矩状小枝，有或无不育性顶端。囊果卵球形至球形，具柄。

本属模式种：*Pterosiphonia cloiophylla* (C.Agardh) Falkenberg.

33. 翼管藻　图 33

Pterosiphonia pennata (C. Agardh) Sauvageau, 1897, p. 287; Silva, P. C., P. W. Basson and R. L. Moe, 1996, p. 549.

Ceramium pennatum Roth, 1806, p. 133, nom. illeg.

Pterosiphonia pennata (Roth) Falkenberg, 1901, p. 263; Tseng, 1936, p. 62, pl.VI, fig.35.

Pterosiphonia pennata (C. Agardh) Falkenberg, 1901, p. 263; Abbott, 1999, p. 435, fig. 130A-D; Sun Jianzhang, 2006, p. 61.

模式标本产地：地中海。

藻体直立，丛生。由平卧的枝发出，具许多附着的假根。2 回羽状分枝，围轴细胞 8 或 9 个，标本具四分孢子囊。

习性：生长在潮间带岩石上。

产地：浙江、福建。

国外分布：地中海，法国，西班牙，英国，印度洋。

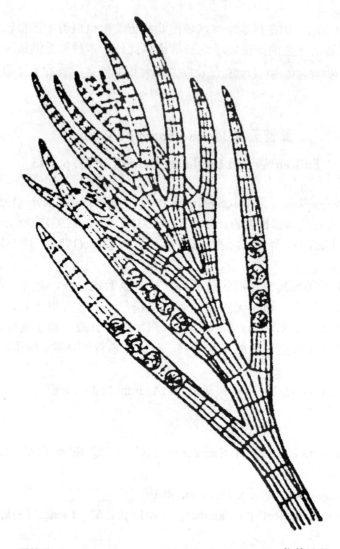

图 33　翼管藻 *Pterosiphonia pennata* (C. Agardh) Sauvageau (仿曾呈奎，1936)
四分孢子体一部分。

Fig. 33　*Pterosiphonia pennata* (C. Agardh) Sauvageau (After Tseng, 1936)
Part of tetrasporangia of frond.

菜花藻属 *Janczewskia* Solms-Laubach

Solms-Laubach, 1877, p. 210

　　藻体属近缘寄生红藻，常形成球形的瘤状物，寄生在 *Laurencia* 藻体上；由中实的瘤状体及其上的游离枝组成，内生的根丝侵入到寄生的组织内；游离枝髓层的镜状加厚有或无；次生纹孔连结有或无。精子囊成簇地生长在生殖窝的基部，具柄或不具柄，几乎布满整个生殖窝壁上；囊果生长在小枝的近顶端，单个或成对。四分孢子囊生长在游离枝外皮层内，四面锥形分裂。

34. 菜花藻　图34，35　图版I: 4

Janczewskia ramiformis Chang, C. F. and B. M. Xia, 1978, p. 120, fig. 1:1-8, fig. 2:1-6; Xia,
　　Xia and Zhang in Tseng (ed.), 1983, p. 148, pl. 77, fig. 2.

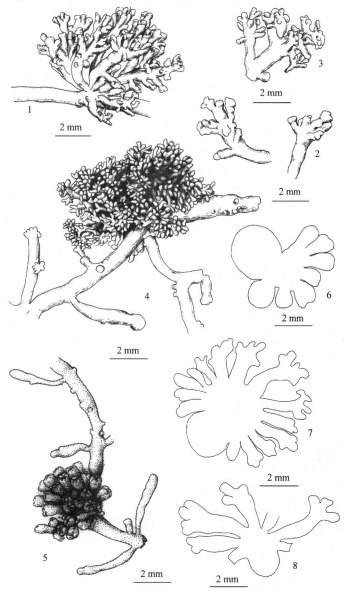

图 34　菜花藻 *Janczewskia ramiformis* Chang et Xia

1. 雌配子体外形图(AST64-604)；2. 雌配子体上的小枝(AST64-604)；3. 四分孢子体上的小枝(AST64-604)；
4. 四分孢子体外形图(AST64-604)；5. 雄配子体外形图(AST64-604)；6. 雄配子体和寄主藻体的横切面
(AST64-602)；7. 四分孢子体和寄主藻体的横切面(AST64-602)；8. 雌配子体和寄主藻体的横切面(AST64-602)。

Fig. 34　*Janczewskia ramiformis* Chang et Xia

1. Habit sketch of cystocarpic frond(AST64-604)；2. Habit sketch of part of cystocarpic branchlets(AST64-604)；
3. Habit sketch of part of tetrasporangial branchlets(AST64-604)；4. Habit sketch of tetrasporangial frond(AST64-604)；
5. Habit sketch of spermatangial frond(AST64-604)；6. Transection of spermatangial frond and host(AST64-602)；
7. Transection of tetrasporangial frond and host(AST64-602)；8. Transection of cystocarpic frond and host(AST64-602).

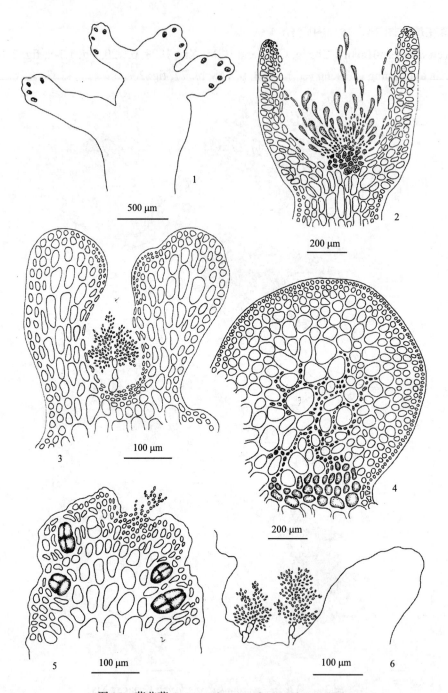

图 35　菜花藻 *Janczewskia ramiformis* Chang et Xia

1. 四分孢子体小枝纵切面(AST64-603)；2. 囊果切面图 (AST64-604)；3,6. 精子囊巢切面图
(AST64-605)；4. 切面观寄生根丝侵入寄生的组织(AST58-1185)；5. 四分孢子囊枝切面观(AST64-602)。

Fig. 35　*Janczewskia ramiformis* Chang et Xia

1. Longitudinal section of tetrasporangial branchlets(AST64-603)；2. Longitudinal section of cystocarpa
branchlets(AST64-604)；3,6. Longitudinal section of spermatangial sori(AST64-605)；4. Parasite flaments
(Stippled) infiltrate the host tissue(AST58-1185)；5. Longitudinal section of tetrasporangia(AST64-602).

模式标本产地：山东青岛。

藻体紫褐色，由一较小的、不甚明显的、中实的瘤状体和覆盖在其上面的一些放射状的、圆柱形的游离枝组成的一个不规则形状的团块，寄生在凹顶藻 *Laurencia* sp.藻体的任何部位，每一个游离枝的上部又产生2~5个小枝，生殖器官主要生长在这些小枝上；藻体利用根丝穿入寄主的细胞间隙；由于这种藻类的寄生常使寄主的枝体变弯，甚至折成直角；体软骨质，制成的蜡叶标本能附着于纸上。

雌雄异体，四分孢子体较大，径8~10 mm，瘤状体略显著，游离枝细而密，枝长1~2 mm，宽0.5~0.7 mm，枝上又密分许多小枝。四分孢子囊位于小枝的皮层细胞中，四面锥形或十字形分裂，囊长64~77 μm，宽45~58 μm；周围部分皮层细胞变态。雌配子体也较大，径5~8 mm，瘤状体不明显，游离枝粗而长，枝长1.5~2.5 mm，宽1 mm左右，多在上部长出小枝。囊果近球形，位于小枝上；果孢子囊棍棒状，上宽下细，有时略弯曲，囊长29~49 μm，宽6~10 μm；在产孢丝与囊果被间有连丝，囊果被厚约77 μm，顶端有一开口。雄配子体较小，径3~5 mm；瘤状体不显著，游离枝短而粗，长约1.5 mm，宽约1 mm，一般单条不分枝，或具极不明显的突起，顶端略凹；精子囊窠长卵圆形，位于枝顶端，精子囊群羽状分枝成簇，具短柄，生长在下陷的窠底上；精子囊小，无色透明，反光强。

习性：本种寄生在中、低潮带石沼中生长的凹顶藻 *Laurencia* sp. 藻体上。

产地：辽宁、山东。

本种为我国特有种。

软凹藻属 *Chondrophycus* (Tokida et Saito) Garbary et Harper
Garbary and Harper, 1998, p. 194

藻体直立，放射或二列分枝2~5次，较硬，软骨质，分枝截形的顶端有一衰退的顶端的纹孔；固着器圆盘状或匍匐茎状；顶端凹陷处生有毛丝体；每个中轴细胞具有2个围轴细胞，切面观很不明显；表皮细胞没有次生纹孔连结，没有樱桃体；髓层细胞壁上有或无透镜状加厚。细胞单核或多核。配子体雌雄异体，囊果侧生在分枝上，无柄，基部不缩或收缩，稍突出。精子囊枝丛生长在顶端杯状的下陷处，有一个增大的球形细胞于丝体的顶端。四分孢子囊远轴的生长在侧生的延长的围轴细胞的外端，与轴垂直排列在生殖小枝上，四面锥形分裂。

属的模式种：*Chondrophycus cartilaginous* (Yamada) Garbary et Harper.

软凹藻属 *Chondrophycus* 分种检索表

35. 节枝软凹藻　图 36，37，38　图版 VII：1

Chondrophycus articulata (Tseng) K. W. Nam, 1999, p. 463.

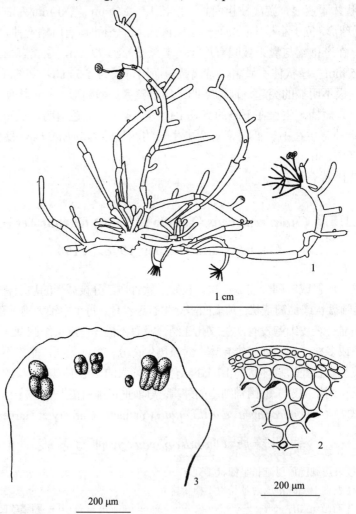

图 36　节枝软凹藻 *Chondrophycus articulata* (Tseng) Nam (图 1，2 仿曾呈奎，1943；图 3 仿张峻甫，夏邦美，1985)
　　　1. 幼体外形图，示节状分枝；2. 小枝部分横切面；3. 四分孢子囊小枝纵切面。

Fig. 36　*Chondrophycus articulata* (Tseng) Nam (1, 2 After Tseng, 1943; 3 After Zhang and Xia, 1985)
　　1. Habit sketch of a young plant, showing the branching, the articulations, the repent rhizoid-bearing branches, and a young tetrasporangial branchlet; 2. Transection of part of branchlet; 3. Longitudinal section of tetrasporangial branchlet.

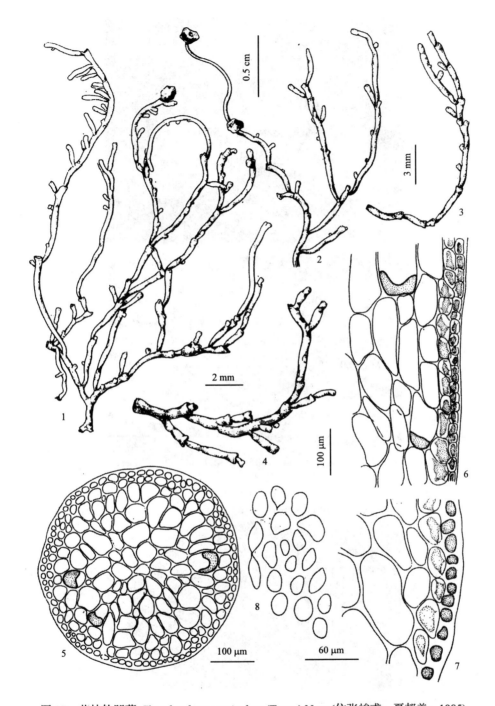

图 37　节枝软凹藻 *Chondrophycus articulata* (Tseng) Nam (仿张峻甫，夏邦美，1985)

1-4. 部分藻体外形图，明显的显示出节状分枝；5. 藻体横切面观；6. 部分藻体纵切面观；7. 部分藻体横切面观；8. 表皮细胞表面观。

Fig. 37　*Chondrophycus articulata* (Tseng) Nam (After Zhang and Xia, 1985)

1-4. Habit sketch of part of frond, showing the articulated branches; 5. Transection of frond; 6. Longitudinal section of part of frond; 7. Transection of part of frond; 8. Surface view of some epidermal cells.

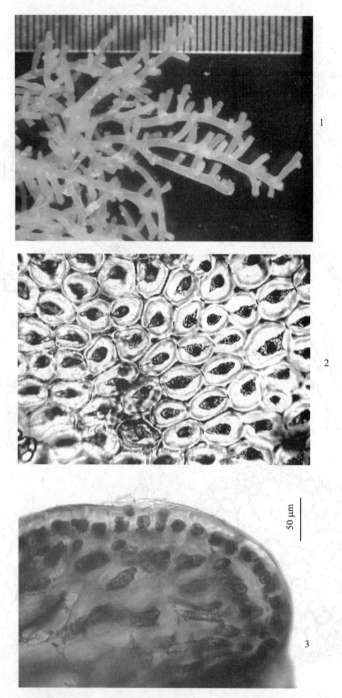

图 38　节枝软凹藻 *Chondrophycus articulata* (Tseng) Nam (AST 575220)

1. 藻体分枝(标尺: 0.5 mm/小格); 2. 分枝表皮细胞(示次生纹孔连结); 3. 末小枝纵切面之表皮细胞(示非突之表皮细胞)。

Fig. 38　*Chondrophycus articulata* (Tseng) Nam (AST 575220)

1. Branches of the thallis (scale: 0.5 mm/small grid); 2. Superficial cortical cells of the branch on the surface view; 3. Superficial cortical cells of ultimate branchlet.

Laurencia articulata Tseng, 1943, p. 195, pl. II, figs. 3-4; Dawson, 1954, p. 458, fig. 62 h-j; Zhang and Xia, 1985, p. 51, fig. 8, pl. I:7; Silva, P. C., P. W. Basson and R. L. Moe,1996, p. 504; Ding Lanping, 2003, P.52, fig.1:1-21.

模式标本产地：中国香港。

藻体线形，圆柱状，2~4 cm 高，疏松缠结，干标本黄褐色，亚软骨质，制成的标本不完全附着于纸上。基部有一不规则盘状固着器，其上有时能看到短的主干。主干上产生几个直立的主枝；枝圆柱状，径 0.4~1 mm，在藻体的枝上常有节环痕，节环痕分布不规律，或多或少。分枝通常偏生，特别是最末小枝常偏生在弯曲枝的一侧；末枝圆柱状，径 300~400 μm，枝端钝形或截形，中央凹陷，不易看到毛丝体，即使偶尔见到也属极其幼小者。末枝顶端的皮层细胞表面观不突出。藻体横切面观，髓部由形状不规则的薄壁细胞组成，胞径 45~98 μm，细胞壁上有透镜状加厚；皮层细胞不放射延长，也不排列成栅状，胞径 12.8~29 μm。生殖器官未见到。

习性：生长在礁平台内低潮线下 1 m 左右的珊瑚石上。

产地：海南省西沙群岛，香港。

国外分布：越南，印度洋。

36. 软凹藻　图 39　图版 VI：4

Chondrophycus cartilaginea (Yamada) Garbary et Harper, 1998, p. 194; Ding Lanping, 2003, p. 178, fig. XXVI.

Laurencia cartilaginea Yamada, 1931, p. 230, pl. 19, fig. a, text-fig. O; Saito, 1967, p. 53, pl. 17-18, text-figs. 43-47.

Laurencia undulata senus Nam and Kang, 1984, p. 37, pl. 6-7, text-figs. 8-9.

Laurencia undulata senus Saito, 1967, p.59, f. 48, pl.III, f. 3-6, pl. IV, f. 5-7.

模式标本产地：日本福冈县门司大里。

藻体直立丛生，10 cm 或更高。从一个盘状固着器上产生一个或多个直立主枝，及顶或不及顶但有时弯曲，不存在基部匍匐状分枝。藻体一般黑紫色或紫褐色，硬软骨质的，干燥后不附着于纸上。直立主分枝近基部圆柱状，直径 1~1.5 mm，向上具有棱角或稍扁压，宽可达 5 mm。羽状或亚二歧分枝。次级分枝互生、对生或稍亚轮生。末小枝圆柱状，截形，或者不育时瘤状。主分枝表面观的表皮细胞六角形，纵向延长，而在次级分枝上的几乎圆形。分枝横切面观的表皮细胞既不延长也不栅状排列，长 28~35 μm，宽 22~40 μm，而小枝的纵切面上，它们稍延长也稍栅状排列。端部细胞在小枝端部的凹陷中。围轴细胞仅在靠近小枝端部是可辨认的。靠近小枝端部的表皮细胞始终明显突起。相邻表皮细胞间缺乏次生纹孔连结。髓细胞壁常常较厚但没有透镜增厚。

在雄植株中，末小枝端部特征性地增粗，产生 1~3 个或多个造精器凹陷，有许多可育和不可育的毛丝体。可育毛丝体有一个大的泡状端细胞，卵形。精子囊卵形，其端部有一个大的核。雌植株的末小枝当不育时为圆柱状，形成可育结构后呈棒状或不规则增粗。成熟的囊果圆锥形，长 0.8~1.1 mm，直径 0.6~0.8 mm，分布在小枝的侧面上，并有一个突出的孔口。

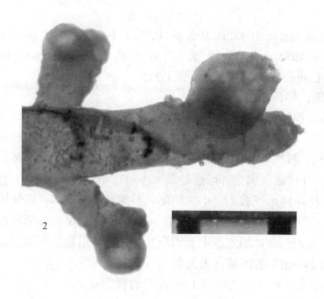

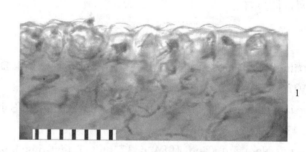

图 39　软凹藻 *Chondrophycus cartilaginea* (Yamada) Garbary et Harper(AST 542820)

1. 分枝下部纵切面之突起表皮细胞；2. 囊果分枝(标尺：图 1 为 10μm/小格；图 2 为 1 mm/小格)。

Fig. 39　*Chondrophycus cartilaginea* (Yamada) Garbary et Harper(AST 542820)

1. Projecting superficial cortical cells on the longitudinal section of the lower part of the branch;

2. Cystacarpic branchlet (scale: 1. 10 μm /small grid; 2. 1 mm/small grid).

　　四分孢子囊末小枝棒状或截形，分枝下部的则呈小瘤状。成熟的四分孢子囊在靠近四分孢子囊小枝的端部散生，四面体型分裂。在四分孢子囊末小枝的纵切面上，孢子囊与中央轴呈垂直排列。

　　习性：生长在潮间带下部的岩石上。

　　产地：我国沿海均有分布。

　　国外分布：日本，朝鲜半岛，美国夏威夷。

37. 合生软凹藻　图 40

Chondrophycus concreta (A.B. Cribb) Nam 1999, p. 463.

Chondrophycus concretus (Cribb) Ding et Tseng, Ding Lanping, 2003, p. 185-190, fig. XXVII:1-14; Tseng and Bi, 2005, p. 100.

Laurencia concreta Cribb, 1983, p. 116; Masuda et Kogame, 1998, p. 201-212, figs.1-7.

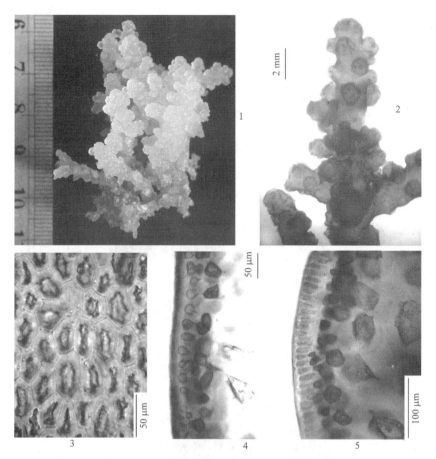

图 40　合生软凹藻 *Chondrophycus concreta* (A.B. Cribb) K.W. Nam(AST 760215)

1. 藻体；2. 分枝中上部；3. 分枝上部的表皮细胞表面观；4. 分枝横切面之表皮；5. 分枝纵切面之近末小枝之栅状表皮。

Fig. 40　*Chondrophycus concreta* (A.B. Cribb) K.W. Nam(AST 760215)

1. Thallis; 2. Middle and upper portions of the branch; 3. Superficial cortical cells of the upper portion of the branch on the surface view; 4. Superficial cortical cells of the branch on the transverse section; 5. Palisade-like superficial cortical cells of the branch near ultimate branchlet on the longitudinal section.

　　模式标本产地：澳大利亚大堡礁的费尔法克斯岛(Fairfax)。

　　藻体不规则丛生，或圆形垫状，产生初生和次生固着器附着于基质上。藻体褐紫色，硬软骨质的。靠在一起的分枝常常相互黏合。主枝以不规则的螺旋方式分枝。表皮细胞表面观为多角形至椭圆形。末小枝的端部，表皮细胞不突出。纵切面观，表皮细胞栅状排列。

　　横切面观，表皮细胞非栅状排列，每轴细胞产生两个围轴细胞。相邻表皮细胞间缺乏纵向的次生纹孔连结。髓细胞壁缺乏透镜加厚。未见繁殖植株。

　　习性：植株生长在潮间带下部至潮下带上部的珊瑚礁平台上。

　　产地：海南省西沙群岛。

　　国外分布：太平洋西部和西南部的热带和亚热带地区，澳大利亚东部、加里曼丹岛(Borneo)，越南和日本琉球群岛(Ryukyu Islands)。

38. 姜氏软凹藻　图 41　图版 Ⅵ：7

Chondrophycus kangjaewonii (Nam et Sohn) Garbary et Harper, 1998, p. 195；Ding Lanping, 2003, p. 203-206，fig. XXX：1-16.

Laurencia kangjaewonii Nam and Sohn, 1994, p. 397-403, figs.1-21.

　　模式标本产地：Yongdeuk near Pohang, Korea。

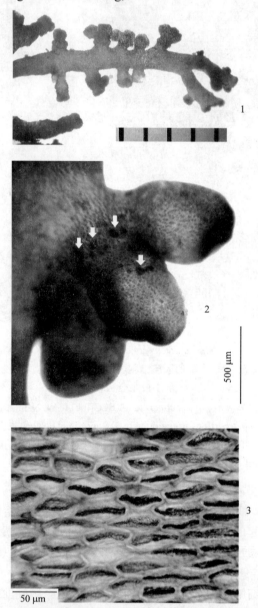

图 41　姜氏软凹藻 *Chondrophycus kangjaewonii* (Nam et Sohn) Garbary et Harper(AST 62-2386)
1. 四分孢子体分枝(标尺：1 mm/小格)；2. 平行排列的四分孢子囊；3. 扁平分枝的表皮细胞。
Fig. 41　*Chondrophycus kangjaewonii* (Nam et Sohn) Garbary et Harper(AST 62-2386)
1. Branch of the tetrasporangial plant (scale: 1 mm/small grid); 2. Stichidia (arrow show tetrasporangia arranged parallel to the axis); 3. Superficial cortical cells of the compressed branch.

藻体高 5~10 cm，扁压，褐色或红褐色，软骨质的至肉质的，干燥后附着于纸上。分枝互生，二歧。直立主枝从一盘状固着器上产生，宽 3.1~4.5 mm，无匍匐枝。末小枝扁平或稍亚圆柱状，径 0.4~0.6 mm。表皮细胞稍凸起或靠近小枝的端部凸起。表面观，分枝表皮细胞纵向延长，缺乏次生纹孔连结。横切面观，小枝表皮细胞既不放射延长也不栅状排列。髓细胞壁缺乏透镜加厚。

　　可育雄小枝短陀螺状，直径 1.1~1.5 mm。四分孢子囊末小枝圆柱状—棒状，顶钝。成熟四分孢子囊与四分孢子囊末小枝轴呈平行排列。

　　习性：生长在靠近潮下带至 2~3 m 深水下的岩石或珊瑚礁上。

　　产地：福建、广东和海南岛。

　　国外分布：韩国。

39. 栅状软凹藻　图 42　图版 VI：3

Chondrophycus palisada (Yamada) K.W. Nam, 1999, p.463.

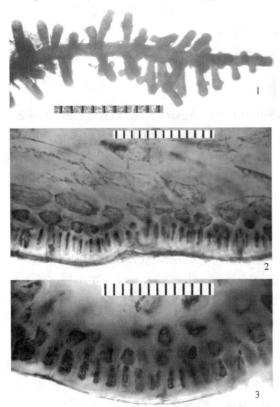

图 42　栅状软凹藻 *Chondrophycus palisada* (Yamada) K.W. Nam (AST 564345)
1. 四分孢子体分枝(标尺：1 mm/小格)；2. 末小枝纵切面的表皮细胞(标尺：10 μm/小格)；3. 分枝上部横切面的表皮细胞(标尺：10 μm/小格)。

Fig. 42　*Chondrophycus palisada* (Yamada) K.W. Nam (AST 564345)
1. Branch of the tetrasporangial plant (scale: 1 mm/small grid); 2. Superficial cortical cells of the ultimate branchlet on the longitudinal section (scale: 10 μm/small grid); 3. Superficial cortical cells at the upper part of the branch on the transverse section (scale: 10 μm /small grid).

Chondrophycus palisadus (Yamada) Ding et Tseng, Ding Lanping, 2003, p. 207-212，fig.
XXXI：1-26; Tseng and Bi, 2005, p. 100.

Laurencia palisada Yamada, 1931, p. 196, f. C,D, pl.4,f.a; Masuda et al., 1998, p. 133-140.

模式标本产地：中国台湾省红头屿。

植株丛生，缺乏匍匐枝。直立主枝高达 15 cm，黑红色，硬软骨质，干燥后不完全附着于标本纸上。分枝可达 5 级。表面观，表皮细胞椭圆形到圆角形，纵向不规则排列。横切面观，表皮细胞放射延长，呈栅状排列。每一个轴细胞产生 2 个围轴细胞。纵切面观，末小枝的表皮细胞栅状排列。即使在末小枝端部，表皮细胞也不突起。相邻表皮细胞间缺乏纵向的次生纹孔连结。髓细胞壁缺少透镜加厚。表皮及生毛体细胞没有樱桃体。皮层和髓细胞排列紧密，相邻细胞缺少胞间间隙。

四分孢子囊在末小枝和次末小枝端部形成，与小枝轴呈垂直排列。囊果在末小枝上侧生，1 到几个，成熟囊果长瓶颈形。精子囊枝末端为一个或有时 2 个大的倒卵形至球形不育细胞。精子囊椭圆形，具有一个梢部的核。

习性：植株生长在礁平台的潮间带上部的石灰石基质上。

产地：山东省青岛和台湾。

国外分布：日本以及菲律宾。

40. 圆锥软凹藻　　图版 VI：5

Chondrophycus paniculatus (C. Agardh) G. Furnari in Boisset et al., 2000, p. 393;
Womersley, 2003, p. 485, figs. 219C, 220; Ding, Lanping, 2003, p. 213, fig. XXXII: 1-4.

Laurencia paniculata (C. Agardh) J. Agardh, 1863, p. 755, III; Yamada, 1931, p. 192, pl. 3,
fig. a; Børgesen, 1939, p. 119, fig. 33; Tseng, 1943, p. 101; Xia, Xia and Zhang in Tseng
(ed.), 1983, p. 154, pl. 80, fig. 2 .

Chondria obtusa var. *paniculata* C. Agardh, 1823, p. 343.

模式标本产地：意大利(Adriatic Sea)。

藻体丛生，以盘状固着器固着，约 5 cm 高，不规则圆锥状的多回分枝。所有分枝圆柱形，径达 1.8 mm，下部亚帚状，上部较多叉分，初生枝可达 2.5 cm 长。最末小枝通常短的棍棒状，有时陀螺状或瘤状，约 1 mm 长，在较小的分枝上向各个方向产生。皮层细胞表面观呈具角的亚圆形，横切面观或多或少栅状排列，宽 15~30 μm，高 25~45 μm；近小枝顶部的切面观，表皮细胞多放射延长且较明显地栅状，长大于宽 2~3 倍，小枝的下部切面观，比较宽，表皮细胞高是宽的 1~1.5~2 倍；主轴和分枝的切面观，表皮细胞亚方形，宽等于高，藻体硬，亚软骨质，暗浅紫红色，干后变为浅灰紫色。髓部细胞壁非常厚，有时好像有镜状加厚，然而它们没有反光折射性。

四分孢子囊成熟时，径约 90 μm，位于最末小枝的近顶端，常形成较规则的环。生殖小枝朝小枝顶部单条，有时下部则分枝，像不育枝一样。幼囊果壶状，无柄，生长在很短的小枝上，2~5 个集生在所有方向。精子囊没有发现。

习性：生长在潮间带的岩石上以及石沼中。

产地：香港。

国外分布：地中海，伊朗湾，新喀里多尼亚，澳大利亚。

41. 波状软凹藻　图 43　图版 IX：2

Chondrophycus undulata (Yamada) Garbary et Harper, 1998, p. 195.

Laurencia undulata Yamada, 1931, p. 234, pl. 29, fig. a, text-fig. T; Tseng, 1943, p. 206;
　　Saito, 1967, p. 59, figs. 48,49, pl. 3, figs. 4-6, pl. 4, figs. 5-7;　Lee, 1965, p. 86, pl.
　　15, fig. A; Tseng et al., 1980, p. 80, fig. 12; Xia, Xia and Zhang in Tseng (ed.), 1983,
　　p. 156, pl. 81, fig. 1; Lee, In Kyu and Jae Won Kang, 1986, p. 324; Silva, P. C., E. G.
　　Menez and R. L. Moe, 1987, p. 68; Silva, P. C., P. W. Basson and R. L. Moe, 1996,
　　p. 521; Yoshida, 1998, p. 1042; Abbott, 1999, p. 393, fig. 115A-B; Huang, Su-fang,
　　2000, p. 202; Sun Jianzhang, 2006, p. 62.

模式标本产地：日本。

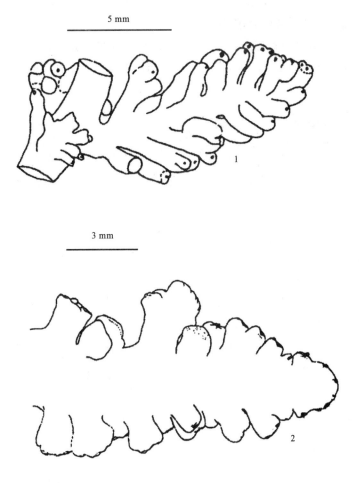

图 43　波状软凹藻 *Chondrophycus undulata* (Yamada) Garbary et Harper(AST 562594)

1,2. 羽状分枝。

Fig. 43　*Chondrophycus undulata* (Yamada) Garbary et Harper(AST 562594)

1,2. The pinnate branches.

藻体软骨质，淡的红褐色，扁平，约 7 cm 高，丛生，源于一基部盘状固着器及稀疏的羽状分枝，分枝二列，具圆顶，下部渐窄，向上扩展到约 4 mm 宽。最末小枝互生或亚对生，也有二叉，顶端截形或圆形，向上略弯曲。横切面表皮细胞不规则四方形，宽 20~30 μm，长 26~36 μm，稍放射延长。髓层细胞壁较厚，有时有透镜状环形加厚。四分孢子囊长圆形，可达 110 μm 宽，160 μm 长，位于短的孢囊枝顶端，孢囊枝很多，集生在小枝的边缘，因此形成一疣状波缘的外形。

四分孢子囊小枝不断地自生殖枝向不同方向产生，因此产生一很不规则的折叠的外形，有时形成一个几乎亚球形的团块，有性器官未发现。

习性：簇生在低潮带的岩石上。

产地：浙江、福建、香港、台湾、广东、海南岛。

国外分布：日本，朝鲜半岛，美国菲律宾，夏威夷，印度洋。

42. 轮枝软凹藻 图 44，45　图版 VIII：2

Chondrophycus verticillata (Zhang et Xia) K. W. Nam, 1999, p. 463

Laurencia verticillata Zhang et Xia, 1980, p. 267, figs. 3-4,5:2; Xia, Xia and Zhang in Tseng(ed.), 1983, p. 156, pl. 81, fig. 2.

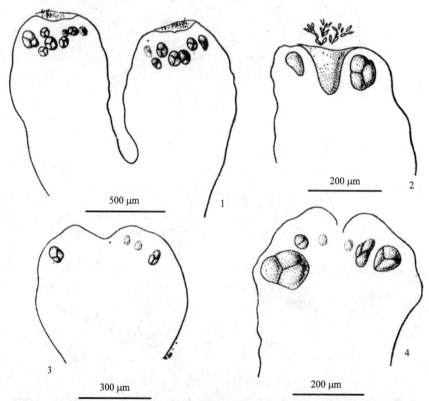

图 44　轮枝软凹藻 *Chondrophycus verticillata* (Zhang et Xia) Nam (仿张峻甫，夏邦美，1980)
图示四分孢子囊生长在孢囊枝上的位置。

Fig. 44　*Chondrophycus verticillata* (Zhang et Xia) Nam (After Zhang and Xia, 1980)
Diagram of the position of tetrasporangia on the stichidia.

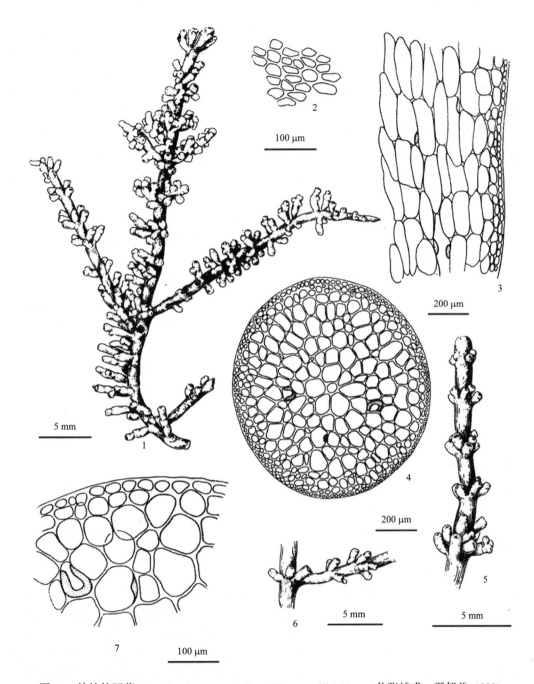

图 45　轮枝软凹藻 *Chondrophycus verticillata* (Zhang et Xia) Nama (仿张峻甫，夏邦美, 1980)
1. 藻体外形图；2. 部分表皮层细胞表面观；3. 部分藻体纵切面观；4. 藻体横切面观；5. 轮生小枝；
6 次生枝上生出的三生枝；7. 部分藻体横切面观。

Fig. 45　*Chondrophycus verticillata* (Zhang et Xia) Nam (After Zhang and Xia, 1980)
1. Habit sketch of frond; 2. Surface view of part of epidermal cells; 3. Longitudinal section of part of frond;
4. Transection of frond；5. Verticillate branchlets; 6. Secondary branches bearing tri-branches; 7. Transection
of part of frond.

模式标本产地：中国海南省西沙群岛。

藻体直立，高 5~7 cm，基部具匍匐茎，其上生直立枝，匍匐茎上有一些不规则盘形固着器，紫红色或紫褐色，体质较硬，制成的干标本不易附着于纸上。主干不及顶或及顶不明显，下部多少有些裸露，分枝 4、5 回，圆柱状，轮生，偶有偏生现象，常常在主干和各级分枝上每间隔 1~2 mm 的距离轮生一圈密集的小枝，在这些小枝中特别是在枝中部的，有时可以长出 1 或 2 个较长的次生枝，因此，各级分枝上都以同样的方式按一定的距离轮生一圈小枝，形成明显的环节状，所有各级枝的枝径为 0.4~1.5 mm；最末小枝棍棒状，长 0.5~1 mm，可达 1.5 mm，枝端钝头，其皮层细胞不突出。藻体横切面观，中央有较明显的中轴细胞，径 49~65 μm，围轴细胞 5~7 个(小枝较明显)，胞径 110~130 μm；髓部细胞径 82~180 μm，髓部细胞壁上有明显的透镜状加厚，皮层细胞宽而扁，19~26 μm×13~32 μm，不排列成栅状。皮层细胞表面观带角，长径 26~35 μm，纵切面观皮层细胞无次生纹孔连结。

四分孢子囊生长在最末小枝顶端的皮层细胞中，孢囊枝的纵切面观囊与轴垂直排列，孢囊枝单条，偶有分枝的，囊卵形或长卵形或近圆形，47~160 μm×32~110 μm；四面锥形分裂。囊果、精子囊未见。

习性：生长在礁平台内低潮线下 2 m 左右的珊瑚或死珊瑚枝上。

产地：海南省西沙群岛。

本种为我国特有种。

43. 张氏软凹藻　图 46

Chondrophycus zhangii Ding et Tseng(待刊)

Laurencia cartilaginea senus Tseng et al., 1980, p. 78, pl. 2E, fig. 12; Zhang et Xia, 1985, p. 60-62, fig. 7: 1-9, pl. I: 5.

藻体直立，丛生，高 5~8 cm，基部具不规则盘状固着器，通常暗紫色或微紫绿色，软骨质，脆，干标本从不附着于纸上。枝一般圆柱状，特别是在藻体的下部，直径 1630~2060 μm。上部枝有的略扁压，直径 2240~3260 μm。分枝互生、对生或轮生，有时互相粘连呈丛。最末小枝圆柱状或瘤状，其顶端的皮层细胞表面观不突出。枝表皮细胞呈不规则六角形。横切面观，主枝皮层细胞既不放射延长，也不排列成栅状，细胞卵圆形或方圆形，长 26~38 μm，宽 19~32 μm。纵切面观，小枝皮层细胞稍延长，也稍呈栅状排列，长 32~42 μm，宽 10~16 μm。皮层细胞间没有次生纹孔连结。髓部由形状不规则的薄壁细胞组成，直径 115~180 μm，胞壁中无透镜状加厚。

四分孢子囊生于最末小枝的顶端稍膨大处，与轴呈垂直排列，囊卵形或长卵形。囊果、精子囊未见到。

习性：生长在礁平台内低潮线下 0.5~1 m 处的珊瑚枝上。

产地：海南省西沙群岛。

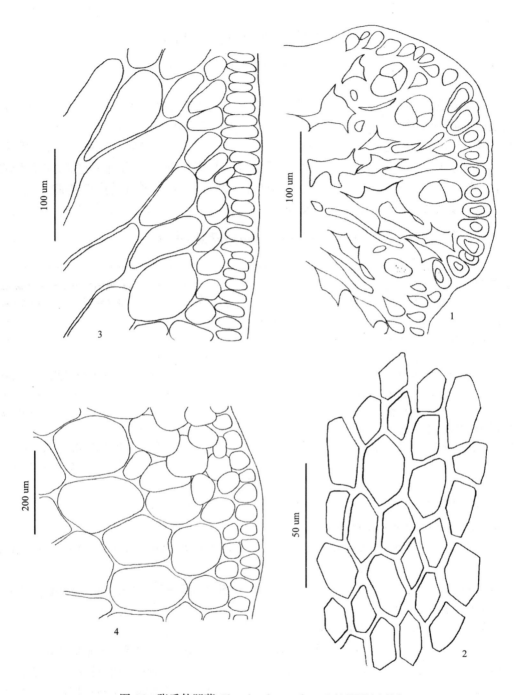

图 46　张氏软凹藻 *Chondrophycus zhangii* (AST 76-1695)

1. 四分孢子囊末小枝纵切面(示顶生四分子囊)；2. 小枝表皮细胞表面观；3. 小枝纵切面；4. 藻体横切面的部分。

Fig. 46　*Chondrophycus zhangii* (AST 76-1695)

1. Longitudinal section of the stichidia (show the tetrasporangia arranged perpendicularly to the axis);

2. Superficial cortical cells of the branchlet on the surface view; 3. Longitudinal section of the branchlet;

4. A part of the transverse section of the thallus.

栅凹藻属 *Palisada* K. W. Nam

Nam, 2007, p. 53

顶端细胞常常位于小枝顶端的凹陷处；靠近顶端细胞能够看到中轴；形成一个外延的皮层；营养轴的部位具有 2 个围轴细胞；第一个围轴细胞具有毛丝体的基部；精子囊的发育是以毛丝体型；在毛丝体的上基细胞上的两个侧枝的一个产生精子囊小枝；生长果胞系的部位具有 4 个或 5 个围轴细胞；通常在受精后形成辅助细胞；四分孢子囊发育自特殊的围轴细胞；四分孢子囊轴有一个单独的不育的围轴细胞和第一个能育的围轴细胞。

属的模式种：*Palisada robusta* Nam。

栅凹藻属 *Palisada* 分种检索表

1. 相邻细胞间没有次生纹孔连结，末小枝表皮细胞不突出 ······································ 2
1. 相邻细胞间有次生纹孔连结，末小枝表皮细胞突出 ·············· 小瘤栅凹藻 *P. parvipapillata*
   2. 具有弓形的主枝和偏向一侧生长的分枝 ······················· 弯枝栅凹藻 *P. surculigera*
   2. 没有弓形的主枝和偏向一侧生长的分枝 ······································ 3
3. 髓部细胞壁具透镜增厚 ······································ 4
3. 髓部细胞壁不具透镜增厚 ······································ 5
   4. 枝端呈头状或小瘤状 ······································ 旋转栅凹藻 *P. jejuna*
   4. 枝端密集形成扇形聚伞花序状 ······························· 长枝栅凹藻 *P. longicaulis*
5. 藻体具有浓密的乳头状小枝 ······································ 瘤状栅凹藻 *P. papilosa*
5. 藻体没有乳头状小枝 ······································ 6
   6. 藻体软骨质，较硬，囊果卵形，干燥后不易附着于纸上 ·············· 异枝栅凹藻 *P. intermedia*
   6. 藻体软骨质，不硬，囊果长颈瓶形，干燥后易于附着于纸上 ·········· 头状栅凹藻 *P. capituliformis*

44. 头状栅凹藻　图 47，48　图版 VI：1

Palisada capituliformis (Yamada) Nam, 2007, p. 54.

Laurencia capituliformis Yamada 1931, p. 217, pl.14; Saito 1967, p. 41, f.36-42, pl.14-16; Nam et Saito, 1995, p. 157.

Chondrophycus capituliformis (Yamada) Garbary et Harper 1998, p.194; Ding Lanping, 2003, p. 170, fig. xxv: 1-19.

模式标本产地：日本青森县陆奥大岛。

藻体直立，高可达 15 cm，丛生，存在匍匐基部分枝，以盘状基部附着于基质上，一般紫红色，有时褐黄色，软骨质，干燥后附着于纸上。直立主枝圆柱状，直径 1.0~2.5 mm，高 5~14.5 cm，圆锥状分枝。分枝互生，对生，或亚轮生。表面观，主枝皮层细胞纵向延长，而分枝中部的皮层细胞稍延长或不延长，多角形或圆角形。横切面观，藻体表皮细胞放射延长，且栅状排列。纵切面观，藻体表皮细胞也栅状排列。髓细胞壁缺乏透镜加厚。藻体营养轴节的每个轴细胞产生 2 个围轴细胞。

雄植株的末小枝端部特征性地粗大，产生 1~3 个或多个精子囊凹陷。精子囊卵形，端部含有一个大核。可育生毛体轴的端细胞大泡状，卵形。雌植株的末小枝不育时为圆柱状，随囊果发育而变成棒状。成熟囊果圆锥形，位于小枝的上侧表面，具有明显突出的喙。四分孢子体植株的四分孢子囊末小枝幼时圆柱状，成熟后变成棒状。四分孢子囊与四分孢子囊末小枝中央轴呈垂直排列。

习性：生长在潮间带岩石上和石沼中。

产地：辽宁、山东。

国外分布：朝鲜半岛，日本和菲律宾。

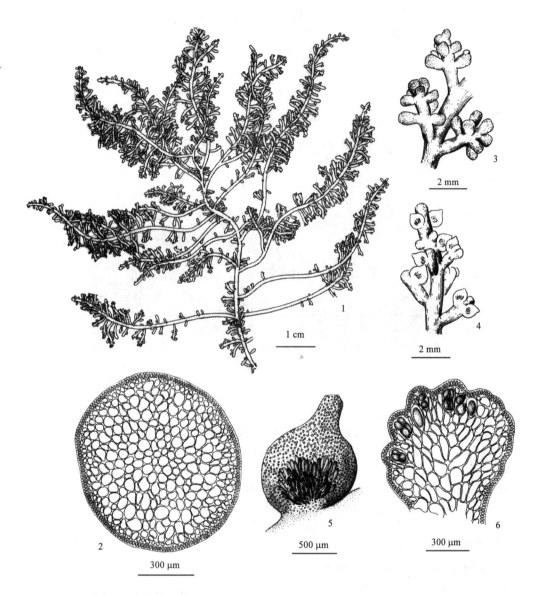

图 47　头状栅凹藻 *Palisada capituliformis* (Yamada) Nam (AST54-3458)

1. 藻体外形图；2. 藻体横切面观；3. 四分孢子囊小枝；4. 囊果小枝；5. 囊果；6. 四分孢子囊纵切面。

Fig. 47　*Palisada capituliformis* (Yamada) Nam (AST54-3458)

1. Habit sketch of frond; 2. Transection of frond；3. Tetrasporangial branchlets；4. Cystocarpic branchlets;

5.Cystocap; 6. Longitudinal section of tetrasporangia.

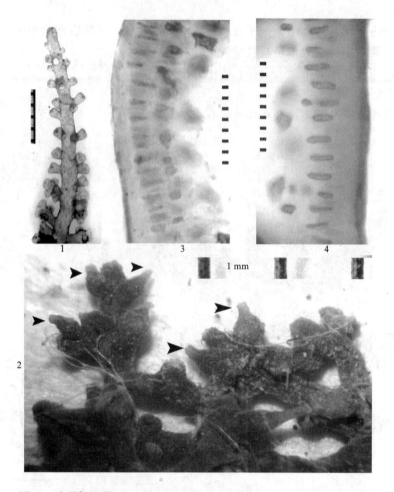

图 48　头状栅凹藻 *Palisada capituliformis* (Yamada) Nam(AST 54-3458)

1. 分枝上中部(四分孢子囊株) (标尺：1 mm/小格)；2. 囊果枝(箭头示具突出喙状的囊果)；3. 分枝横切面(示栅状表皮细胞)；4. 分枝纵切面(示栅状表皮细胞) (标尺：10μm/小格)。

Fig. 48　*Palisada capituliformis* (Yamada) Nam (AST 54-3458)

1. Middle and upper portion of branch (tetrasphorophyte) (scale: 1 mm/small grid); 2. Cystocarpic branch(arrow-head indicate the protrudent cystocarps); 3. Transverse section of the branch (indicate the palisade superficial cortical cells); 4. Longitudinal section of the branch (indicate the palisade superficial cortical cells) (scale: 10μm /small grid).

45. 异枝栅凹藻　图 49，50

Palisada intermedia (Yamada) Nam, 2007, p. 54

Laurencia intermedia Yamada, 193 l, p. 191-192, pl. 1, fig. c, pl. 2; Xia, Xia and Zhang in Tseng (ed.), 1983, p. 150, pl. 78, fig. 3; Luan, 1989, p. 68, fig. 78; Zhang et Xia, 1988, p. 250; Nam and Saito, 1995, p. 157.

Chondrophycus intermedia (Yamada) Garbary et Harper, 1998, p. 195; Ding Lanping, 2003, p. 191, fig. XXVIII:1-37.

模式标本产地：日本。

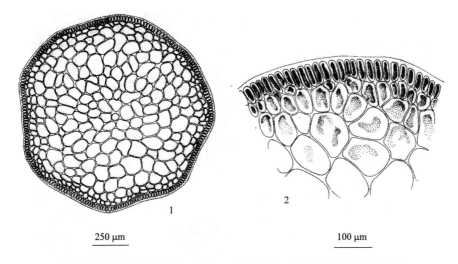

图 49　异枝栅凹藻 *Palisada intermedia* (Yamada) Nam (AST58-797)
1. 藻体横切面；2. 藻体部分横切面。

Fig.49　*Palisada intermedia* (Yamada) Nam (AST58-797)
1. Transection of frond; 2. Transection of part of frond.

　　藻体直立，高达 20 cm，径 1~2 mm，圆柱状，丛生基部由稍缠绕且稍接合的匍匐分枝组成，具有固着器和假根，其上产生几个直立主枝，但常有一个及顶主枝。一般黑紫色，干燥后变成黑色。藻体软骨质的，硬，干燥后完全不附着于纸上。主枝圆柱状，高可达 13 cm，各个方向上产生圆锥花序状分枝，不及顶时分裂一至多次。分枝对生、亚轮生或互生，分枝直径 1~2 mm。末小枝棒状。幼时端部截形，成熟后的分枝和小枝覆盖着浓密的小瘤状小枝从表面观，主枝的表皮细胞常常呈六角形，长 12~17 μm，宽 14~19 μm；分枝的表皮细胞纵向延长，长 35~62 μm，宽 16~27 μm；末小枝端部的表皮细胞圆形且侧向延长。藻体横切面上，表皮细胞放射延长且栅状排列，长 26~37 μm，宽 10~18 μm。小枝横切面之表皮细胞明显放射延长，长 32~39 μm，宽 10~16 μm，栅状排列，表面观不突起。髓细胞壁缺乏透镜加厚。在纵向或侧向上，表皮细胞没有次生纹孔连结。每营养轴节产生 2 个围轴细胞。末小枝顶细胞位于端部凹陷的底部。藻体表皮细胞及生毛体细胞缺乏樱桃体。

　　在雄植株中，末小枝的端部特征性地增粗，直径达 750~1700 μm，产生一到多个造精器凹陷。精子囊卵形，端细胞泡状，卵形，非常大，长达 50 μm，直径 42 μm，有一个端部核。在雌植株中，不育时末小枝圆柱状，但随着果胞系和囊果的发育而变成棒状。成熟的囊果卵形，位于小枝侧上部，具孔口。在四分孢子体植株中，四分孢子囊小枝不育时为圆柱状，但成熟时侧变为棒状，特别是在分枝下部的，则产生瘤状的四分孢子囊小枝。四分孢子囊散生在它们的端部表面。有时，在四分孢子囊末小枝侧面能产生小的附生末小枝。孢子囊四面体型分裂，从纵切面和侧面观，孢子囊与中央轴垂直排列。在四分孢子体植株中，每轴节产生 2 个围轴细胞以及 2 个产孢丝细胞。

　　习性：生长在潮间带下部和潮下带上部的岩石上。夏、秋季孢子成熟。

　　产地：辽宁、山东。

　　国外分布：日本，朝鲜半岛，菲律宾和坦桑尼亚。

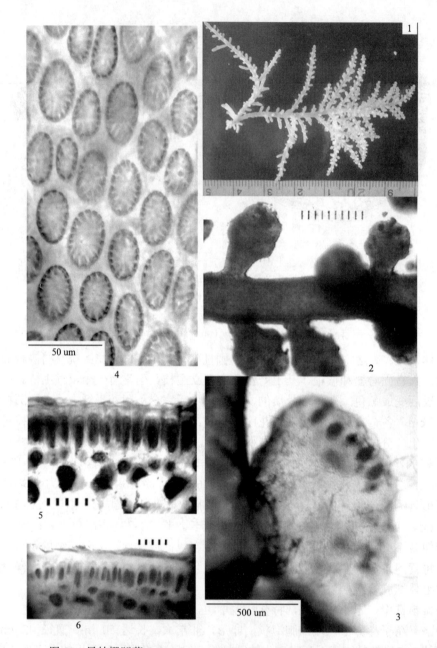

图 50　异枝栅凹藻 *Palisada intermedia* (Yamada) Nam (AST 56-0625)

1. 藻体(四分孢子体株)(液浸材料)；2. 四分孢子囊末小枝(标尺：100 μm/小格)；3. 四分孢子囊末小枝侧面观(示垂直排列的四分孢子囊)；4. 分枝表皮细胞表面观(新鲜材料)；5. 分枝横切面之栅状表皮细胞；6. 分枝纵切面之栅状表皮细胞(标尺：10 μm/小格)。

Fig. 50　*Palisada intermedia* (Yamada) Nam (AST 56-0625)

1. Thallis (Tetrasporiferous plants) (materials preserved in Forlamin /seawater); 2. Stichidia (scale: 100 μm/small grid); 3. Laterals of the stichidia (show tetrasporangia arranged parallel to axes); 4. Superficial cortical cells of the branch on the surface view (fresh material); 5. Palisade-like superficial cortical cells of branch on the transverse section; 6. Palisade-like superficial cortical cells of branch on the longitudinal section (scale: 10 μm/small grid).

46. 旋转栅凹藻　图 51　图版 VI：2

Palisada jejuna (Tseng) Nam, 2007, p. 54

Laurencia jejuna Tseng, 1943, p. 185-208, pl.I, figs.1-3; Xia, Xia and Zhang in Tseng (ed.), 1983, p. 152, pl. 79, fig.1.

Chondrophycus jejuna (Tseng) Nam, 1999, p. 463.

Chondrophycus jejunus (Tseng) Ding et Tseng, Ding Lanping, 2003, p.200-202, fig. XXIX:1-5; Tseng and Bi, 2005, p. 100.

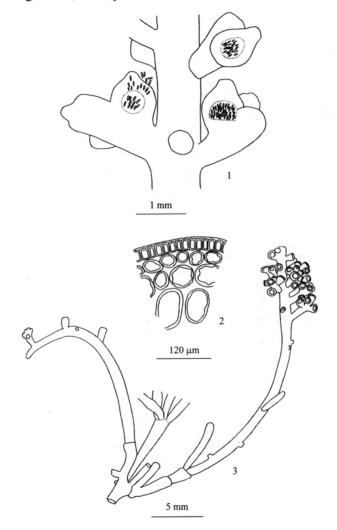

图 51　旋转栅凹藻 *Palisada jejuna* (Tseng) K.W. Nam (仿曾呈奎，1943)

1. 雌配子体的一部分(示囊果)；2. 小枝横切面；3. 四分孢子体(示分枝、四分孢子囊小枝及垂直排列的四分孢子囊)。

Fig. 51　*Palisada jejuna* (Tseng) K.W. Nam (After Tseng, 1943)

1. A part of a fertile branch with cystocarps; 2. Transverse section of a branchlet (shows the palisade-like superficial cortical cells); 3. Habit sketch of a tetrasporic plant (show the branching, the tetrasporiferous branchlets and the tetrasporangia arranged parallel to the axes of the branchlets).

模式标本产地：中国香港。

藻体丛生，高约 3 cm，黑紫色，亚软骨质，固着器盘状。主枝圆柱状，直径达 1.1 mm，直立或稍弯曲，常具节环纹，下部稀疏，上部排列松散、互生或对生、亚羽状分开。末小枝二岐或三岐分裂，棍棒状至螺旋状，顶端呈头状花序状或小瘤状。小枝横切面的表皮细胞似栅状排列，放射延长，宽 15~20μm，高 20~35μm。髓部细胞壁厚，常具弓形或环纹状透镜增厚。

四分孢子囊球形，分布于末小枝膨大的端部，与末小枝轴呈垂直排列。囊果壶状，宽 0.9 mm，长 1.3 mm，具长 0.2~0.3 mm 的喙状突起，一般在较小的枝上单生，无柄。精子囊未见到。

习性：生长在潮间带岩石上和池沼中。

产地：香港。

本种为我国特有种。

47. 长枝栅凹藻　图 52　图版 VII：10

Palisada longicaulis (Tseng) Nam, 2007, p. 54

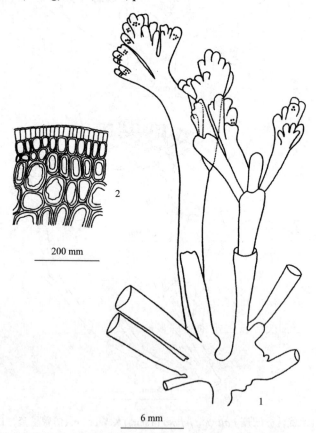

图 52　长枝栅凹藻 *Palisada longicaulis* (Tseng) Nam (仿曾呈奎，1943)
1. 四分孢子体的外形，示其分枝及四分孢子囊小枝；2. 小枝部分横切面；示髓部细胞壁中透镜状加厚。
Fig. 52　*Palisada longicaulis* (Tseng) Nam (After Tseng, 1943)
1. Habit sketch a tetrasporangial plant, showing the branching and the tetrasporangial branchlet; 2. Transection of a branchlet, showing lenticular thickenings on the medullary cell walls.

Laurencia longicaulis Tseng, 1943, p. 194, pl. II, figs. 1-2; Xia, Xia and Zhang in Tseng (ed.), 1983, p. 152, pl. 79, fig. 2.

Chondrophycus longicaulis (Tseng) K. W. Nam, 1999, p. 463.

模式标本产地：中国香港。

藻体微黄紫色，硬肉质，高约 4.5 cm，丛生，以一宽的盘状固着器固着，其上有一发育很好的短干，约 1 mm 高，自干上产生几个主枝，这些主枝亚圆柱形，向下逐渐变细，向上逐渐变宽，径达 2 mm；通常有环状痕；藻体下部裸露不分枝，或仅有一些短的小枝，上部密集，近顶部具有次生分枝，这些分枝互生，或多或少二列，产生亚扇形聚伞状或不规则掌状最末小枝，这些小枝棍棒状且顶端呈宽的截形，径 0.5~0.65 mm。表皮细胞表面观，六角形或多角形，15~18 μm 宽，小枝横切面皮层细胞明显地放射延长并排列栅状，宽 15~18 μm，高 30~36 μm。髓部细胞大，壁很厚，常有透镜加厚，弓形或环形加厚。

四分孢子囊球形，径可达 90 μm，散生在分枝和小枝的近顶部。有性器官未发现。

习性：生长在有浪的潮间带岩石上。

产地：香港。

本种为我国特有种。

48. 瘤状栅凹藻　图 53

Palisada papillosa (C. Agardh) Nam, 2007, p. 54.

Chondria papillosa C. Agardh, 1822, p. 344.

Laurencia papillosa (Forsskål) Greville, 1830, p. 1ii; Yamada, 1931, p. 190, pl. 1, f.a. b; Okamura, 1936, p. 853.

Fucus papillosus Forsskål, 1775, p. 190, nom. illeg.

Chondrophycus papillosa (C. Agardh) Garbary et Harper, 1998, p. 195; Ding Lanping, 2003, p. 217, fig. XXXIII:1-13.

模式标本产地：红海穆哈(Mochhae, Red Sea)。

藻体紫红色或青黑色，硬软骨质，主轴圆柱状，分枝多，不规则各方向分枝，分枝角度常近似直角，主轴及分枝上常密生许多短棒或瘤状的小枝，基部具有盘状固着器。藻体丛生，高 6~10 cm。藻体内部构造为单轴型，顶端生长，髓部由大的圆形细胞组成，细胞壁厚。体质硬，干燥变黑，不易附着于纸上。

具同型世代交替，孢子体与配子体外形相同。配子体雌雄异体，四分孢子囊球状，四面锥形分裂，密生末端小羽枝上，形成孢子囊枝。

习性：生长于低潮线附近至潮下带 4 m 深的礁石上，全年可见。

产地：广东、海南岛。

国外分布：日本，朝鲜半岛，菲律宾。

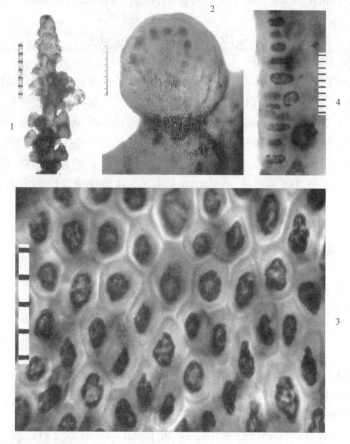

图 53　瘤状栅凹藻 *Palisada papillosa* (C. Agardh) Nam (AST 802356)

1. 分枝中上部(标尺：1 mm/小格)；2. 四分孢子囊末小枝(示垂直排列的四分孢子囊)；3. 末小枝近端的
表皮细胞表面观；4. 分枝下部纵切之栅状表皮细胞(标尺：10 μm/小格)。

Fig. 53　*Palisada papillosa* (C. Agardh) Nam (AST 802356)

1. Middle, upper part of the branch (scale: 1 mm/small grid); 2. Stichidia (show the tetrasporangia arranged
parallel to the axis); 3. Surface view of the superficial cortical cells near the apex of the ultimate branchlet;
4. Palisade-like superficial cortical cells of the lower part of the branch on the longitudinal section (scale:
10 μm /small grid).

49. 小瘤栅凹藻　图 54，55

Palisada parvipapillata (Tseng) Nam, 2007, p. 54.

Laurencia parvipapillata Tseng, 1943, p. 204, pl. 4; Dawson, 1954, p. 458; Saito, 1969, p. 159,
fig. 11c; Zhang and Xia, 1985, p. 64, fig. 10, pl. I:3; Silva, P. C., E. G. Menez and R. L.
Moe,1987, p. 67; Silva, P. C., P. W. Basson and R. L. Moe,1996, p. 518; Abbott, 1999, p.
391, fig. 114A-B; Yoshida et al., 2000, p. 148.

Chondrophycus parvipapillata (Tseng) Garbary et Harper, 1998, p. 195; Ding Lanping, 2003,
p. 220, fig. XXXIV:1-28.

模式标本产地：中国香港。

藻体紫红色，高约 4 cm，多匍匐附着于珊瑚枝或碎珊瑚块上，软骨质，制成的干标本不易附着于纸上。体扁压，宽 1~2 mm，可达 2.5 mm，复羽状分歧，具有明显的互生或亚对生分枝；藻体上经常生有假根状的吸附器，使分枝互相粘连在一起，亦可附着到基质上。最末小枝棍棒状，顶端截形或圆形；表皮细胞表面观呈六角形，径 32~45 μm，切面观为长方形或亚正方形，多少有些放射延长呈栅状排列，29~42 μm×10~16 μm；小枝的末端具有显著的乳头状突起，高 7~12 μm。髓部细胞大，壁薄，不规则卵形或长椭圆形，径 98~130 μm，壁上无透镜状加厚。

四分孢子囊长椭圆形，长 110~130 μm，宽 49~98 μm，散生排列成一环，在最末小枝的顶端，与轴成呈角，四面锥形分裂。囊果、精子囊未见。

习性：生长在礁平台低潮线下 0.5~1 m 处的珊瑚礁上。

产地：海南、香港。

国外分布：日本，越南，菲律宾，美国夏威夷群岛，印度洋。

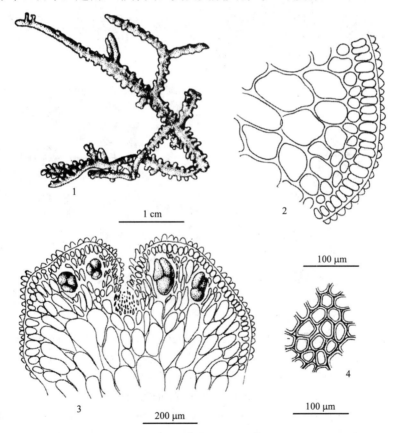

图 54　小瘤栅凹藻 *Palisada parvipapillata* (Tseng) Nam (仿张峻甫，夏邦美，1985)
1. 部分藻体外形图; 2. 部分藻体横切面观; 3. 孢囊枝纵切面观; 4. 表皮细胞表面观。

Fig. 54　*Palisada parvipapillata* (Tseng) Nam (After Zhang and Xia, 1985)

1. Habit sketch of part of frond; 2. Transection of part of frond; 3. Longitudinal section of stichidium;

4. Surface view of superficial cortical cells.

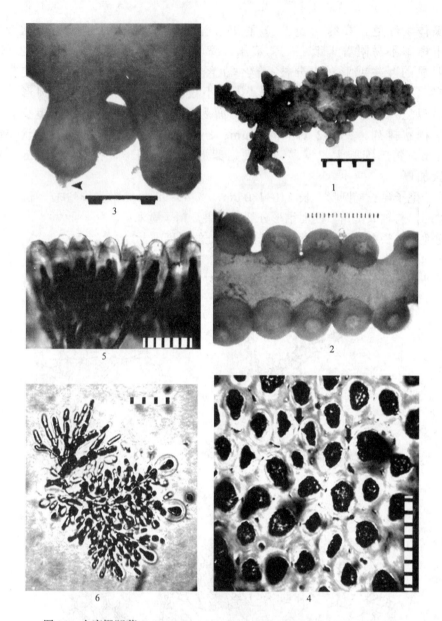

图 55　小瘤栅凹藻 *Palisada parvipapillata* (Tseng) Nam (AST 20011125)

1. 四分孢子囊枝；2. 雄性末小枝(示端部凹陷)；3. 喙状突起的囊果(标尺：1 mm/小格)；4. 分枝表皮细胞表面观(箭头示纹孔连结)；5. 纵切面端部突起；6. 精子囊及生毛丝(标尺：2，4-6 为 10 μm/小格)。

Fig. 55　*Palisada parvipapillata* (Tseng)Nam(AST 20011125)

1. Mature branch of the tetrasporangia; 2.Male ultimate branchlet(show the depressions of the apex);
3. Cystocarp (arrowhead shows ostiole) (scale: 1 mm/small grid); 4. Superficial cortical cells of the branch on the surface view (arrow show secondary pit-connections); 5. Projecting of the apex on the longitudinal section;
6. Spermatangia and the trichoblast (scale: 2,4-6. 10 μm/small grid).

50. 弯枝栅凹藻　图 56，57　图版 VI：6

Palisada surculigera (Tseng) Nam, 2007, p. 54.

Laurencia surculigera Tseng, 1943, p. 192, pl. 1. figs. 4-5; Saito, 1969, p. 159, fig. 11. B; Xia, Xia and Zhang in Tseng (ed.), 1983, p. 154, pl. 80, fig. 3; Silva, P. C., E. G. Menez and R. L. Moe,1987, p. 68; Silva, P. C., P. W. Basson and R. L. Moe,1996, p. 521; Yoshida et al., 2000, p. 148.

Chondrophycus surculigera (Tseng) K. W. Nam, 1999, p. 463.

Chondrophycus surculigera (Tseng) Ding et Tseng, Ding Lanping, 2003, p. 231, fig. XXXV: 1-12; Tseng and Bi, 2005, p. 100.

模式标本产地：中国香港。

藻体浅褐紫色，高约 4.5 cm，软肉质，源于平卧的圆柱状根枝，用宽的薄膜状的盘状固着器固着，或束状或假根固着。直立枝圆柱形或稍扁压，亚羽状复出，及顶，可达 2 mm 宽，最宽在中部，向两端逐渐变细，基部多于顶部。幼时，有时向基质弯曲，用次生固着器固着，作用如吸根，可进一步产生偏生的和背面的分枝。最末小枝亚圆柱形到棍棒形，顶端截形或圆形，可达 3 mm 长，发生在各个方向，虽然干标本常常出现二列，但大多数以它们彼此间的等长距而分开。表皮细胞具棱—圆形，稍六角，表面观较薄的壁，小枝横切面观表皮细胞栅状排列，明显地放射延长，宽 15~30 μm，高 30~45 μm。髓层细胞没有壁的镜状加厚，所有采到的标本都是不育的。

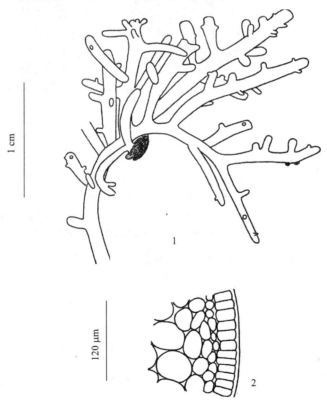

图 56　弯枝栅凹藻 *Palisada surculigera* (Tseng) K.W. Nam(仿曾呈奎，1943)
1. 藻体外形图；2. 藻体部分横切面观。

Fig. 56　*Palisada surculigera* (Tseng) K.W. Nam(after Tseng, 1943)
1. Thallis; 2. Transverse section of the part of the frond.

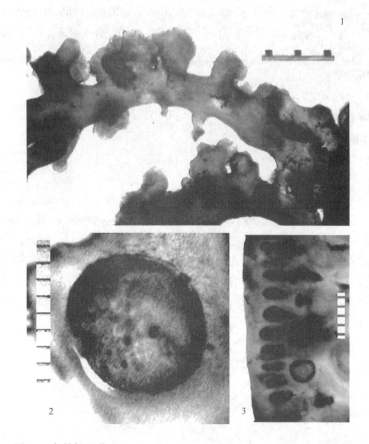

图 57　弯枝栅凹藻 *Palisada surculigera* (Tseng) K.W. Nam(Tseng, 293)

1. 藻体腹侧假根；2. 末小枝端部生的四分孢子囊(与轴垂直排列) (标尺：图 1 为 1 mm/小格；图 2 为 100 μm /小格)；3. 分枝横切面之栅状表皮细胞(标尺：10 μm/小格)。

Fig. 57　*Palisada surculigera* (Tseng) K.W. Nam(Tseng 293)

1. Ventral surculi of the branch; 2. Tetrasporangia of the apex of ultimate branchlet (perpendicular to the axes of the ultimate branchlet) (scale: 1. 1 mm/small grid; 2. 100 μm/small grid); 3. Palisade-like superficial cells of branch in the transverse section (scale: 10 μm/small grid).

习性：生长在较隐蔽处的潮间带岩石上或石沼中。

产地：香港。

国外分布：日本，菲律宾，印度洋。

凹顶藻属 *Laurencia* Lamouroux

Lamouroux, 1813, p. 130

藻体直立，放射状或二列的 2~5 次分枝，柔软到坚硬，软骨质，分枝顶端截形并凹陷；固着器盘状或匍匐根茎状，固着于岩石或附生。顶端凹陷处生有毛丝体以及每个轴细胞有 4 个围轴细胞；表皮细胞间有次生纹孔连结；有些种类的髓层细胞壁上有透镜状加厚。细胞单核或多核，藻红体圆盘状或伸长，常连接在大的内部细胞中。配子体雌雄异株，囊果通常侧生在枝上，无柄，圆锥状，基部缩或不缩，有孔口。精子囊枝丛生长在下陷的杯形顶部中，精子囊生于丝体顶端呈膨大的球形细胞。四分孢子囊通常远轴的生长在侧生延长的围轴细胞的外端，与轴平行排列，四面锥形分裂。

属的模式种：*Laurencia obtusa* (Hudson) Lamouroux。

凹顶藻属 *Laurencia* 分种检索表

19. 藻体二歧分枝，分枝稍扁压 ·· 香港凹顶藻 *L. hongkongensis*

19. 藻体三列或多歧，分枝圆柱状 ··· 20

　20. 藻体较硬，下部裸露，具环节，干燥后不附着于纸上 ··························· 热带凹顶藻 *L. tropica*

　20. 藻体不硬，下部具长的分枝，无环节，干燥后除老的部分外附着于纸上 ······················

　　·· 南海凹顶藻 *L. nanhaiense*

51. 红羽凹顶藻　图版 VII：4

Laurencia brongniartii J. Agardh, 1841, p. 20; Yamada, 1931, p. 240, pl. 25; Saito and
　Womersley, 1974, p. 839, figs. 4 C, D, 20, 21; Lee, In Kyu and Jae Won Kang, 1986,
　p. 324; Silva, P. C., E. G. Menez and R. L. Moe,1987, p. 64; Silva, P. C., P. W.
　Bosson and R. L. Moe, 1996, p. 504; Abe et al., 1998, p. 231-237; Yoshida, 1998, p.
　1031; Huang, Sufang, 1998, p. 107; 2000, p. 198; Womersley, 2003, p. 477, figs.
　214F, 215.

Laurencia concinna Montagne, 1842, p.6.

Laurencia distichophylla senus Harvey, 1863, synop. P.26.

Laurencia grevilleana Harvey, 1855, p. 545.

　　模式标本产地：拉丁美洲的马提尼克岛(Martinique, West Indies)。

　　藻体鲜红色或粉红色，软骨质，主轴上部扁压，宽约 0.4 cm，由主轴两缘规则长出
1~3 回平面小羽枝，小羽枝亦扁压，顶端钝圆。藻体基部圆柱状，并以盘状固着器附着
在基质上，直立丛生，高 5~10 cm。藻体内部构造为单轴型，顶端生长，顶端细胞内凹，
周围有早落性毛状枝包围，髓部由大薄壁细胞组成，皮层细胞小，排列成栅状。髓部薄
壁细胞的细胞壁一侧具有透镜状加厚现象。

　　具同型世代交替，孢子体与配子体外形相同。配子体雌雄异体，囊果卵形，有果皮
细胞及果孔，群生位于小羽枝的侧面。四分孢子囊球状，直径 100 μm，四面锥形分裂，
群生于最末小羽枝的上部。

　　习性：生长于低潮线附近至潮下带 10 m 深的礁岩上，全年可见。

　　产地：台湾。

　　国外分布：朝鲜半岛，日本，菲律宾，印度尼西亚，澳大利亚，印度洋，太平洋和
大西洋。

　　本种描述根据黄淑芳(2000, p. 198)。

52. 凹顶藻　图 58，59

Laurencia chinensis Tseng, 1943, p. 198, pl. III, figs. 1-3; Xia, Xia and Zhang in Tseng (ed.),
　1983, p. 148, pl. 77, fig. 3；Ding Lanping, 2003, p. 62, fig. III 1-32.

　　模式标本产地：中国香港。

　　藻体微紫红色，约 8 cm 高，基部具较细的 0.2~0.3 mm 宽的圆柱形的匍匐枝，
向下产生假根，向上产生直立枝，直立枝多次羽状分枝，近基部圆柱形，向上变
为多少明显的扁压，可达 1.2 mm 宽。主轴及顶，明显，至少在幼时，但后来由
于强劲的生长侧枝有时使它变得不明显。藻体的外形梨形或伞房形—圆锥形，分

枝开始明显地二列及对生，后来由于幼枝在同一节处进一步生长而变为三列或多列；每节的对生和二列的分枝通常是发育最好的，所以就使得分枝即使成熟也表现为二列和对生，最末小枝亚圆柱形，二列或三列排列，顶端截形。小枝横切面的表皮细胞近方形，高 30~45 µm，不放射延长，似栅状排列。髓层细胞具有透镜状加厚。

四分孢子囊球形，径可达 120 µm，散生在最末小枝的顶部，最末小枝单条，但有时分枝，有性器官未见。

习性：生长在低潮带有沙覆盖的岩石上。

产地：香港。

本种为我国特有种。

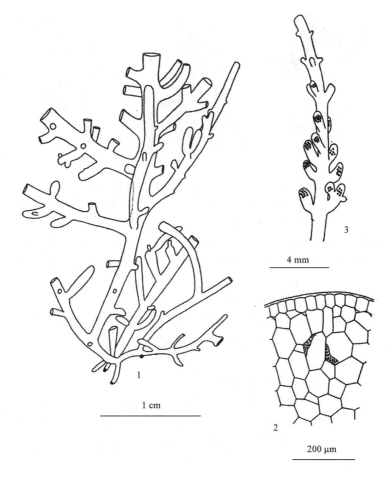

图 58　凹顶藻 *Laurencia chinensis* Tseng (仿曾呈奎，1943)

1. 幼体基部的外形，示其匍匐茎及分枝；2. 小枝部分横切面；3. 四分孢子囊小枝的上部。

Fig. 58　*Laurencia chinensis* Tseng (After Tseng, 1943)

1. Habit sketch of the basal part of f young plant, showing the stoloniferous filament and the branching;

2. Transection of part of a branchlet; 3. Upper part of a tetrasporangial branchlet.

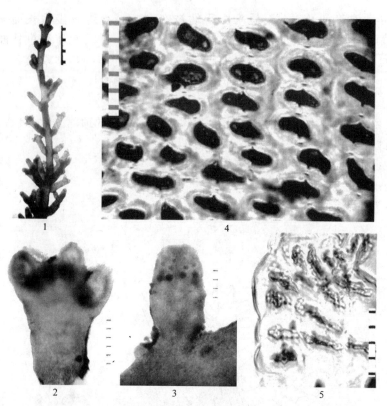

图 59 凹顶藻 *Laurencia chinensis* Tseng (Tseng 295a)

1. 分枝中上部(1 mm/小格)；2. 囊果；3. 孢囊枝；4. 四分孢子体末小枝表皮细胞；5. 末小枝纵切面。

Fig. 59　*Laurencia chinensis* Tseng (Tseng 295a)

1. Middle, upper portions of the branch (scale: 1 mm/small grid); 2. Cystocarps; 3. Stichidium; 4. Superficial cortical cells of ultimate branchlets of tetrasporangia; 5. Longitudinal section of the ultimate branchlet.

53. 复生凹顶藻　图 60　图版 VII：2

Laurencia composita Yamada , 1931, p. 236，f. R, S, p1.23; Okamura, 1936, p. 856, f. 401; Masuda et al., 1996, p. 553, figs. 1-23; Yoshida et al., 1998, p. 1032, fig. 3-107B; Ding Lanping, 2003, p. 72, fig. IV:1-25.

模式标本产地：日本神奈川县江岛。

藻体直立，丛生，基部具有匍匐枝。直立部分高约 15 cm。黑紫色，柔软。主轴明显及顶，圆柱状，直径 1~1.6 mm，不规则复羽状分枝。第一级枝较长，次级枝短，小枝是放射状排列，一般互生，也对生。分枝可达 4 级。主轴和第一级分枝上产生许多附生小枝。

表面观，表皮细胞多角形。切面观，表皮细胞具有纵向次生纹孔连结，横切面观不呈放射状延长和栅状排列，末小枝端部突出。髓细胞壁中存在稀少的透镜增厚。每轴产生 4 个围轴细胞。表皮细胞和生毛体细胞含有一个樱桃体。

四分孢子囊在分枝端部形成。四分孢子囊小枝圆柱状、棍棒状，顶钝。四分孢子囊向顶成熟，与轴平行排列。成熟的四分孢子囊直径 120~150 μm。囊果在每二级和第三级分枝上产生，卵形，长 700~900 μm，宽 550~740 μm，具有一个宽的端部小孔。精子囊凹陷杯状，末端产生小枝。精子囊分枝端部有一个大的不育细胞。

习性：生长在潮间带的中上部。

产地：辽宁、浙江。

国外分布：日本，朝鲜半岛。

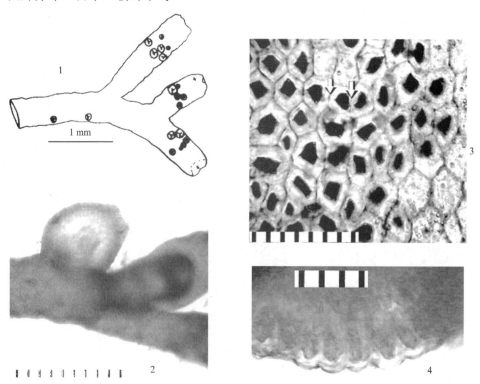

图 60　复生凹顶藻 *Laurencia composita* Yamada(AST 532084)

1. 四分孢子囊分枝；2. 囊果；3. 分枝表皮细胞；4. 末小枝端部的纵向面(标尺：图 2 为 100 μm/小格；
3,4. 为 10 μm/小格)。

Fig. 60　*Laurencia composita* Yamada(AST 532084)

1. Tetrasporangial branches; 2. Cystocarps; 3. Superficial cortical cells; 4. Profused superficial cortical cells on the longitudinal section of the ultimate branchlet (scale: 2. 100 μm/small grid; 3,4. 10 μm/small grid).

54. 俯仰凹顶藻　图 61　图版 IX：4

Laurencia decumbens Kützing, 1865, p. 18, pl. 51, figs. a, b; Børgesen, 1945, p. 50, figs. 25-27; Saito, 1969, p. 151, fig. 4; Zhang Junfu and Xia Bangmei, 1985, p. 51, fig. 3, pl. I:8; Silva, P. C., E. G. Menez and R. L. Moe,1987, p. 65; Silva, P. C., P. W. Basson and R. L. Moe,1996, p. 507; Abbott, 1999, p. 384, fig. 111G-H.

Laurencia pygmaea Weber-van Bosse, 1913, p. 122, pl. 12, fig. 6.

模式标本产地：新喀里多尼亚岛。

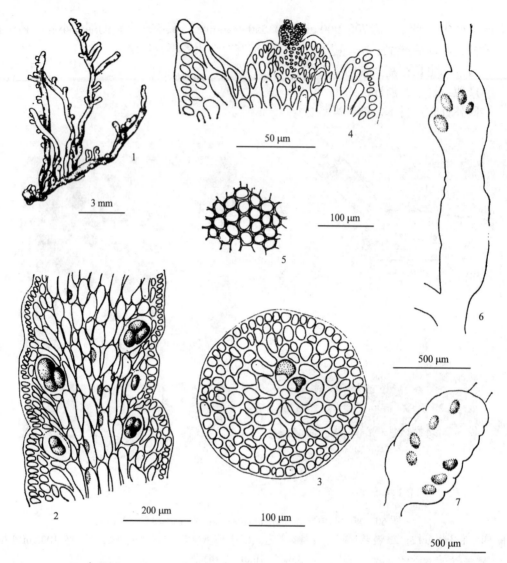

图 61　俯仰凹顶藻 *Laurencia decumbens* Kützing (仿张峻甫，夏邦美，1985)

1. 部分藻体外形图；2. 部分孢囊枝纵切面观；3. 小枝横切面观；4. 枝断损后再生现象；5. 表皮细胞表面观；6,7. 孢囊枝上显示四分孢子囊的位置。

Fig. 61　*Laurencia decumbens* Kützing (After Zhang and Xia, 1985)

1. Habit sketch of part of frond; 2. Longitudinal section of part of tetrasporangial branchlet; 3. Transection of branchlet; 4. Reproduction of branch after break; 5. Surface view of some epidermal cells; 6,7. Showing the position of tetrasporangia on the stichidia.

　　藻体 1.5~2 cm 高，紧密地排列形成一个低矮的草坪状藻丛；体基部具有一些匍匐茎，体下部比较疏松地缠结。直立枝圆柱状，常弯曲成弓形，径 410~440 μm，分枝及小枝常在弓状枝的外侧偏生，小枝棍棒状，一般长 1~3 mm，宽 250~260 μm，顶端钝圆，基部略缩，有时在藻体上可以看到环状痕。体横切面观，中央有一中轴细胞，近圆形，径 7~12 μm；皮层细胞近方圆形，不放射延长，也不排列成栅状，髓部细胞壁上有明显的透镜状加厚。

　　四分孢子囊生长在小枝上，埋于皮层细胞中，与轴平行排列；生长四分孢子囊部位的小枝径变粗，表面呈波状，孢子囊卵形或椭圆形，长 51~96 μm，宽 26~64 μm，四面锥形分裂。囊果、精子囊未见。

习性：生长在礁平台内低潮线下 1 m 处的珊瑚石上。

产地：海南省西沙群岛。

国外分布：夏威夷群岛，新喀里多尼亚岛，留尼汪岛。

55. 加氏凹顶藻　图 62　图版 IX：1

Laurencia galtsoffii Howe, 1934, p. 39, fig. 5; Saito, 1969, p. 151, fig. 4; Zhang and Xia, 1985, p. 51, fig. 4:1-5, pl. I:6; Abbott, 1999, p. 386, fig. 112C-D.

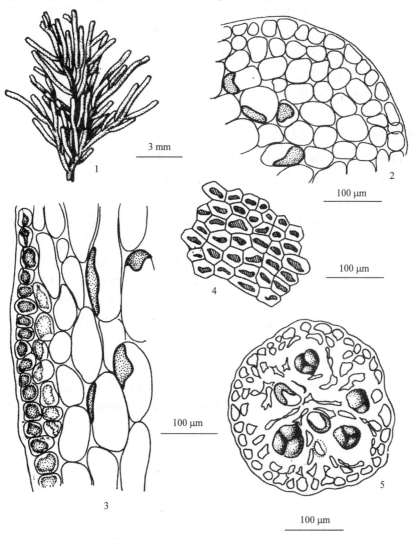

图 62　加氏凹顶藻 *Laurencia galtsoffii* Howe (仿张峻甫，夏邦美，1985)
1. 部分藻体外形图；2. 部分藻体横切面观；3. 部分藻体纵切面观；4. 表皮细胞表面观；5. 孢囊枝横切面观。

Fig. 62　*Laurencia galtsoffii* Howe (After Zhang and Xia, 1985)
1. Habit sketch of frond; 2. Transection of part of frond; 3. Longitudinal section of part of frond; 4. Surface view of some epidermal cells; 5. Transection of tetrasporangial branchlet.

模式标本产地：夏威夷群岛。

藻体矮小，形成一紧密的束状体，高 2 cm 左右，体基部有些错综缠结，干标本黄褐色，体膜质到亚软骨质，制成的干标本不完全附着于纸上。枝圆柱或亚圆柱状，不规则分枝，互生或亚二叉分歧，多集中在藻体的中、上部形成伞房状，枝径 0.3~0.4 mm，枝端圆形、钝形或截形，有时基部略缩。末枝顶端皮层细胞明显突出。皮层细胞表面观近六角形，老的部分变为长圆形，径 25~28 μm。横切面观，藻体由薄壁细胞组成，不规则圆形，髓部细胞稍大，径 57~74 μm，髓部细胞壁上有明显的透镜状加厚，表皮层细胞稍小，径 25~32 μm，皮层细胞不放射延长，也不排列成栅状。

四分孢子囊散生在皮层细胞中，与轴平行排列，卵圆形或长卵形，83~96 μm×58~70 μm，四面锥形分裂。囊果、精子囊未见。

习性：生长在礁平台内低潮线下 0.5 m 处的珊瑚石上。

产地：海南省西沙群岛。

国外分布：夏威夷群岛。

56. 香港凹顶藻　图 63　图版 VII：3

Laurencia hongkongensis Tseng C. K., C. F. Chang, E. Z. Xia and B. M. Xia, 1980, p. 76, fig. 10, pl. IID; Xia, Xia and Zhang in Tseng (ed.), 1983, p. 150, pl. 78, fig. 2

模式标本产地：中国香港。

藻体浅紫褐色，基部具短的匍匐茎状枝及几个不规则的盘状固着器固着，以及几个直立的轴，高 5~9 cm，亚软骨质，干时不完全附着于纸上；直立轴不及顶，轻微的但是永恒的扁压，1~1.5 mm 宽，二列不规则互生或对生 4 或 5 次分枝；分枝轻度扁压；最末小枝圆柱形，顶端钝形或截形，近分枝顶端的表皮细胞不突出；横切面示一层较小细胞的外皮层，26~58 μm×45~64 μm，表皮细胞没有栅状排列；髓层细胞径 42~128 μm，没有镜状加厚。皮层细胞中有纵的次生纹孔连结。

孢囊枝棍棒状，单条或变为复合的，1~3 mm 长，0.5~1 mm 宽，放射生长在各级分枝上；四分孢子囊球形到卵球形，49~112 μm×32~70 μm，四面锥形分裂，平行排列。雄性的最末小枝单条或变为复合，含小枝的膨大末端，径 1 mm，具有精子囊丛，源于顶端凹陷处。囊果未见。

习性：生长在潮下带岩石上。

产地：香港。

本种为我国特有种。

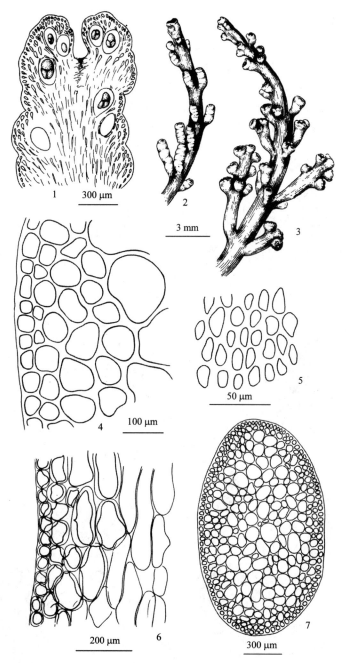

图 63　香港凹顶藻 *Laurencia hongkongensis* Tseng, Chang , E. Z. Xia et B. M. Xia (仿曾呈奎，张峻甫，夏恩湛，夏邦美，1980)

1. 四分孢子囊小枝纵切面；2. 部分成熟的四分孢子体；3. 部分成熟的雄配子体；4. 部分分枝的横切面；5. 部分表皮层细胞排列表面观；6. 部分小枝纵切面；7. 枝的横切面观。

Fig. 63　*Laurencia hongkongensis* Tseng, Chang , E. Z. Xia et B. M. Xia (After Tseng, Chang , E. Z. Xia and B. M. Xia, 1980)

1. Longititudinal section a stichidial branchlet; 2. Part of a mature tetrasporangial plant; 3. Part of a mature spermatangial plant; 4. Portion of a transverse section of a branch; 5. Surface view of the cortical cells arrangement of a branch; 6. Portion of a longitudinal section of an ultimate branchlet; 7. Transverse section of a branch.

57. 略大凹顶藻　图 64，65　图版 IX：6

Laurencia majuscula (Harvey) Lucas, in Lucas & Perrin, 1947, p. 249; Saito, 1969, p. 149; Saito and
　　Womersley, 1974, p. 819, fig. 1A, 6; Xia, Xia and Zhang in Tseng(ed.) 1983, p. 152, pl. 79, fig. 3;
　　Zhang and Xia, 1985, p. 55, fig. 2, pl. I:4; Silva, P. C., E. G. Menez and R. L. Moe,1987, p. 66; Silva,
　　P. C., P. W. Basson and R. L. Moe,1996, p. 513; Yoshida, 1998, p. 1035; Abbott, 1999, p. 388, fig.
　　112 G-H; Womersley, 2003, p. 457, figs. 202, 205A; Ding Lanping, 2003, p.95, fig. X:1-12.

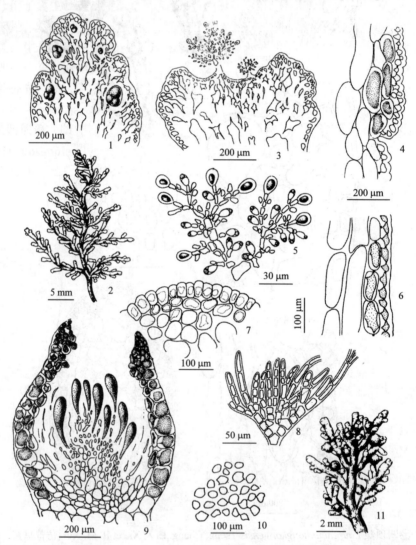

图 64　略大凹顶藻 *Laurencia majuscula* (Harvey) Lucas (仿张峻甫，夏邦美，1985)
1. 孢囊枝纵切面观；2. 部分藻体外形图；3. 枝端精子囊丛；4. 最末小枝纵切面观；5. 精子囊丛；6. 部分藻体
纵切面观；7. 部分藻体横切面观；8. 枝端毛丝体；9. 囊果切面观；10. 表皮细胞表面观；11. 生长囊果的小枝。
Fig. 64　*Laurencia majuscula* (Harvey) Lucas (After Zhang and Xia, 1985)
1. Longitudinal section of tetrasporangial branchlet; 2. Habit sketch of part of frond; 3. Spermatangial sorus on
the tip of branchlet; 4. Longitudinal section of the ultimate branchlet; 5. Spermatangial sorus; 6. Longitudinal
section of part of frond; 7. Transection of part of frond; 8. Trichoblast; 9. Longitudinal section of cystocarp;
10. Surface view of some epidermal cells; 11. Cystocarpic branchlets.

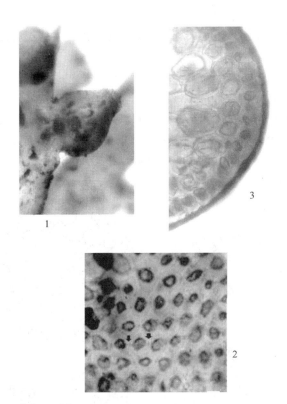

图 65　略大凹顶藻 *Laurencia majuscula* (Harvey) Lucas (AST 57159)
1. 囊果(具喙)；2. 分枝表皮细胞；3. 分枝横切面之表皮细胞。
Fig. 65　*Laurencia majuscula* (Harvey) Lucas (AST 57159)
1. Cystocarps with rostrate; 2. Superficial cortical cells of the branch; 3. Superficial cortical cells on the transverse section of the branches.

Laurencia obtusa var. *majuscula* Harvey, 1863, p. 26; Tseng, 1943, p. 200.

模式标本产地：西澳大利亚罗特内斯特岛(Rottnest Island, West Australia)。

藻体呈美丽的玫瑰红色，高 8~20 cm，体粗而柔软，基部具有一盘状固着器，制成的干标本能较好地附着于纸上。藻体具有 1 个或几个明显或不太明显的及顶的主轴，轴圆柱状，径 1~2 mm；分枝可达 6 回，互生或亚对生，螺旋排列，枝广开，体基部的枝长，向顶端生长的枝则逐渐变短，因此，藻体的外观呈圆锥状；最末小枝短，棍棒状，顶端钝头，枝端生有单列细胞组成的毛丝体，二叉式分歧。表皮细胞表面观为不规则的卵形或亚球形，径 38~64 μm，最末小枝末端处的表皮细胞的外壁突出；横切面观，细胞呈不规则的亚长方形，但不放射延长，也不排列成栅状；藻体内部细胞没有透镜状的加厚部分；藻体纵切面观，常能看到次生的胞间纹孔连结。

孢囊枝与普通小枝无区别；四分孢子囊以与轴平行的方式生长在最末小枝的皮层细胞中，四面锥形分裂，囊卵形或球形，29~102 μm×25~80 μm 大小。囊果卵形—烧瓶状，无柄，散生在小枝上，700~770 μm×620~720 μm；切面观，果孢子囊倒披针形，150~200 μm×33~49 μm，生于产孢丝上，囊果顶端有一开口。精子囊簇树枝状，生长在最末小枝的顶端下陷处。

习性：生长在礁平台内低潮线下 1 m 左右的珊瑚礁石上。

产地：海南省西沙群岛、香港。

国外分布：日本，菲律宾，澳大利亚，加罗林群岛，夏威夷群岛，印度，斯里兰卡，波斯湾。

58. 马岛凹顶藻　图 66，67　图版 IX：3

Laurencia mariannensis Yamada, 1931, 200, pl. 5, fig. 6, text-figs. F. G; Saito, 1969, p. 151; Zhang and Xia, 1985, p. 57, fig. 5; Silva, P. C., E. G. Menez and R. L. Moe,1987, p. 66; Masuda et al., 1998, p. 85, figs. 1-2; Abbott, 1999, p. 388, fig. 113A-B; Ding Lanping, 2003, p. 98, fig. XI:1-7.

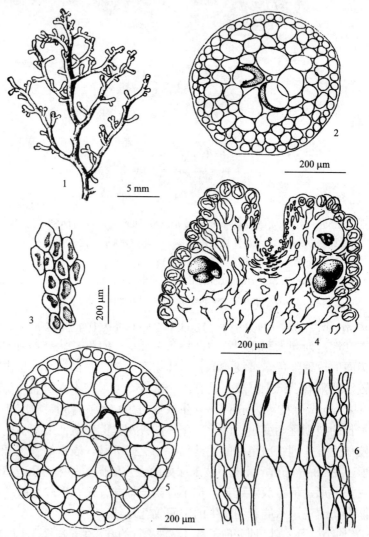

图 66　马岛凹顶藻 *Laurencia mariannensis* Yamada (仿张峻甫，夏邦美，1985)
1. 部分藻体外形图；2. 小枝横切面观；3. 表皮细胞表面观；4. 孢囊枝纵切面观；5. 主枝横切面观；
6. 部分藻体纵切面观。

Fig. 66　*Laurencia mariannensis* Yamada (After Zhang and Xia, 1985)

1.Habit sketch of part of frond; 2.Transection of branchlet; 3. Surface view of some epidermal cells; 4. Longitudinal section of tetrasporangial branchlet; 5. Transection of main branch; 6. Longitudinal section of part of frond.

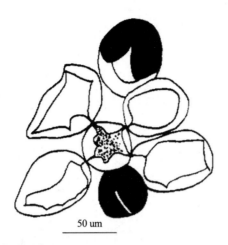

图 67 马岛凹顶藻 *Laurencia mariannensis* Yamada (AST 584890)

藻体横切面之轴细胞及其 4 个围轴细胞。

Fig. 67 *Laurencia mariannensis* Yamada (AST 584890)

Transverse section of the thallus (shows axial cell with 4 periaxial cells).

模式标本产地：马里亚纳群岛的塞班岛。

藻体直立丛生，纤细柔弱，体下部疏松缠结，体高 4~5 cm，圆锥花序状分枝，干标本微紫黄褐色，有时标本枝端稍带绿色，制成的干标本能附着于纸上。枝圆柱状，横切面观，中央有明显的中轴，圆形或椭圆形，径 32~40 μm，围轴细胞一般 6 个，髓部细胞为不甚规则的圆形，径 110~180 μm，壁薄，皮层细胞稍小，33~82 μm×65~82 μm；主枝径 0.7~1.0 mm，髓部细胞壁上具有透镜状加厚；小枝棍棒状，顶端钝；最末小枝顶端具明显的突起，末枝径约 300 μm；透镜状加厚的细胞壁在最末小枝的横切面中较常见，而在主枝的横切面中较少见，主轴表皮细胞表面观长 114~120 μm。

四分孢子囊散生在最末小枝的皮层细胞间，平行于中轴排列，卵形或椭圆形，64~96 μm×58~83 μm，四面锥形分裂。囊果、精子囊末见。

习性：生长在礁平台内低潮线下 0.7 m 的珊瑚石上或附生于仙掌藻 *Halimeda* sp.藻体上。

产地：海南省西沙群岛。

国外分布：菲律宾，马里亚纳群岛的塞班岛，加罗林群岛，马绍尔群岛，吉尔伯特群岛，夏威夷群岛。

59. 南海凹顶藻　图 68　图版 VII：9

Laurencia nanhaiense Ding, Huang, Xia et Tseng, 2007, p. 136-143,figs.1-22.

Laurencia karlae Zhang et Xia, nom. illeg.

模式标本产地：海南省三亚三亚湾。

藻体由几个直立轴组成，基部由初生盘状固着器及其次生附着假根组成。直立轴长达 16 cm，干藻体淡绿蓝色，幼嫩小枝和末端小枝褐红色，干燥后除了老分枝轴外其余部分都附着于纸上。主轴一般及顶，有时不明显，圆柱状，直径达 3.5 mm，分枝亚轮生，对生或互生。分枝可达 5 或 6 级。第一级分枝长 9~14.6 cm，近基部宽 1250~2475 μm，中部宽 2250~2425 μm，上部宽 1000~1550 μm。表面观，主枝下部表皮细胞多角形，大小 84~135 μm×26~52 μm，明显纵向延长，或圆角形，大小 31~86 μm×33~76 μm。中轴具 4 个围轴细胞，相邻表皮细胞间始终存在纵向的次生纹孔连结。表皮细胞不突出于体表。横切面观，分枝表皮细胞圆形或圆角形，大小 38~53.2 μm×41.8~57μm；小枝皮层细胞既不放射延长也不栅状排列。髓细胞存在胞间空隙，其壁缺乏透镜增厚。

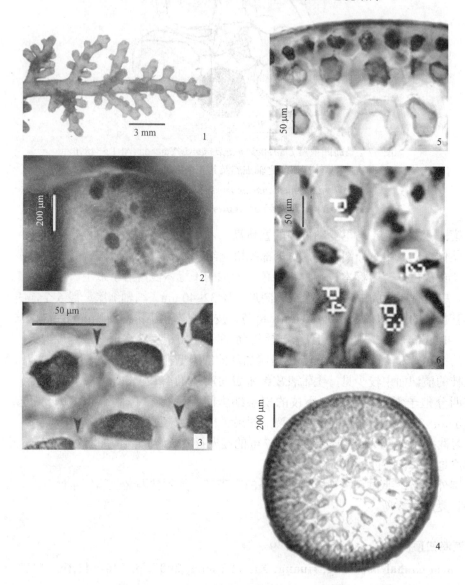

图 68　南海凹顶藻 *Laurencia nanhaiense* Ding, Huang, Xia et Tseng(AST 802093)
1. 不规则三岐和多岐分枝；2. 四分孢子囊末小枝；3. 主枝表皮细胞表面观；4. 分枝横切面观；
5. 分枝横切面的表皮细胞；6. 小枝横切面的轴细胞及其 4 个围轴细胞（"P" 为围轴细胞）

Fig. 68　*Laurencia nanhaiense* Ding, Huang, Xia et Tseng(AST 802093)
1. Tristichous irregularly and polystichous branches; 2. Stichidia (show tetrasporangia parallel to the its axis); 3. Superficial cortical cells of main branch in the surface view; 4. Transverse section of branch; 5. Superficial cortical cells of the branch in the transverse section; 6. Axial cell with its four periaxial cells of the branchlet in the transverse section ("P" indicates periaxial cell).

四分孢子囊小枝圆柱状至棒状，直径 0.3~0.8 mm，端部截形且稍膨大。四分孢子囊在端部分枝及次端部分枝上形成，向顶发育，与分枝轴呈平行排列。成熟的四分孢子囊直径 90~140 μm。有性植株未见。

产地：海南岛。

本种为我国特有种。

60. 日本凹顶藻　图 69　图版 VII：7

Laurencia nipponica Yamada 1931, p. 209, pl.9; Okamura, 1936, p. 855, f. 400; Saito, 1967, p. 29, f.22-29, pl.10-11; Nam et al., p. 1991: 1-11, f. 1-4; Masuda et al., 1992, p. 125, f.1-7; 1997, p. 196, f.2-25; Ding Lanping, 2003, p. 103-107, fig. XII: 1-10.

Laurencia glandulifera sensu Yamada, 1931, p. 218.

Laurencia heteroclada sensu Yendo, 1917, p. 89.

Laurencia paniculata sensu Okamura, 1902, p. 54; 1916, p. 68.

Laurencia masonii var.*orientalis* Yamada, 1931, p. 210, pl.10.

Laurencia nipponica f.*orientalis* (Yamada) Yamada in Okamura, 1936, p. 855.

Laurencia yendoi Yamada, 1931, p. 237, pl.24.

模式标本产地：日本本州。

藻体直立，高 30~40 cm，褐红或紫红色，稍软骨质的，不硬，除了较老部分外藻体的其他部分能很好地附着于纸上。具有几个直立轴，直立轴下部丛生着相互缠结的假根状分枝。直立轴圆柱状，及顶，直径 1.5~3.4 mm，有时有许多短的附生小枝。分枝不规则互生、亚对生或亚轮生，分枝直径 700~1200 μm。末小枝棒状至圆柱状，直径 0.2~0.4 mm，端部截形或圆形。表面观，主轴的皮层细胞不规则排列，纵向延长，而在分枝基部的则纵向稍延长；分枝上部的表皮细胞近圆形，直径 24~34 μm。纵切面观，相邻表皮细胞间存在纵向的次生纹孔连结，皮层细胞不突出于藻体表面。横切面观，末小枝的表皮层细胞长 14~27 μm，宽 19~30 μm，既不放射延长也不栅状排列，髓细胞壁存在丰富的透镜增厚，每个营养轴节产生 4 个围轴细胞。樱桃体(corps en cerise)始终存在于新鲜材料的表皮细胞和毛丝体中，每细胞 1 个。

四分孢子囊小枝圆柱状或棒状，梢部稍收缢，直径 0.4~0.7 mm。四分孢子囊分布在小枝的侧面，与末小枝轴呈水平排列。囊果小枝圆柱状，直径 0.3~0.6 mm。雄小枝陀螺状，直径 0.9~1.4 mm。精子囊分枝，端部有一个或有时 2 个连续的不育大泡状细胞。

习性：生长在潮间带下部和潮下带上部的岩石上。

产地：从北至南沿海都有分布。

国外分布：日本和朝鲜半岛。

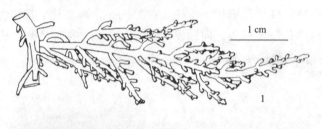

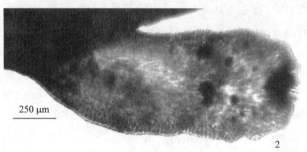

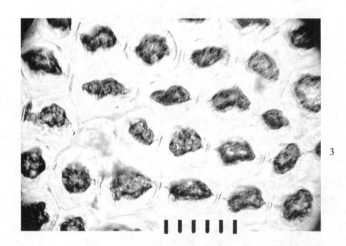

图 69　日本凹顶藻 *Laurencia nipponica* Yamada(AST 630706)

1. 藻体分枝；2. 四分孢子囊末小枝；3. 分枝表皮细胞(示纵向的次生纹孔连结，标尺 10 μm/小格)。

Fig. 69　*Laurencia nipponica* Yamada(AST 630706)

1. Branch of the thallus; 2. Tetrasporangial ultimate branchlet; 3. Superficial cortical cells of the branch (show secondary longitudinally pit-connections, scale: 10 μm /small grid).

61. 冈村凹顶藻　图 70　图版 IX：7

Laurencia okamurai Yamada, 1931, p. 206, f. J, K, pl.7; Okamura, 1936, p.856; Segawa, 1956, p.116，pl.69, no.561; Saito, 1967, p. 21, f.15-21, pl.7-9; Tseng (ed.), 1983, p. 154, pl. 80, fig.1; Masuda et al., 1996, p. 555, f. 24-33; Ding Lanping, 2003, p. 108-115，fig. XIII：1-38.

Laurencia japonica Yamada, 1931, p. 211, f. L, pl.11, f. a, b.; Okamura 1936, p. 855; Tseng, 1943, p. 197-198; Tseng (ed.), 1983, p. 150, pl. 78, fig.4.

Laurencia okamurai Yamada var.*dongshanicus* Zhuang, 1993, p. 96-102.

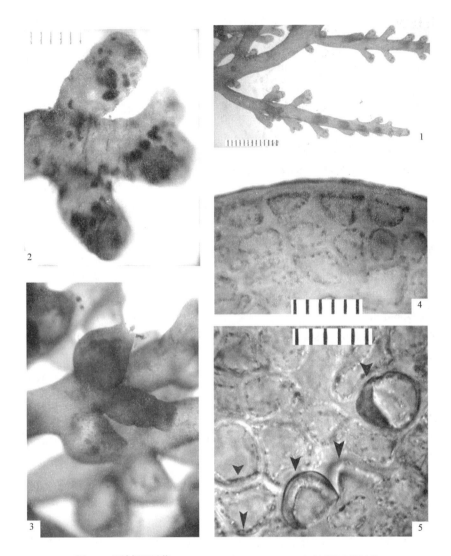

图 70　冈村凹顶藻 *Laurencia okamurai* Yamada(AST 560225)

1. 四分孢子体分枝(三列末分枝)(标尺：1 mm/小格)；2. 四分孢子囊末小枝；3. 囊果 (标尺：10 μm/小格)；4. 分枝横切面之表皮细胞；5. 末小枝横切面之髓部(标尺：10 μm/小格)。

Fig. 70　*Laurencia okamurai* Yamada(AST 560225)

1. Tetrasporangial branches (trichous branching)(scale: 1 mm/small grid); 2. Ultimate branchlets of the tetrasporangia; 3. Cystocarps (scale: 10 μm /small grid); 4. Superficial cortical cells of the branch on the transverse section; 5. Medulla of the male long ultimate branchlet on the transverse section (arrow-heads show the lenticular thickenings) (scale: 10 μm /small grid).

模式标本产地：日本鹿儿岛县。

藻体直立，高近 20 cm，一般紫绿色，有时黑紫色，肉质至软骨质，不硬，具有几个直立主枝，直立主枝下部浓密地丛生着缠结且稍结合的基部分枝，干燥后附着于纸上。直立主枝圆柱状，直径 800~1250 μm，圆锥状分枝。分枝互生、对生或轮生。各级分枝呈三列状，有时不连续。表面观，主枝表皮细胞不规则纵向延长；在分枝的基部，表皮细胞稍纵向延长；而在分枝的上部，表皮细胞接近球形；末小枝端部的表皮层细胞小，圆形，稍侧向延长。横切面观，表皮细胞既不放射延长也不栅状排列，长 20~44 μm，宽 14~37 μm，每个营养轴节产生 4 个围轴细胞。纵切面观，表皮细胞不突出于藻体表面，存在次生纹孔连结。髓细胞壁存在透镜加厚。新鲜藻体的表皮细胞和生毛体细胞中存在 1 个(极少数 2 个)樱桃体(corps en cerise)。

四分孢子囊末小枝圆柱状，四分孢子囊散生在其侧表面，与小枝轴呈平行排列。囊果株的末小枝不育时圆柱状，发育后呈棒状。成熟囊果，坛状，高达 680 μm，在小枝侧表面对生。雄植株末小枝的端部粗，产生 1~3 个或多个造精器凹陷。精子囊枝的端细胞泡状，卵形，大。精子囊卵形，含一个端部核。

习性：生长在中潮带至低潮带的岩石上。

产地：中国沿海岸都有分布。

国外分布：日本，朝鲜半岛。

62. 俄氏凹顶藻　图 71

Laurencia omaezakiana Masuda, 1997, p.123-131, figs. 1-27; Ding Lanping et al., 2006, p. 169-175, figs.1-24.

模式标本产地：日本静冈县御前崎(Omaezaki, Shizuoka Prefecture, Pacific coast of central Japan)。

藻体丛生，具小盘状固着器及匍匐分枝。直立藻体高达 3~8 cm，黑红色，软骨质的，具一个及顶主枝。主枝圆柱状，基部直径 0.7~1.0 mm，向上逐渐变成扁压，中下部宽达 1.2~2.0 mm，向上再逐渐变成圆柱状，最上部直径达 0.6~0.8 mm。第一级分枝在主枝扁压部呈二歧(常亚对生)，在圆柱状部分不规则地螺旋状分枝，而在主枝上部的分枝多歧。分枝可达六级。附生分枝在主枝的下部常见，大多数发育成具有附着盘的匍匐或下生分枝，在藻体的中上部稀少，能产生繁殖器官。表面观，第一级分枝中下部的表皮细胞长 20~60 μm，宽 22~60 μm；各级分枝梢部的表皮细胞多角形，圆形或椭圆形，长 12~24 μm，宽 16~36 μm。横切面观，第一级分枝末梢的表皮细胞厚 14~20 μm，而中下部的厚则为 24~60 μm，稍放射延长但不形成明显的栅状排列。相邻表皮细胞间始终存在纵向的次生纹孔连结。分枝端部的表皮细胞稍突出。髓细胞壁存在丰富的透镜增厚，即使在末小枝上部也如此。皮层和髓层缺乏胞间间隙。每个营养轴节产生 4 个围轴细胞。

四分孢子囊在末小枝和亚末小枝及普通和附生分枝的端部形成。四分孢子囊向顶端逐渐成熟，与分枝轴呈平行排列。雄性藻体小枝端部凹陷杯状。毛丝体在其末小枝和亚末小枝凹陷中产生。精子囊分枝端部为一个大的不育细胞。囊果生长在第二和第三级分枝上，宽卵圆形，孔口稍隆起。

习性：植株群生在潮间带下部的岩石上或浪冲海滨的潮间带中部的潮池中。

产地：黄渤海沿岸。

国外分布：日本。

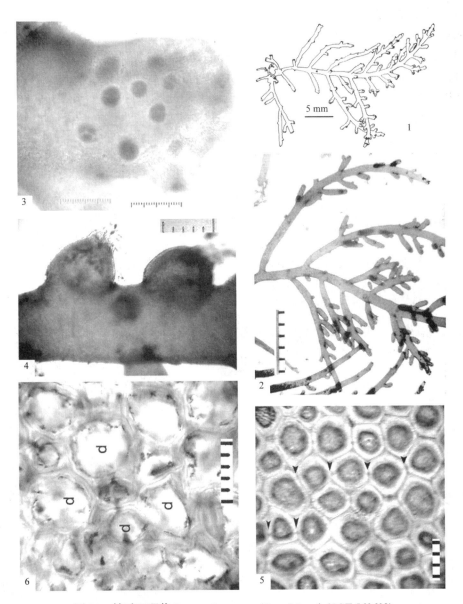

图 71　俄氏凹顶藻 *Laurencia omaezakiana* Masuda(AST 560602)

1. 藻体；2. 及顶主枝的扁压中下部及分枝；3. 末分枝上平行排列的四分孢子囊；4. 囊果；5. 分枝表皮细胞表面观(箭头示相邻表皮细胞间的次生纹孔连结)；6. 分枝横切面之髓部(示四个围轴细胞)(标尺：2 为 1 mm/格；3,4 为 100 μm/小格；5-6 为 10 μm/小格)。

Fig. 71　*Laurencia omaezakiana* Masuda(AST 560602)

1. Herbarium specimen; 2. Compressed middle, lower part and branch of pecurrent axes; 3. Tetrasporangia arranged parallel to the ultimate branchlet; 4. Cystocarps; 5. Surface views on superficial cortical cells of branch (arrow and arrow-head show longitudinally oriented secondary pit-connections between contiguous superficial cortical cells); 6. Medulla on the transverse section of branch (show four perciaxalis cells) (scale: 2.1 mm/small grid; 3,4. 100 μm/small grid; 5-6. 10 μm/small grid)

63. 羽枝凹顶藻 图 72

Laurencia pinnata Yamada, 1931, p. 242, pl. 28; Okamura, 1936, p. 859; Saito, 1967, p.
37; text-figs. 30, pl. IV, figs. 8-9; Zhang and Xia, 1985, p. 59, fig. 6; Lee, In Kyu and
Jae Won Kang, 1986, p. 324; Silva, P. C., E. G. Menez and R. L. Moe,1987, p. 68;
Silva, P. C., P. W. Basson and R. L. Moe,1996, p. 519; Yoshida, 1998, p. 1040, fig.
3-108A.

模式标本产地：日本相模湾江之岛。

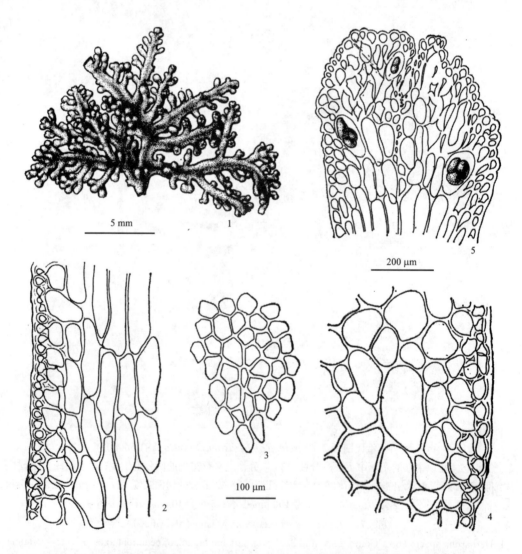

图 72   羽枝凹顶藻 *Laurencia pinnata* Yamada (仿张峻甫，夏邦美，1985)
1. 部分藻体外形图；2. 小枝纵切面观；3. 表皮细胞表面观；4. 枝横切面观；5. 孢囊枝纵切面观。
Fig. 72   *Laurencia pinnata* Yamada (After Zhang and Xia, 1985)
1. Habit sketch of part of frond; 2. Longitudinal section of part of branchlet 3. Surface view of some epidermal
cells; 4. Transection of part of branch; 5. Longitudinal section of tetrasporangial branchlet.

藻体直立，单生或丛生，高 1~1.5 cm，紫红色，亚软骨质，制成的标本能附着于纸上；基部具一盘状固着器，其上产生直立的主枝。羽状分歧，近基部圆柱状，上部扁压，径 1~1.5 mm；小枝自主枝两缘对生或亚对生的互生，棍棒状，枝端截形或圆形，中央凹陷，有时有毛丝体，顶细胞位于顶端中央凹陷处的底部。藻体横切面观，皮层细胞不放射延长，也不排列成栅状，细胞间有明显的次生纹孔连结，表面观略带角，径 26~48 μm；髓部由形状不规则的大的薄壁细胞构成，胞径 70~160 μm，在髓部细胞壁上没有透镜状加厚部分。

四分孢子囊散生在藻体上部的最末小枝上，与轴平行排列，近长椭圆形或长卵形，径 58~98 μm，四面锥形分裂。囊果、精子囊未见。

习性：生长在礁平台内低潮线下的珊瑚石上。

产地：海南省西沙群岛。

国外分布：日本，朝鲜半岛，印度尼西亚，菲律宾，瑞典，地中海，印度洋。

64. 齐藤凹顶藻　图 73　图版 VII：6

Laurencia saitoi Perestenko, 1980, p. 192, f. 251; Masuda and Abe, 1993, p. 7, figs. 1-17; Ding Lanping, 2003, p. 128, fig. XVI: 1-14.

Laurencia obtusa sensu Xia, Xia and Zhang in Tseng, 1983, p. 152, pl. 79, fig. 4; Zhang and Xia, 1985, p. 52, fig. 1, pl. I, figs. 1-2.

Laurencia obtusa auct. Japon. Inagaki, 1933, p. 57; Okamura, 1936, p. 858; Saito, 1967, p.5, pls. 1-2, text-figs. 1-5.

模式标本产地：俄罗斯彼得湾(Peter the Great Bay, Russia)的 Furugelmi Isl.。

藻体直立，丛生，紫褐色至黑紫红色，柔软肉质，高达 13 cm，圆柱状—亚圆柱状，具有及顶的主枝。固着器盘状。主枝的近基部较细，直径 0.6~1.9 mm，中下部较粗，直径为 1.0~2.5 mm，向上逐渐变得更纤细，近端部的直径 0.5~0.8 mm。第一级分枝，互生—亚轮生。分枝达 4、5 级。末端小枝长短不一。表面观，幼藻体主枝下部的表皮细胞呈纵向规则地排列，纵向延长；表皮细胞向上逐渐变短变窄。横切面观，表皮细胞不形成栅状排列。相邻表皮细胞间存在纵向的次生纹孔连结，但表皮细胞在较幼小枝的端部稍突起，髓细胞壁中缺乏透镜加厚。新鲜藻体的表皮细胞及生毛体细胞常具一个或有时两个樱桃体。

四分孢子囊在各级分枝及附生分枝上向顶生长，与分枝轴呈平行排列。囊果卵圆形，在各级普通分枝和附生分枝上形成。精子囊在各级分枝和附生分枝的端部凹陷中形成。

习性：生长在潮间带中上部的岩石上，从荫暗的地方到风浪大的地方，也生长在潮池中或不暴露出来的石沟中。

产地：自北到南的沿海岸都有分布。

国外分布：俄罗斯，日本和朝鲜半岛。

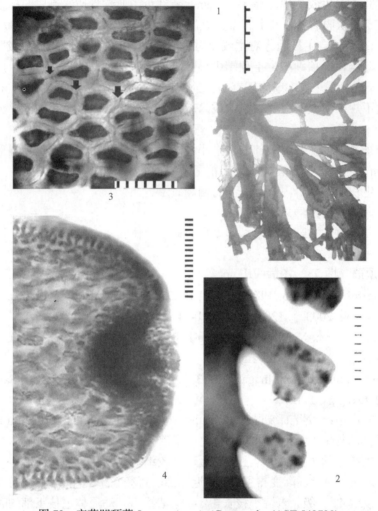

图 73　齐藤凹顶藻 *Laurencia saitoi* Perestenko (AST 543729)

1. 藻体基部；2. 四分孢子囊末小枝；3. 分枝的表层细胞(箭头示纵向的次生纹孔连结)；4. 末小枝端部纵切面(末端部凹陷)。

Fig. 73　*Laurencia saitoi* Perestenko (AST 543729)

1. Base of thallus; 2. Ultimate branchlets of the tetrasporangia; 3. Superficial cortical cells of the branch (arrows show secondary longitudinally pit-connections); 4. Apex of the ultimate branchlet on the longitudinal section (show apical depression).

65. 赛氏凹顶藻　图 74，75　图版 VIII：5

Laurencia silvai Zhang et Xia, 1983, p. 599; 1985, p. 56, pl. I:9.

Laurencia fasciculata Zhang et Xia, 1980, p. 267, figs. 1,2, fig. 5:1.

　　模式标本产地：海南省西沙群岛。

　　藻体直立，附生，以基部一小固着器附生于轮枝软凹顶藻藻体上，体高 4~5 cm，多列互生分枝，色近紫色到浅粉红色，枝端黑，质地柔软，制成的干标本能较好地附着于纸上。枝圆柱状，3、4 回分歧，主干及顶，其径 1~1.3 mm，次生枝略及顶，三生枝较短，略细；枝腋角常钝圆，特别是在体中部的三生枝较明显，上部的分枝略差；枝与枝间常互相粘连；末枝极短，长 290~456 μm，径 245~456 μm，常 3、4 个，多至 8、9 个或更多一些的小末枝簇生于三生或次生枝上，末枝多的枝簇，如在解剖镜下检查时，则可以看出它实际上是由 3、4 个小枝组成的小枝簇组成的；枝端钝圆形，枝顶端的皮层细胞明显地突出，表面观圆至卵圆形，径 16~25 μm，毛丝体短，生于枝顶端凹陷处。体横切面观，由不规则圆形的薄壁细胞组成髓部，胞径 86~160 μm，胞壁极薄，仅 1.6~2.0 μm 厚，其上有明显的透镜状加厚，透镜状加厚常常形成一个完整的一圈围绕着胞壁，或近于一圈。皮层细胞不排列成栅状，长径 24~38 μm，细胞间有明显的次生纹孔连结；纵切面观，髓部细胞壁上具透镜状加厚，有时隐约可以看到部分细胞底壁。

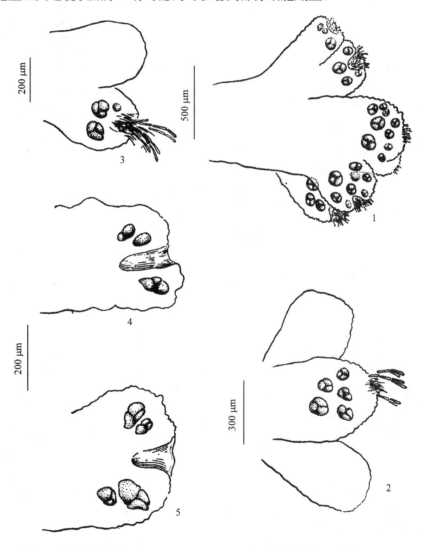

图 74　赛氏凹顶藻 *Laurencia silvai* Zhang et Xia (仿张峻甫，夏邦美，1980)

图示四分孢子囊生长在孢囊枝上的位置。

Fig. 74　*Laurencia silvai* Zhang et Xia (After Zhang and Xia, 1980)

Diagram of the position of tetrasporangia on the stichidia.

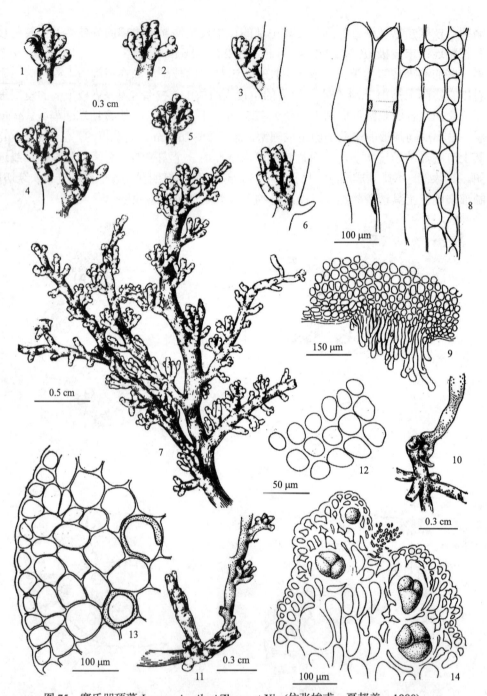

图 75　赛氏凹顶藻 Laurencia silvai Zheng et Xia (仿张峻甫，夏邦美，1980)

1-6. 各种类型的簇状孢囊枝；7. 藻体外形图；8. 部分藻体纵切面观；9. 藻体上的假根状附着器；10-11. 赛氏凹顶藻附生在轮枝软凹藻藻体上；12. 部分表皮细胞表面观；13. 部分藻体横切面观；14. 孢囊枝纵切面观。

Fig. 75　*Laurencia silvai* Zhang et Xia (After Zhang and Xia, 1980)

1-6. Differ form clustered tetrasporangial branchlets; 7. Habit sketch of part of frond; 8. Longitudinal section of part of frond; 9. Rhizoid haptera; 10,11. *Laurencia silvai* Zhang et Xia epiphytic on the frond of *Laurencia verticilata* Zhang et Xia; 12. Surface view of part of epidermal cells; 13. Transection of part of frond; 14. Longitudinal section of tetrasporangial branchlet.

孢囊枝短，密集簇生成群，每个孢囊枝径 380~470 μm，长 300~650(~900)μm；四分孢子囊生长在未变态的最末小枝的皮层细胞中，孢囊枝的纵切面观，四分孢子囊与轴平行排列，囊卵形或近圆形，长径 32~96 μm；四面锥形分裂。囊果、精子囊未见。

习性：附生在礁平台内低潮线下 1 m 左右的轮枝软凹藻 *Chondrophycus verticillata* 藻体上。

产地：海南省西沙群岛。

本种为我国特有种。

66. 似瘤凹顶藻　图 76

Laurencia similis Nam et Saito, 1991, p. 375, figs. 1-20; Masuda, Kawaguchi et Phang, 1997, p. 229, figs. 1-20; Ding Lanping, 2003, p.139-143，fig. XVIII：1-14。

模式标本产地：澳大利亚昆士兰州洛群岛(Low Isles, Queensland, Australia)。

藻体高不超过 15 cm，淡红色，易碎。从基部短柄上产生几个(1~4)匍匐或直立的主枝。主枝完全圆柱状，及顶，直径 1.6~2.5 mm，有时稍有棱角或扁压，软骨质的，硬度适中，一般不附着于纸上。分枝多数呈锐角，不规则互生，亚对生，常重复轮生或亚轮生。末枝和末小枝不规则。除下部主枝外，末小枝浓密地覆盖着所有主枝及分枝，末小枝短圆柱状或棒状，有时瘤状。分枝不超过四级。附生分枝短，与普通的侧生分枝不易区分。分枝端

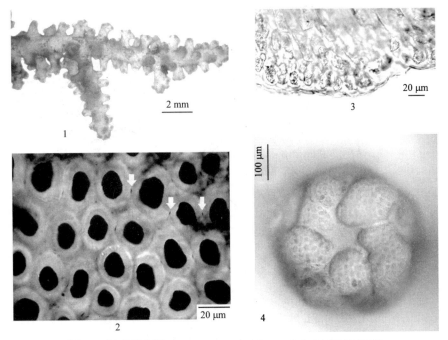

图 76　似瘤凹顶藻 *Laurencia similis* Nam et Saito(AST 60-8079)
1. 分枝中上部；2. 分枝表皮细胞表面观(箭头示纹孔连结)；3. 末小枝纵切面的波状表皮细胞；
4. 末小枝的端部凹陷。

Fig. 76　*Laurencia similis* Nam et Saito(AST 60-8079)
1. Middle and upper part of the branch; 2. Surface view of the superficial cortical cells of the branch (arrow show secondary pit-connections); 3. Projecting superficial cortical cells on the longitudinal section of the ultimate branchlet; 4. Apical depression of the ultimate branchlet.

部一般由许多(4~8个)将来发育成末枝的凸起(中央凹陷)组成。破损的末小枝端部能再生。藻体有许多破损或脱落后形成的疤痕。表面观，分枝表皮细胞圆形或圆角形，长23~33μm，宽21~27μm，末小枝表皮细胞在端部多角形。横切面观，藻体表皮细胞不形成栅状层，除靠近端部有明显稍延长和排列呈栅状，相邻髓细胞间有间隙，髓细胞缺乏透镜加厚。纵切面观，表皮细胞纵向具次生纹孔连结。末小枝端部不突起，但侧向的表皮细胞突起。

四分孢子囊生长在末枝的膨大部分，主要集中在其顶部，与分枝轴呈垂直排列。有性植株未见。

习性：生长在礁平台的阴暗处。

产地：广东、海南岛。

国外分布：澳大利亚东部，亚洲东南部。

67. 单叉凹顶藻　图 77　图版 VIII：1

Laurencia subsimplex Tseng, 1943, p. 202, pl. III, figs. 4-6.

模式标本产地：中国香港。

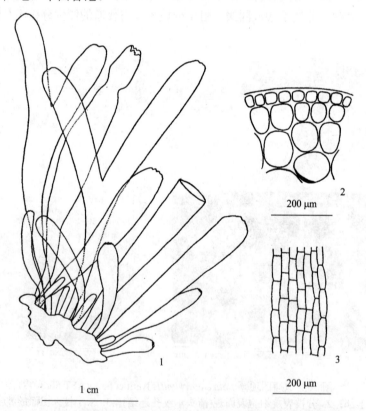

图 77　单叉凹顶藻 *Laurencia subsimplex* Tseng (仿曾呈奎，1943)。
1. 簇生藻体的外形；2. 近藻体顶部部分横切面；3. 近藻体顶部的表皮细胞表面观。
Fig. 77　*Laurencia subsimplex* Tseng (After Tseng，1943)
1. Habit sketch of a tuft of frond; 2. Transection of a part of frond, near the tip; 3. Surface view of some epidermal cells near the tip of frond.

藻体淡褐红色，略含胶质，肉质，高约 3 cm，丛生，源自一个扩展的基部盘状固着器，这个固着器有时似一厚的根茎。直立枝单条不分枝或一次叉分，舌状，某些标本亚圆柱形，老的标本扁压到扁平，下部渐狭到柄状圆柱形部分，上部扩张到舌形部分；顶端钝形，宽大于 4 mm，边缘光滑或轻微波状，全缘没有侧生小枝，表皮细胞表面观为宽的长方形或多角形，表面上看似纵的扁压，长 20~25 μm，宽 30~46 μm；横切面亚四方形或亚圆形，高 36~46 μm，宽 30~40 μm，不放射延长成栅状，髓层细胞偶有镜状加厚。所有标本均为不育的个体。

习性：生长在低潮带有沙覆盖的岩石上。

产地：香港。

本种为我国特有种。

68. 柔弱凹顶藻　图 78　图版 VIII：7

Laurencia tenera Tseng, 1943, p. 200, pl. I, fig. 6, pl. II, figs. 5-6; Silva, P. C., P. W. Basson
　　and R. L. Moe, 1996, p. 521; Abbott, 1999, p. 393, fig. 114E.

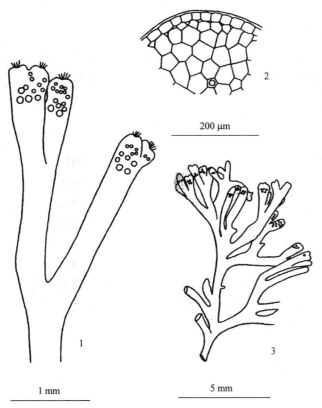

图 78　柔弱凹顶藻 *Laurencia tenera* Tseng (仿曾呈奎，1943)
1. 分枝的上部，示其顶部及四分孢子囊的位置；2. 小枝的部分横切面；3. 四分孢子体的部分外形，示
其分枝及四分孢子囊小枝。

Fig. 78　*Laurencia tenera* Tseng (After Tseng, 1943)
1. Upper part of a branch, showing the apices and the position of the tetrasporangia; 2. Transection of part of a
branchlet; 3. Habit sketch of a part of a tetrasporangial plant, showing the branching and the tetrasporangial branchlets.

模式标本产地：中国香港。

藻体浅黄色到淡褐紫色，较细，非常柔软并有几分胶质，形成一个较低的丛生缠结的团块，约 1 cm 高，很多二叉或三叉分枝，形成一或多或少扇形或伞房形式样。枝亚圆柱形到棍棒形，0.5~1.5 mm 长，0.25~0.55 mm 宽，直径在相邻的分枝变化很小，常常彼此粘着，借周围宽的附着器。最末小枝顶端宽截形，较幼的枝表皮细胞表面观多角形，20~30 μm 长，老枝变为纵向延长，可达 45 μm，细胞壁薄而明显，小枝末端不突出；小枝横切面表皮细胞方形或亚方形，宽 20~30 μm，高 20~28 μm。髓层细胞较小，大多数大小近于相等，通常约 45 μm 宽，没有透镜加厚。

四分孢子囊球形，成熟时径 75~90 μm，散生近于顶端，较老的位于下部，较幼的位于上部，孢子囊枝与普通枝相似。有性器官未见。

习性：生长在有风浪冲击的岩石上。

产地：香港。

国外分布：美国夏威夷，印度洋。

69. 三列凹顶藻　图 79，80　图版 IX：5

Laurencia tristicha Tseng, Chang, E. Z. Xia et B. M. Xia, 1980, p. 78, fig. 11, pl. 2 C and F; Xia, Xia and Zhang in Tseng (ed.), 1983, p. 154, pl. 80, fig. 4; Ding Lanping, 2003, p. 149, fig. XXI: 1-20.

模式标本产地：中国香港。

藻体暗紫色，5~10 cm 高，起于平卧的圆柱状幼枝，并以几个不规则的盘状固着器固着，柔的肉质，干时完全附着于纸上。直立轴及顶，圆柱形，径 1.4~1.6 mm，不规则互生 1~2 次，分枝明显地三列，但是在每个行内 3~9 个最末小枝的距离内不连续；近枝端的表皮细胞不突出；分枝的横切面表皮细胞亚方形，19~22 μm 高，16~22 μm 宽，不放射延长也不排列成栅状。髓层细胞具有明显的透镜状加厚，特别是在较老的藻体内；皮层细胞成列并有纵的纹孔连结。

孢囊小枝棍棒状，单条或偶尔分枝一次，1~2.5 mm 长，0.5~1 mm 宽，四分孢子囊卵圆形或长卵球形，61~106 μm 长，51~76 μm 宽，四面锥形分裂，平行排列；雄体具有瘤状小枝，单条或在顶端分枝；精子囊卵球形；囊果未见。

习性：生长在潮下带岩石上。

产地：香港。

本种为我国特有种。

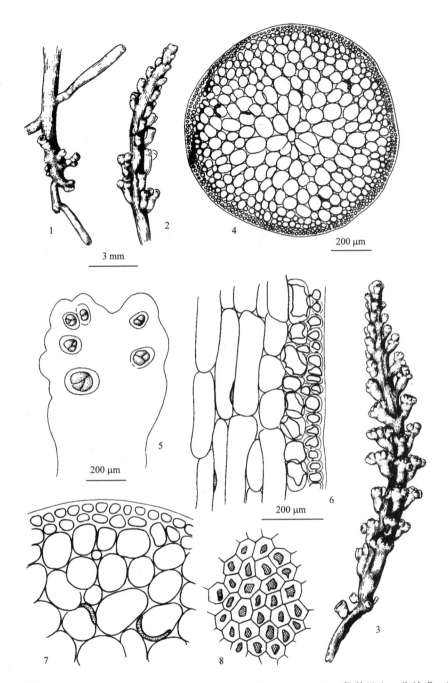

图 79　三列凹顶藻 *Laurencia tristicha* Tseng, Chang ,E. Z. Xia et B. M. Xia (仿曾呈奎，张峻甫，夏恩湛，
夏邦美，1980)

1. 藻体的基部；2. 成熟的四分孢子体的一部分；3. 成熟的雄配子体的一部分；4. 分枝的横切面；
5. 四分孢子囊小枝的纵切面；6. 最末小枝的部分纵切面；7. 分枝的部分横切面；8. 部分表皮细胞表面观。

Fig. 79　*Laurencia tristicha* Tseng, Chang ,E. Z. Xia et B. M. Xia (After Tseng, Chang ,E. Z. Xia and B. M.
Xia, 1980)

1.The basal portion of frond; 2. Part of a mature tetrasporangial frond; 3. Part of a mature spermatangial frond;
4. Transection of a branch; 5. Longitudinal section of stichidia; 6. Longitudinal section of part of an ultimate
branchlet; 7. Transection of part of branch; 8. Surface view of part of cortical cells.

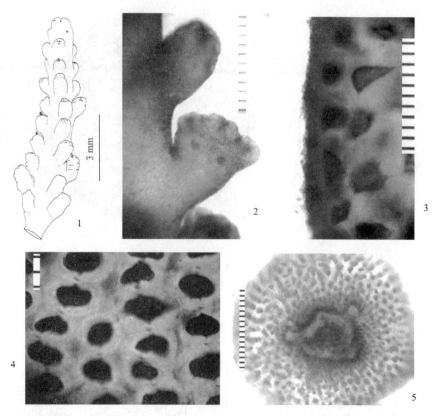

图 80　三列凹顶藻 *Laurencia tristicha* Tseng, Chang ,E. Z. Xia et B. M. Xia (AST 562783)

1. 藻体的小枝(示紧密的三列末小枝)；2. 四分孢子囊末小枝(示平行排列的四分孢子囊，标尺：100μm/小格)；3. 分枝横切面之表皮细胞；4. 分枝表皮细胞(示次生纹孔连结)；5. 小枝端部凹陷(标尺：3-5 为 10μm/小格)

Fig. 80　*Laurencia tristicha* Tseng, Chang ,E. Z. Xia et B. M. Xia (AST 562783)

1. Branchlets of the thallus (show dense tristichous ultimate branchlets); 2. Ultimate branchlets of the tetrasporiferous branch (show tetrasporangia arranged parallel to the axes of the ultimate branchlets) (scale: 100μm/small grid); 3. Superficial cortical cells of the branch on the transverse section; 4. Superficial cortical cells of the branch (show secondary longitudinally pit-connections); 5. Apical depression of the branchlet (scale: 3-5 for 10μm/small grid).

70. 热带凹顶藻　图 81，82，83，84

Laurencia tropica Yamada, 1931, p. 233, text-figs. P, Q, pl. 20; Okamura, 1936, p. 857; Silva, P. C., E. G. Menez and R. L. Moe,1987, p. 68; Yoshida, 1998, p. 1041; Ding Lanping, 2003, p. 155, fig. XXII: 1-16.

Laurencia flexilis Setchell var. *tropica* (Yamada) Xia et Chang, 1982, p. 538, figs. 1-3, pl. I.

模式标本产地：马利亚纳群岛的塞班岛(Saipan, Micronesia)。

藻体直立丛生，圆柱形，高 4~10 cm，由不规则皮壳状基部产生直立部分，体硬、软骨质、暗褐色、基部呈黑色，体上可以看到节环痕，干标本不附着于纸上。4~5 次分枝，藻体下部一般裸露，上部密被小枝，多呈塔形，两侧羽状分枝。枝棍棒状，顶端截形、凹陷。藻体横切面观，由不规则圆形或卵圆形细胞组成髓部，胞径16~42 µm，壁厚3.2~4.8 µm；表皮细胞一般为长方形，16~29 µm×12~29 µm；皮层细胞不放射延长，但排列成栅状，髓部细胞壁上无透镜状加厚部分。纵切面观，具皮层细胞间的次生纹孔连结，末枝的顶端皮层细胞不突出。

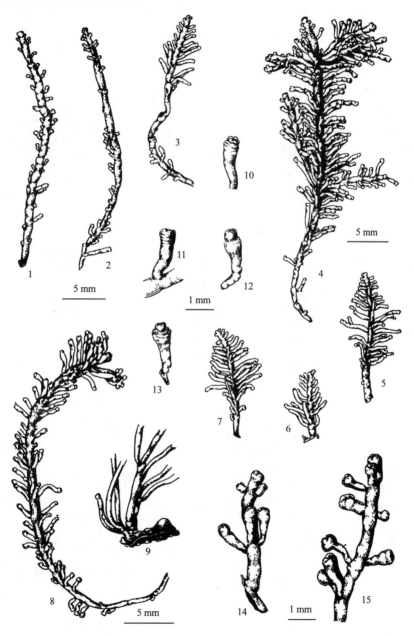

图 81　热带凹顶藻 *Laurencia tropica* Yamada (仿张峻甫，夏邦美，1982)

1-8. 小枝的形态和变异(疏枝-密枝)；9. 基部固着器；10-11. 精子囊枝；12-15. 四分孢子囊枝。

Fig. 81　*Laurencia tropica* Yamada (After Zhang and Xia, 1982)

1-8. The form and variation of branchlets(sparse-dense); 9. The basic holdfast; 10-11. Spermatangial branchlets; 12-15. Tetrasporangial branchlets.

四分孢子囊生长在四分孢子体的最末小枝上。孢囊枝顶端膨大，四分孢子囊即生长在膨大的凹陷处周围的皮层细胞中；切面观，四分孢子囊平行排列在凹陷处的两侧。囊果生长在雌配子体的最末小枝顶端之下的一侧，近球形，具喙，490~730 μm×570~730 μm；囊果顶端有一开口。精子囊群丛状，生于雄性配子体的最末小枝膨大顶端的凹陷处，成熟的精子囊卵形，13~32 μm×9.6~13 μm，精子囊核在其端部。

习性：生长在大干潮线附近至水下 3 m 深的珊瑚、小贝壳或砂砾上。

产地：海南岛。

国外分布：日本，马利亚纳群岛。

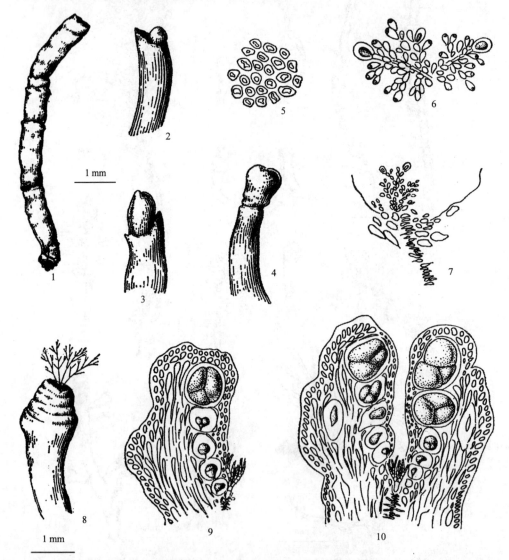

图 82　热带凹顶藻 *Laurencia tropica* Yamada (仿张峻甫，夏邦美，1982)
1-4. 小枝上的环痕；5. 表皮细胞表面观；6,7.精子囊枝丛；8. 四分孢子囊枝；9,10. 孢囊枝纵切面图。
Fig. 82　*Laurencia tropica* Yamada (After Zhang and Xia, 1982)
1-4. Annular trace on the branchlets; 5. Surface view of some epidermal cells; 6,7. Spermatangial sorus;
8. Tetrasporangial branchlet; 9,10. Longitudinal section of tetrasporangial branchlets.

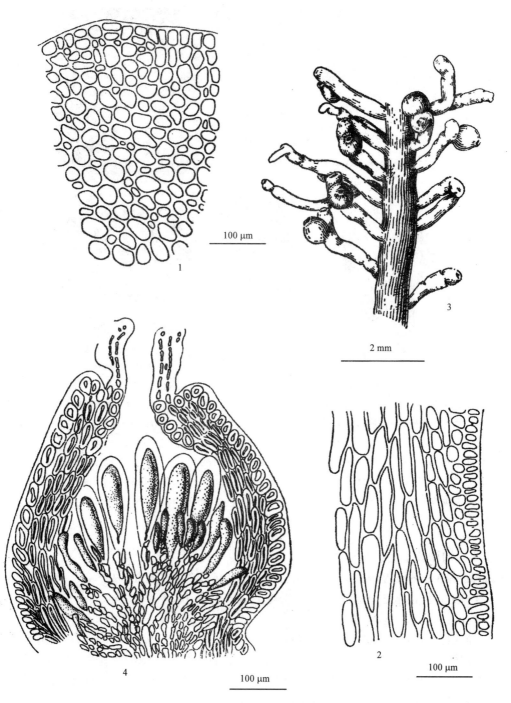

图 83　热带凹顶藻 *Laurencia tropica* Yamada (仿张峻甫，夏邦美，1982)

1. 部分藻体横切面观；2. 部分藻体纵切面观；3. 囊果小枝；4. 囊果切面图。

Fig. 83　*Laurencia tropica* Yamada (After Zhang and Xia, 1982)

1. Transection of part of frond；2. Longitudinal section of part of frond；3. Cystocarpic branchlet；

4. Longitudinal section of cystocarp.

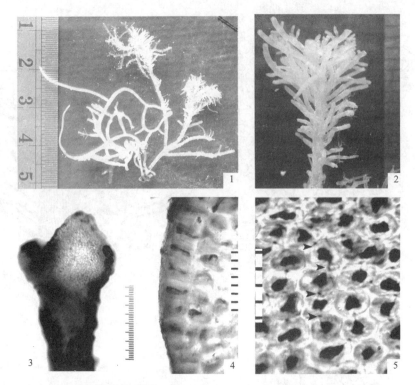

图 84　热带凹顶藻 *Laurencia tropica* Yamada (AST 790191)

1. 藻体(具匍匐分枝)；2. 分枝上部(标尺：1 mm/小格)；3. 囊果；4. 分枝横切面之表皮细胞；5. 分枝
表皮细胞表面观(箭头示次生纹孔连结) (标尺：3-5 为 10 μm/小格)

Fig. 84　*Laurencia tropica* Yamada (AST 790191)

1. Thallus with stolonious and erect branch (scale: 1 mm/small grid); 2. Upper part of erect branches;

3. Cystocarp; 4. Superficial cortical cells of branch on the transverse section (show palisade-like arranged);

5. Superficial cortical cells of the branch on the surface view (arrow heads show secondary pit-connections)
(scale: 3-5. 10 μm/small grid).

71. 小脉凹顶藻　图版 VII：8

Laurencia venusta Yamada, 1931, p. 203, pl.6, fig.1, text-figure. H; Saito, 1956, p. 106;
Cribb, 1958, pl.5, fig. 11; Saito, 1967, p. 14-21, pl. V-VI, figs.8-14; Ding Lanping,
2003:162-163,fig. XXIII:1-3.

模式标本产地：日本鹿儿岛县甑岛。

藻体直立，高 10 cm，具有几个直立主枝，直立主枝下部浓密地丛生着相互缠结的
基部分枝。藻体紫红色，有时稍绿，软骨质的，干燥后附着于纸上。直立主枝圆柱状，
直径不超过 1 mm，圆锥花序状分枝。分枝互生、对生或轮生；分枝直径 500~620μm，
末端不育小枝直径 300~460μm。

藻体横切面观，小枝上的皮层细胞既不放射延长也不栅状排列。末端小枝端部的皮
层细胞不突起。存在明显的透镜增厚。

四分孢子囊末小枝直径 450~520μm，四分孢子囊与轴呈平行排列。雄性植株小枝的
末端部分显著地增粗。精子囊顶部含有一个大核，端部细胞大泡状，卵形。囊果株中，

末端小枝不育时纤细，随着囊果的发育而变粗呈拳头状。成熟的囊果卵形，直径达 690μm，无喙。

习性：生长在潮间带下部的岩石上。

产地：河北、山东、福建和台湾。

国外分布：朝鲜半岛，日本和澳大利亚。

海藓藻属 *Leveillea* Decaisne

Decaisne, 1839, p. 375

藻体匍匐，多管，具背腹面，从弯曲的顶端生长；主轴圆柱状，在间隔处由集生的假根形成的固着器附着；叶状的有限的外生枝沿轴成 2 背侧列，规则地互生从一边到另一边。幼体的轴有 4 个围轴细胞，背面和腹面不分裂，侧生的一对形成单层的翼，其顶端生有一些明显的毛丝体的节片；成熟的轴有 7 个围轴细胞，腹面的围轴细胞由于平周的分裂产生龙骨状突起，由于围轴细胞在主轴上重新排列，结果使邻近节片的细胞排列不成直线；龙骨状突起和邻近的围轴细胞的衍生物一起产生复合的假根，这些假根构成固着器；另外提供了叶状的有限分枝的背腹排列。四分孢子囊形成在弯曲的孢囊枝状的分枝上，这些分枝代替了无限枝，每个节片的背面产生一个孢子囊。精子囊形成在有限枝的侧面。囊果外生，形成在有限枝的基部或上基部的(指侧脉)节片上，果被 2 层。

属的模式种：*Leveillea jungermannioides* (Hering et Martens) Harvey。

72. 海藓藻　图 85　图版 VIII：6

Leveillea jungermannioides (Hering et Martens) Harvey, 1855, p. 539; Tseng, 1937, p. 249; Dawson, 1954, p. 461, fig. 63a; Zhang and Xia, 1979, p. 39, figs. 15,16:1-6; Lee, In Kyu and Jae Won Kang, 1986, p. 324; Silva, P. W., E. G. Menez and R. L. Moe, 1987, p. 68; Silva, P. C., L. W. Basson and R. L. Moe, 1996, p. 523; Yoshida, 1998, p. 1045, fig. 3-109F; Abbott, 1999, p. 396, fig. 116A-D; Huang, Su-fang, 2000, p. 203; Tsutsui et al., 2005, p. 229.

Amansia jungermannioides Hering et Martens, 1836, p. 485, figs. 1-4.

Polyzonia jungermannioides (Hering et Martens) J. Agardh, 1841, p. 25.

Leveillea gracilis Decaisne, 1839, p. 376.

模式标本产地：红海。

藻体小，长可达 2 cm，叶状，由几个有背腹面的、平卧的主轴匍匐附生于其他藻体上，如蕨藻、马尾藻等属种类，浅紫红色，膜质，其腹面生有一些长的固着器，借以附着于其他藻体上。固着器圆柱状，径 98~114 μm，成长后末端形成圆盘状，盘径可达 228 μm。主轴为无限枝，细胞表面观由长柱状六角形细胞组成，细胞长 163~310 μm，宽 49~98 μm；沿主轴背面两侧有一些叶状有限枝连续的排成两列，有限枝沿着无限枝规则地互生，叶缘略有重叠，幼时长椭圆形，成长后卵圆形，长 0.39~0.8 mm，宽 0.47~0.82 mm，边缘全缘，顶端微凸或略凹，由许多长柱形六角形细胞组成，长 42~80 μm，宽 19~32 μm；

中肋细，由一列细胞组成，自叶片顶端至基部将叶片区分成两个不对称的部分；幼枝顶端生有无色透明二叉分歧的毛丝体，毛丝体细胞细而长，长 67~112 μm，宽 6~16 μm，顶端钝圆；藻体横切面观，中央有一近圆形的中轴细胞，径 64 μm，外围以数个围轴细胞，径 51~70 μm，体最厚处约 0.2 mm；叶片两缘的横切面观，由一层长方形细胞组成，长 38~71 μm，宽 35~58 μm。

四分孢子囊枝生长在无限枝的幼枝下部，自叶腋内生出，形状很像略弯曲的豆荚，每一个枝上可生 4 或 5 个四分孢子囊，偶有达到 7 个的，成熟囊卵圆形，径 196~212 μm，幼囊长卵形至长方形，179~228 μm×130~196 μm。有性生殖器官未见。

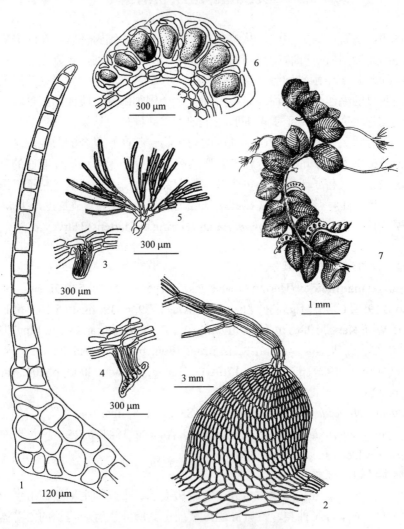

图 85　海藓藻 *Leveillea jungermannioides* (Hering et Martens) Harvey (AST 76-434)

1. 藻体的部分横切面；2. 叶状有限枝；3. 初生的固着器；4. 成长的固着器；5. 毛丝体；6. 四分孢子囊枝的表面观；7. 藻体的一部分(AST76-1463)。

Fig. 85　*Leveillea jungermannioides* (Hering et Martens) Harvey (AST 76-434)

1. Transection of part of frond; 2. Foliaceous determinate branch; 3. Original holdfast; 4. Mature holdfast; 5. Trichoblast; 6. Surface view of tetrasporangial branchlet; 7. Habit sketch of part of frond (AST 76-1463).

习性：生长在礁平台低潮线下 0.3~0.7 m 处，附生于其他藻体上。

产地：台湾、海南省的东沙群岛、西沙群岛和海南岛。

国外分布：日本，越南，菲律宾，印度尼西亚，马利亚纳群岛，加罗林群岛，夏威夷群岛，新几内亚岛，新略里多尼亚岛，所罗门群岛，澳大利亚，托雷斯海峡，留尼汪岛，毛里求斯，印度，伊朗湾；红海。

冠管藻属 *Lophosiphonia* Falkenberg
Falkenberg in Engler et Prantl, 1897, p. 460

藻体具有平卧的匍匐的轴，多管，无皮层，无限轴具弯曲的顶端，生有不规则或多少直立的、单条或分枝的有限侧枝，其上常生有毛丝体；用和围轴细胞相连的单细胞假根固着，直立轴有 4 个或多个围轴细胞，这些围轴细胞在不规则的节间内生，不分枝或分枝稀少，典型的组成在轴的背腹面排列；内生的或外生的形成侧枝，单侧的或螺旋排列，侧面枝也可不定式的形成，结果打乱了最初的背腹面的分枝方式；毛丝体通常为外生性的分枝，大多螺旋排列(极少为单侧的)。四分孢子囊生长在有限的侧枝上，排列呈行，每节 1 个。配子体雌雄异株，精子囊头替代了全部毛丝体，或者除了上基细胞外的全部。囊果通常生长在短的多管的有限侧枝上。

属的模式种：*Lophosiphonia obscura* (C. Agardh) Falkenberg [=*Lophosiphonia subadunca* (Kützing) Falkenberg]

73. 冠管藻

Lophosiphonia obscura (C. Agardh) Falkenberg in Schmitz & Falkenberg, 1897, p. 460; Silva, P. C., P. W. Basson and R. M. Moe, 1996, p. 525; Wynne, 1998, p. 44; Womersley, H. B. S., 2003, p. 335, fig. 147 A-C.

Hutchinsia obscura C. Agardh, 1829, p. 108.

Lophosiphonia subadunca (Kützing) Falkenberg, 1901, p. 496; Tseng, 1945, p. 167.

Polysiphonia subadunca Kützing, 1843, p. 418.

模式标本产地：西班牙。

藻体具有水平的匍匐的长枝及主枝，借助于粗壮的径约 30 μm 的单细胞假根固着，这些假根被一个横壁或者一个小细胞从母围轴细胞割开而形成。枝直立，背部产生。长枝侧生，发生在 2~7 节的间隔处。所有分枝通常是单条的，幼时很强地向腹面弯曲，达到 5 mm 高，并且有 50 节片那样多，通常较多是 30~40 个。毛丝体在矮枝的上部发育很好，各有一个大的基部细胞，径约 35 μm，3~5 次亚叉式分枝。主枝和长枝径 90~120 μm，矮枝径 60~90 μm，远端渐尖，径约 30 μm。整体节片长约等于宽，但近顶端变得很短。

四分孢子囊径约 60 μm，产生在矮枝的上部，呈 6~9 个螺旋排列。精子囊和囊果未见。

习性：生长在潮间带上部红树林中泥土上形成缠结的斑点，或者生长在红树的树皮上，也有生长在潮间带地区红树林中有泥覆盖的岩石上。

产地：香港。

国外分布：地中海，印度洋，澳大利亚。

旋花藻属 *Amansia* Lamouroux

Lamouroux, 1809, p. 332.

藻体直立，基部具圆柱状茎，扁平叶状，有背腹面，分枝或不分枝，中肋显著，具皮层，切面可以看到 1 个中轴细胞和 5 个围轴细胞；侧翼无皮层，由二层细胞构成，叶片边缘具齿状突起，顶端内卷，生殖器官生于叶片边缘的突起上。

属的模式种为 *Amansia multifida* Lamouroux。

74. 旋花藻　图 86　图版 VIII：3

Amansia rhodantha (Harvey) J. Agardh, 1841, p. 26; Silva, P. C., P. W. Basson and R. L.
　　Moe, 1996, p. 472; Tsutsui Isao, Huynh Quang Nang, Nguyen Huu Dinh, Arai Shogo and
　　Yoshida Tadao, 2005, p. 230.

Delesseria rhodantha Harvey, 1834, p. 151, pl. CXXVI.

Rytiphlaea rhodantha (Harvey) Decaisne 1842.

Amansia glomerata C. Agardh, 1822, p. 194; Xia, Xia and Zhang in Tseng (ed.) 1983, p. 142,
　　pl. 74, fig. 4; Huang, Su-fang, 1998, p. 140.

模式标本产地：毛里求斯(Mauritius)。

藻体红褐色，直立，2.6~5 cm 高，基部具盘状固着器附着于基质上；多年生的，茎状轴大部分裸露在体下部，分枝或不分枝；中、上部由许多薄的膜质的披针形叶片聚生成玫瑰花状，叶片边缘具齿状突起，并有隆起的中肋，中肋向顶端逐渐变细且慢慢消失。中肋顶端也可再生许多同形的分枝，叶片顶端向内卷，叶长 0.8~2 cm，叶宽 3 mm 或以下；叶片横切面观，除中肋处外由二层细胞组成，细胞不规则长柱形或亚方形，53~79 μm×40~46 μm 大小，叶片厚 119~132 μm；中肋处横切面由中轴细胞和围轴细胞，外围一些皮层细胞组成。叶片表面观，细胞长六角形，长约 79 μm，宽约 26 μm，排列整齐，规则的横列。

生殖器官生于叶片边缘齿状小育枝上，四分孢子囊小枝披针形，位于叶缘，具小柄，单条或叉分，长 266~1129 μm，宽 282~266 μm，四分孢子囊近圆形或扁压椭圆形，100~116 μm×66~83 μm，四面锥形分裂，排成二列于小枝上；囊果近球形，位于叶片边缘，具小枝，囊果高约 913 μm，径 946~1112 μm，纵切面观，囊果中央底部由较大的产孢丝细胞组成，其顶端产生倒长卵形果孢子囊，囊长 92~112 μm，宽 26~33 μm，外围由 3 或 4 层细胞组成囊果被，厚 125~178 μm，囊果顶端有时可看到囊孔。精子囊群未发现。

习性：生长在低潮线附近的岩石上或浪大处的岩礁上。

产地：台湾省和海南省的海南岛。

国外分布：越南，印度洋。

我们仔细检查了我们的标本横切面，没有发现假围轴细胞。

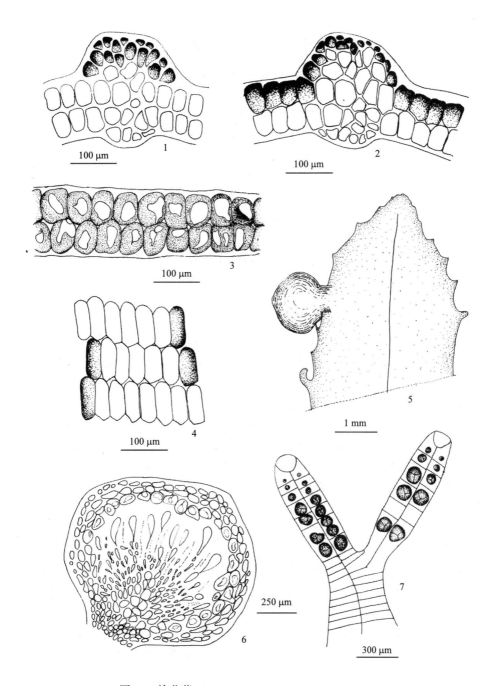

图 86　旋花藻 *Amansia rhodantha* (C. Agardh) Norris

1,2. 藻体中肋处横切面(80-2164)；3. 皮层细胞横切面(80-2164)；4. 部分皮层细胞表面观(80-2164)；

5. 囊果(60-8054)；6. 囊果纵面观(60-8054)；7. 四分孢子囊小枝(80-2164)。

Fig. 86　*Amansia rhodantha* (C. Agardh) Norris

1,2. Transection of midrib (80-2164); 3. Transection of part of cortex (80-2164); 4. Surface view of part of

cortical cells (80-2164); 5. Cystocarp(60-8054) ; 6. Longitudinal section of cystocarp (60-8054);

7. Tetrasporangial branchlets (80-2164).

内管藻属 *Endosiphonia* Zanardini

Zanardini, 1878, p. 35

藻体直立或缠结,很多分枝,分枝硬,干后软骨质,圆柱形,具有短的刺状的侧生最末小枝;以假根或纤维状的固着器固着。藻体由一中轴细胞,外围 4 个围轴细胞及皮层细胞组成;雌雄异株;精子囊和四分孢子囊枝具有单管的柄细胞;四分孢子囊螺旋排列,四面锥形分裂。

属的模式种为 *Endosiphonia spinuligera* Zanardini [=*E. spinulosa* (Harvey) Womersley]

75. 棍棒内管藻　图 87　图版 VIII: 4

Endosiphonia horrida (C. Agardh) P. Silva, 1996, p. 494.

Sphaerococcus horridus C. Agardh, 1822, (1822-1823), p. 322.

Gigartina horrida (C. Agardh) Greville, 1830, lix.

Hypnea horrida (C. Agardh) J. Agardh, 1847, p. 14.

Endosiphonia clavigera (Wolny) Falkenberg, 1901, p. 568, pl. 13, figs. 1-11; Reinbold, 1903, p. 231; Nasr, 1938, p. 125, figs. 1-7, pl. 1; Børgesen, 1953, p. 56; Zhang and Xia, 1980, p. 56, figs. 6:1-8, pl. I:3.

模式标本产地:毛里求斯。

藻体直立,由圆柱状枝组成,多少有些错综缠结成团块状,体高 4~6 cm,宽 1~2 mm,浅紫红色,质脆,易折断,制成的蜡叶标本不完全附着于纸上。不规则放射状分枝,体上被有单条不分枝的短而尖的锥形小刺,以及 3 或 4 个分歧的复刺。

藻体横切面观,中央有一较小的中轴细胞,近圆形或近方形,径 65~82 μm;外围有 4 个围轴细胞,不规则圆形,径 212~244 μm;皮层细胞向外渐小,最外面是 1 或 2 层圆形或长圆形、更小的细胞。

四分孢子囊枝呈披针形,长 490~652 μm,宽 130~147 μm,具有单列细胞的柄,柄长 51~128 μm,宽 32~58 μm,由 2 或 3 个细胞组成。孢囊枝上面生有螺旋排列的四分孢子囊,囊卵圆形,径 48~61 μm,四面锥形分裂。囊果壶形,常散生在藻体中部和上部的小枝上,突出于体表面,基部略缩,顶端有明显的圆筒状喙,中央有一开口,囊果 1190~1549 μm×766~978 μm。切面观,囊果底部周围由一些近圆形或扁圆形细胞组成,上面有一些由细而长的含有内含物的小细胞组成的产孢丝,其上部产生一些长棒状的果孢子囊,囊长 64~160 μm,宽 20~44 μm。囊果被厚 114~130 μm,外层细胞圆形或方圆形,内层细胞近长方形,在产孢丝与囊果被间有单细胞丝状体相连,丝体偶有分枝。精子囊未见到。

习性:生长在礁平台低潮线下 1 m 左右的珊瑚石上。

产地:海南省西沙群岛。

国外分布:马达加斯加岛,毛里求斯,红海。

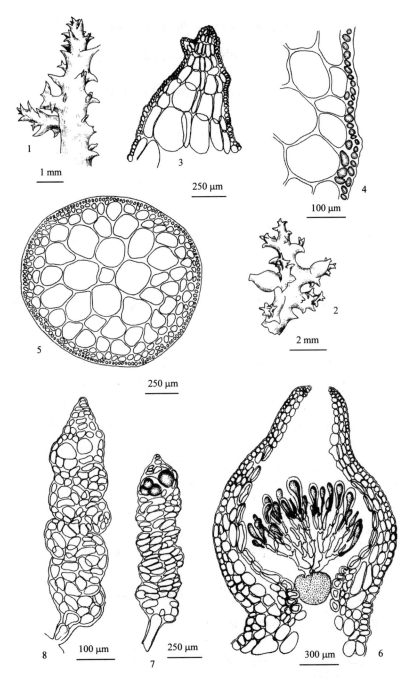

图 87 棍棒内管藻 *Endosiphonia horrida* (J. Agardh) Silva

1. 四分孢子体的一部分(76-580); 2. 雌性孢子体的一部分(76-534); 3. 藻体枝端部分纵切面(76-580);
4. 藻体部分横切面(76-534); 5. 藻体横切面(76-534); 6. 囊果切面图(76-534); 7,8. 四分孢子囊枝
(76-580)。

Fig. 87　*Endosiphonia horrida* (J. Agardh) Silva

1. A part of tetrasporangial frond (76-580); 2. A part of female gametophyte (76-534); 3. Longitudinal section
of a part of apex of branch (76-580); 4. Transection of part of frond (76-534); 5. Transection of frond
(76-534); 6. Longitudinal section of cystocarp (76-534); 7,8. Tetrasporangial branchlets (76-580).

轮孢藻属 *Murrayella* F. Schmitz

F. Schmitz, 1893, p. 227

藻体圆柱状，由直立和匍匐部分组成，匍匐部具有假根附着于基质上。藻体具有 4 个围轴细胞；整体没有皮层；顶端生长；侧枝通常是单管不分枝，或是叉状分歧的小枝，其主轴部为多管，但其侧枝则为单管。孢囊枝生于叉状分歧小枝的末端，每节的每个围轴细胞各产生一个四分孢子囊。

属的模式种为 *Murrayella periclados* (C. Agardh) Schmitz。

76. 轮孢藻

Murrayella periclados (C. Agardh) Schmitz, 1893, p. 227; Børgesen, 1915-1920, p. 314, figs. 318-320; Silva, P. C., P. W. Basson and R. L. Moe, 1996, p. 529; Yoshida, 1998, p. 1051.

Hutchinsia periclados C. Agardh, 1828, p. 101.

Murrayella squarrosa (Harvey) Schmitz, 1893, p. 228; Yamada, 1936, p. 140; Shen and Fan, 1950, p. 344.

模式标本产地：维尔京群岛(St. Croix, Virgin Is.)。

这是一种普通的红树林藻类，在红树的根上形成，暗红褐色，浓密的毡状垫，它们由基部的匍匐丝及由此产生的直立丝组成。匍匐丝或多或少缺乏分枝，但在大多数情况下还是可见的，即使它们常常是比较稀少的而且大部分是发育不好的。匍匐丝用假根固着于基质上。假根由围轴细胞近端长出。它们单独生长或者常常几个源自同一个节片。在这种情况下，假根在它们的基部大多数生长在一起，形成一束。上部较多的假根变为逐渐游离，向所有方向伸展。这些假根如卷枝藻 *Bostrychia* 那样，常常是分枝的，它们具有横壁以及较长的圆柱形细胞，长为宽的 3~5 倍；它们有较厚的壁，常常透入到红树的树皮中。

产地：台湾。

国外分布：日本，菲律宾，印度洋。

我们没有采到本种标本，以上报道是根据 Yamada(1936), Shen and Fan (1950)的记录。

新松节藻属 *Neorhodomela* Masuda

Masuda, 1982, p. 278

几个直立的藻体产自一个共有的基部盘状固着器，直立体有很多分枝，圆柱形，顶端生长，围轴细胞 6 个(有时 5 个)；精子囊生长在生殖毛丝体上；成熟的囊果具有发育很好的囊果被；四分孢子囊成对地产生在没有分化的每个节片内，四面锥形分裂。

属的模式种：*Neorhodomela munita* (Perestenko) Masuda.

77. 新松节藻　图 88　图版 II：6

Neorhodomela munita (Perestenko) Masuda, 1982, p. 278, figs. 25-40, pl. 9, 10, pl. 15, figs. A-F, pl. 17, figs. A-E.

Rhodomela munita Perestenko 1980, p. 192, figs. 253.

Rhodomela confervoides sensu Xia, Xia and Zhang in Tseng (ed.) 1983, p. 158, pl. 82, fig. 4.

模式标本产地：日本海。

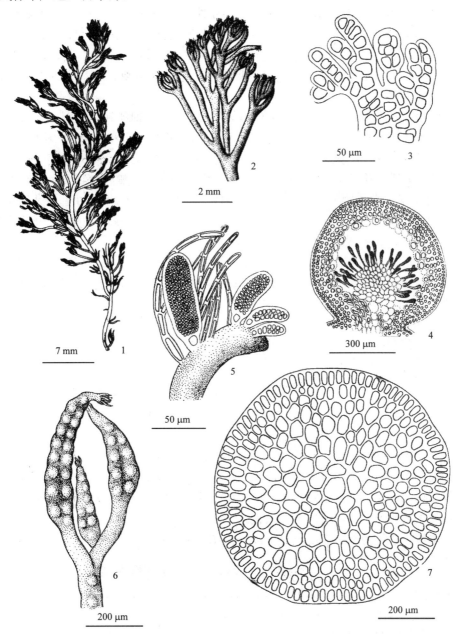

图 88　新松节藻 *Neorhodomela munita* (Perestenko) Masuda (AST57-2557)

1. 藻体外形图；2. 部分分枝外形图；3. 幼毛丝体；4. 囊果切面观；5. 精子囊小枝；6. 四分孢子囊小枝；7. 藻体横切面。

Fig. 88　*Neorhodomela munita* (Perestenko) Masuda (AST57-2557)

1. Habit sketch of frond; 2. Habit sketch of part of branches; 3. Young trichoblast; 4. Longitudinal section of cystocarp; 5. Spermatangial branchlets; 6. Tetrasporangial branchlets; 7. Transection of frond.

藻体直立，多年生，由一个共有的扩张的基部盘状固着器向上产生几个直立体，直立体圆柱形，6~13 cm 高，有的可达 21 cm 高，3、4 回螺旋式分枝，主轴几乎是直的，最低部位(固着器向上 1 cm 处)径 1096~1129 μm，固着器向上 3.2 cm 处径为 1610~1660 μm，体上部(即固着器向上 9 cm 处)径为 868~913 cm；第一侧枝生长很好，顺次分枝越向上越短越细，不定枝多，且为无限生长，有限枝很细，径为 132~165 μm；营养毛丝体生长在有限枝和无限枝的顶端枝的背部，很多，微叉状分枝 4 次；生活时暗褐色或黄褐色，干后变为黑色，幼时质软，老成部稍硬；制成的蜡叶标本不完全附着于纸上。

藻体内部构造，主轴上部横切面观，中央有明显的中轴细胞，近圆形，径 99.6~116 μm；周围有 6 个围轴细胞，不规则带角的卵圆形或长卵形，66~99 μm×40~66 μm 大小；细胞由内向外逐渐变小，表皮层细胞 16.5~36 μm×6.6~16.5 μm。

雌雄异株，精子囊小枝长椭圆形或长柱形，生长在生殖毛丝体上，166~332 μm 长，33~66 μm 宽；囊果卵圆形或梨形，332~515 μm×298.8~448 μm 大小，囊孔较宽；果孢子囊黄褐色，长径 59~89 μm；四分孢子囊生长在末枝及次末枝的节片上，排成 2 列，四分孢子囊近圆形，46~92 μm×26~73 μm 大小。

习性：生于潮间带岩石上或高潮带附近迎浪冲击的岩石上。多年生，冬季羽枝脱落，只留下衰老主干，第二年春季又重复生羽枝，羽枝比前一年繁密；无性及有性生殖在夏、秋季进行。

产地：辽宁、山东。

国外分布：日本。

新管藻属 *Neosiphonia* Kim et Lee
Kim et Lee, 1999, p. 272

本属于 1999 年由 Kim 和 Lee 将多管藻属 *Polysiphonia* 内藻体单生、直立或具局限性匍匐枝；果胞枝由 3 个细胞组成；精子囊枝由毛丝体第二节的一分枝形成的种类另立成新管藻属，同时，这一属的藻体假根均被围轴细胞侧壁分隔；枝端顶细胞均钝圆不具芒尖；囊果均为球形或卵形，不呈坛状。

本属模式种为 *Neosiphonia flavimarina* Kim et Lee。

新管藻属 *Neosiphonia* 分种检索表

5. 枝间无假根串联，叉状互生分枝，小枝常伞房状亚集聚 ············ 侧聚新管藻 *N. yendoi*
    6. 中下部关节长宽比为 2~4 倍，四分孢子囊椭圆形，微螺旋状直列 ········ 汤加新管藻 *N. tongatensis*
    6. 中下部关节长宽比为 1~2 倍，四分孢子囊螺旋状着生 ············ 东木新管藻 *N. eastwoodae*
7. 全株除上部小枝外均覆皮层细胞，皮层表面观网络状 ············ 蛇皮新管藻 *N. harlandii*
7. 皮层仅在藻体近基部处 ··· 8
    8. 主枝基部皮层细胞圆短，渐上由条形及圆短皮层细胞疏列于围轴管间 ··········· 9
    8. 主枝基部密覆长形皮层细胞，排列参差不齐 ············ 长皮新管藻 *N. elongata*
9. 藻体小形 1~2 cm 高，下部枝倾斜，精子囊枝顶端具一不孕顶细胞 ········ 倾伏新管藻 *N. decumbens*
9. 藻体大于 2 cm，复两歧分枝，全株半球形，精子囊枝顶端不具不孕顶细胞 ········
    ·· 日本新管藻 *N. japonica*
    10. 围轴管 7~9 个，树状互生分枝或叉状互生分枝 ············ 南方新管藻 *N. notoensis*
    10. 围轴管 6~8 个，不规则叉状分枝，末位枝细长，近于平行 ········ 疏叉新管藻 *N. teradomariensis*

78. 倾伏新管藻　图 89　图版 X：6

Neosiphonia decumbens (Segi) Kim et Lee，1999, p.279; Xiang Si-duan, 2004, p. 95.

Polysiphonia decumbens Segi, 1951, p.218, pl. VII, 2, and Text-figs. 17-18; Lee, In Kyu and Jae Won Kang, 1986, p. 324; Sun Jianzhang, 2006, p. 61.

Polysiphonia grateloupioides Noda，1970, p.34.

模式标本产地：日本，Izumo 省，Mihonoseki。

藻体单生或少数植株聚生，株高 1~2 cm，基轴径 240~500 μm。假根自基部丛出，或由下部倾伏枝围轴细胞的角端发生，被侧壁切隔，假根径 24~70 μm，长 160~800 μm，先端具盘状附着器或无。基部分枝互生或对生，稍上为不规则叉状分枝，末位枝呈不等钳状：一为锥形略直；旁边一稍细内弯。顶细胞钝圆，其下一节即发生毛丝体，毛丝体 1~3 叉，1/4 螺列，脱落后有痕细胞。围轴管 4 个。基部横切面观可见围轴管间有 4 个次生围轴细胞，再外疏列皮层细胞；藻体表面观可见基部密覆碎块状的皮层细胞，稍上渐成疏散的长形细胞纵列于围轴管外面，到第一次分枝之后不见皮层。关节短，长宽比一般为 0.3~0.5 倍，中部偶见 1 或 2。四分孢子囊 4~10 个，螺旋状着生于末位及次末位枝上，连续或间断，成熟时，次末位枝上的先成熟，80~100 μm 球形，并使小枝左右膨突扭曲。雌配子体囊果侧生枝旁，成熟囊果宽坛状，320 μm×360 μm，上端具宽口，口径 160 μm，柄弯，一边 3 节，一边 1 节。雄株精子囊枝由毛丝体第二节的一分枝形成，另一分枝仍为二叉毛丝体，精子囊枝长圆柱形或披针形，长 70~200 μm，下部宽 20~48 μm，顶端具一不孕顶细胞，球状。干标本黑褐色。

本种与日本新管藻相近，二者区别于：①基部有互生对生枝，向上为不规则叉状分枝；②囊果坛状，具宽口缘；③精子囊枝具一不孕顶细胞；④毛丝体在顶细胞下一节即发生。

习性：本种附生于大型藻体上，在浙江采到的标本均附生于鼠尾藻 *Sargassum*、江篱 *Gracilaria*、石花菜 *Gelidium* 上。

产地：山东、浙江、福建、广东均有分布。

国外分布：日本，朝鲜半岛。

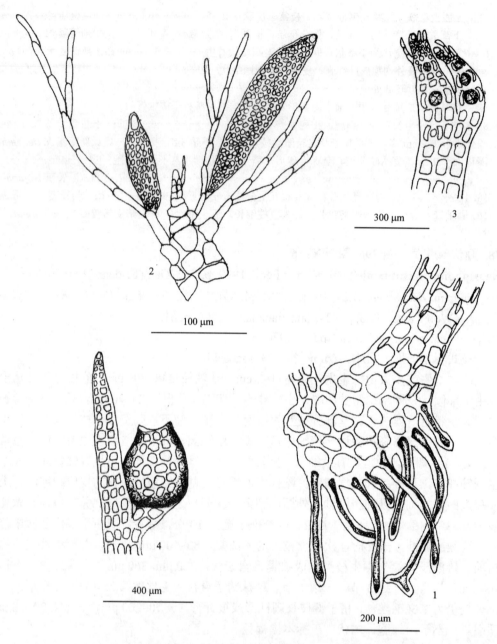

图 89　倾伏新管藻 *Neosiphonia decumbens* (Segi) Kim et Lee (77-x196)

1. 藻体基部；2. 精子囊枝；3. 末位枝及四分孢子囊；4. 囊果。

Fig. 89　*Neosiphonia decumbens* (Segi) Kim et Lee (77-x196)

1. Basal part of the frond; 2. Spermatangial branch; 3. Ultimatic branch and tetrasporangia; 4. Cystocarpa.

79. 东木新管藻　图 90　图版 X：1

Neosiphonia eastwoodae (Setchell et Gardner) Xiang Si-duan, 2004, p.94.

Polysiphonia eastwoodae Setchell et Gardner, 1930, p.161; Young D.N. and Kapraun, 1985, p.107-108.

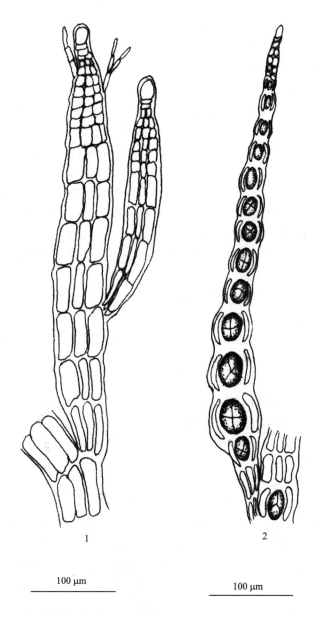

图 90　东木新管藻 *Neosiphonia eastwoodae* (Setchell et Gardner) Xiang Si-duan (普陀 1957.7)
1. 末位小枝及顶细胞；2. 四分孢子囊螺旋状排列。

Fig. 90　*Neosiphonia eastwoodae* (Setchell et Gardner) Xiang Si-duan (普陀 1957.7)

1. Ultimate branch and tip cell; 2. Tetrasporangia in spiral.

Polysiphonia mollis sensu Hollenberg, 1961, p.359; 1977, p.9 (non *P. mollis* J. D. Hooker and Harvey, 1847, p.397.

Polysiphonia snyderae Kylin, 1941, p.35, p1.12, fig. 34

　　模式标本产地：墨西哥太平洋的瓜达卢佩岛(Guadalupe)。

　　藻体 2~3 cm 高，单生，具盘状基部，下部倾伏枝每节 1~3 个假根，由围轴细胞角端或中间突出，被侧壁切隔，假根径 40~80 μm，先端有盘状附着器，径约 150 μm。主枝基部径 200~300 μm，多次亚两歧分枝，腋角常大于 45°，枝间距 5~15 节，次末位枝长，末位小枝呈不等叉状：一枝粗长钻形，基部约 70 μm 径；另一枝略短细且向主叉弯曲，也有末位枝细长单枝直出。顶细胞长椭圆形，其下 4 或 5 细胞之后始发生毛丝体，毛丝体 2 回叉状分枝，早落，留下痕细胞。枝关节处略膨突。中上部枝间多假根串联。围轴管 4 个，无皮层。关节长宽比为 0.7~1 倍，主枝中部为 1~1.5 倍。四分孢子囊十余个螺旋状排列，往往不连续成熟，径约 70 μm。囊果卵圆形，径 350 μm，少数为扁球形 300 μm×250 μm，具 1 节柄。精子囊枝未见，按 Hollenberg(1977)描述形成于毛丝体第二节一分枝。

本种规则两歧分枝，基部无皮层细胞，枝间有假根串联，末位枝顶细胞与其下数裸细胞细长突出，小枝基部缢缩，四分孢子囊枝细长，四分孢子囊长螺旋状排列与 *N. japonica* 有所不同。再则本种与 *Neosiphonia tongatensis* 均为枝间有假根串联，枝端 4 或 5 节裸细胞后发生毛丝体，但本种关节较后者短，且四分孢子囊螺旋状排列，而后者基本上为直列。

习性：本种常生长于温带及亚热带海区潮间带岩石上或附生于大型藻体上。

产地：浙江、福建、广东海域。

国外分布：美国加州、夏威夷，澳大利亚塔斯玛尼亚岛，墨西哥等地。

80. 长皮新管藻　图 91　图版 X：2

Neosiphonia elongata (Hudson) Xiang Si-duan, 2004, p.96; Sun Jianzhang, 2006, p. 61.

Polysiphonia elongata (Hudson) Harvey In Hooker, 1859, p.333; Taylor, 1957, p.336-337.

Polysiphonia elongata (Hudson) Sprengel, 1827, p.349; Silva, P. C., P. W. Bosson and R. L. Moe, 1996, p. 540.

模式标本产地：英国。

藻体单生，株高 4~5 cm，基部径 500~700 μm。自盘状固着器向下丛生假根，假根细胞 50~80 μm，800 μm 长。植株近基部即开始多次假两歧或互生分枝，主枝屈曲不直，枝上螺旋状着生不定小枝，植株上部小枝细长，常集聚状，末位枝先端叉状、钳状，一粗钻状，一略细弯，毛丝体短单或一次分叉，顶细胞膨大钝圆。围轴管 4 个，藻体下部密覆皮层，皮层细胞外层为长条形厚壁细胞，排列参差不齐，其内为一层椭圆形的皮层细胞，稍上主干一二次分枝后，皮层细胞在围轴管间呈纵线状或弧状排列，其细胞愈上愈短。关节一般长短于宽，基部关节长宽比为 0.5~0.7 倍，中部为 0.4 倍，偶见 1.2 倍，小枝为 0.3~0.6 倍。四分孢子体上部分枝呈伞房状。四分孢子囊生在较粗肥的末位小枝上，略螺旋状纵列，成熟后球形，径 50~70 μm。囊果形状多变，卵圆形、倒卵圆形、扁球状、近圆形等，500 μm×600 μm，1 节短柄，具宽口。干标本不附着于纸上。

本种与日本新管藻很相似，但分枝状况及基部皮层细胞不同，具二层厚壁纵长细胞密覆于藻体基部且可直至 1、2 回分枝的中部。

习性：附生于潮间带其他藻体上(如软骨藻、刚毛藻等)，也见于贝壳及岩石上。

产地：浙江。

国外分布：欧洲大西洋岸，巴基斯坦等海域。

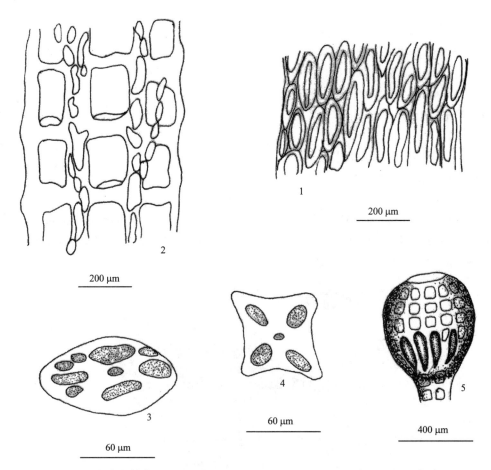

图 91　长皮新管藻 *Neosiphonia elongata* (Harvey) Xiang (北渔山 1976.6 标本)

1. 主干基部表面观；2. 主干中下部表面观；3. 中下部横切面；4. 小枝横切面；5. 囊果。

Fig. 91　*Neosiphonia elongata* (Harvey) Xiang

1. Surface view of the basal part frond; 2. Surface view of the lower part of the fond; 3. Transverse section of the middle lower part of the frond; 4. Transverse section of the ultimate branch; 5. Cystocarpa.

81. 蛇皮新管藻　图 92　图版 X：3

Neosiphonia harlandii (Harvey) Kim et Lee, 1999, p.280; Yoshida et al., 2000, p. 149; Xiang Si-duan, 2004, p. 95.

Polysiphonia harlandii Harvey, 1860, p.330; Tseng, 1944, p.78-81; Noda 1967, p.47; Segi, 1951, p.216, pl. VII 1. and Tex-fig. 16; Lee, In Kyu and Jae Won Kang, 1986, p. 324.

模式标本产地：香港。

藻体单生或少数株聚生，高 3~5 cm。盘状基部上具直立粗壮藻体，基部径 650~1200 μm，向下发生单细胞假根，径 50 μm 左右，先端有头状附着器。主干中下部几无侧枝，仅互生一些不定短枝，主干上端分枝密，数回叉状分枝，顶细胞钝圆，其下节即发生毛丝体，1/4 螺旋状着生，单条或一次分叉，早落，痕细胞明显，略隆起。主干关节不透明，4 个围轴管之间有次生围轴细胞，再外为小块状皮层细胞覆盖，表面观呈蛇皮状网络斑纹，横断面可见到各细胞间有一条明显的胞间连丝，主干的皮层可延至第

1、2 回小枝，再上小枝则无皮层。关节均短，基部每节长宽比为 0.2 倍，中上部为 0.5 倍。四分孢子囊在末位枝的上方 3~5 个到十余个螺列，但往往只有最上一个膨大成熟 (45~75 μm 径)，偶见 2 个，使末位枝似毒蛇头状。雌配子体囊果在末位枝上侧生，数量多，成熟的球形，径约 360 μm，柄弯，未成熟的呈狭坛状。精子囊枝由毛丝体第二节的一分枝形成，45 μm×165 μm，具不孕顶细胞。色泽暗紫红到棕褐色，标本基部及下部枝不附着于纸上。

习性：在我国南海低潮带浪击岩面，或附生于大型海藻上。

产地：香港、台湾、广东等地。

国外分布：日本，朝鲜半岛。

本种曾呈奎(1944. p.80)将之分成二变型，其中附生于 *Chondrophycus undulata* 上，高 2~4 mm，各成分均小于 f. *typica* 的定为 *P. harlandii* f. *minutissima*，可能仅为生态环境引起的小型形态，本文不拟另定变型。

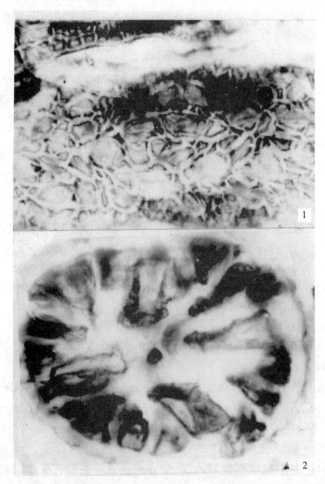

图 92 蛇皮新管藻 *Neosiphonia harlandii* (Harvey) Kim. et Lee (曾 578)
1. 主干表面观；2. 主干横断面。
Fig. 92 *Neosiphonia harlandii* (Harvey) Kim. et Lee (Tseng 578)
1. Surface view of basal part of frond; 2. Transverse section of frond.

82. 日本新管藻 图 93，94 图版 X：4

Neosiphonia japonica (Harvey) Kim et Lee, 1999, p.221; Yoshida et al., 2000, p. 149; Xiang Siduan, 2004, p. 95; Sun Jianzhang, 2006, p. 61.

Polysiphonia japonica Harvery, 1856, V. 2. p.331; Segi, 1951, p.228, p1.8, f.3 text-fig. 22; Xia, Xia and Zhang in Tseng (ed.) 1983, p. 158, pl. 82, fig. 1; Lee, In Kyu and Jae Won Kang, 1986, p. 324; Yoshida, 1998, p. 1067, fig. 3-112A, G..

Polysiphonia akkeshiensis Segi, 1951, p.232-235.

Polysiphonia nipponica Segi, 1951, p.221-225.

模式标本产地：日本，Shinmaiko, Owari 省

藻体单生或少数聚生，高 3~6 cm。植株外形常呈半球状。基部盘状固着器周围丛生假根，径 30~80 μm，也有从主枝近基部倾伏枝的围轴细胞节端发生假根，被侧壁切隔。主枝基部径 300~450 μm，第 1、2 回分枝叉状，再向上为互生或叉状互生分枝，下部腋角开展，中上部腋角渐狭，末位及次末位小枝常集聚成长笔头状或卵披针状。小枝先端常一叉呈钻形，其基部径 60 μm，先端急尖，另一叉略细，先端内弯。顶细胞钝圆，其下 1~3 节开始每节发生毛丝体，1/4 螺旋状排列，约 200 μm 长，单列或 1、2 叉，毛丝体与顶细胞附近数细胞常无色。藻体自下而上多内起源的不定短枝。围轴管 4 个。基部具皮层，基部横断面可见 4 个围轴管间有次生围轴管，再外为皮层细胞。纵向表面则可见基部皮层细胞在围轴管外侧成小块状覆盖，稍上皮层细胞渐成长方形，在围轴管间呈网脉状排列，再上则纵列在围轴细胞间。关节长宽比基部为 0.2~0.3 倍，中部为 0.5~1.5 倍，末位枝为 1~0.5 倍。四分孢子囊多数螺列于末位枝，仅 1~(3)个成熟膨大，呈球形，径约 80 μm。囊果球形，卵圆形，380~400 μm×400~450 μm，具一节短柄。精子囊枝由毛丝体第二节的一分枝形成，另一枝仍为分叉的毛丝体，不孕顶细胞不明显，干标本除基部外密附着于纸上。

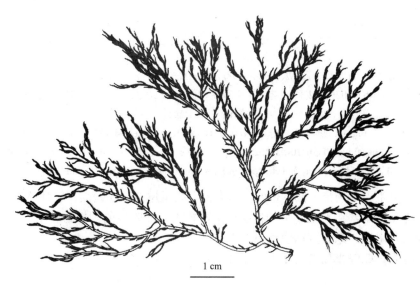

1 cm

图 93　日本新管藻 *Neosiphonia japonica* (Harvey) Kim et Lee (AST51-43)

Fig. 93　*Neosiphonia japonica* (Harvey) Kim et Lee (AST51-43)

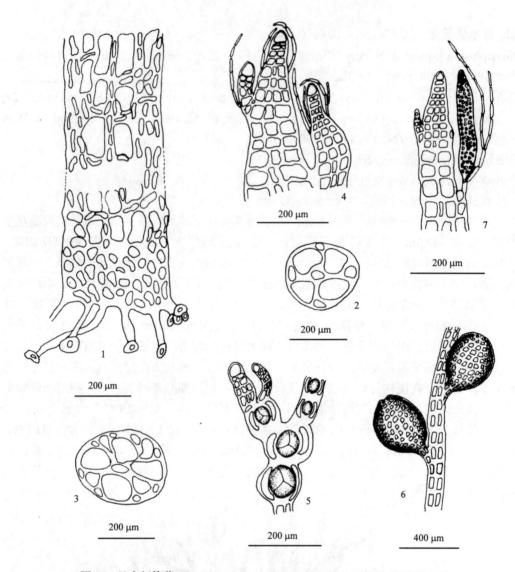

图 94　日本新管藻 *Neosiphonia japonica* (Harv,) Kim et Lee (4-7. 77-N 184)
1. 藻体表面观(D80-10-026)；2,3. 藻体主干下部横切面(D80-10-026)；4.小枝尖端；5. 四分孢子囊；
6. 囊果；7. 精子囊枝。

Fig. 94　*Neosiphonia japonica* (Harv,) Kim et Lee (4-7. 77-N184)
1. Surface view of basal part (D80-10-026); 2,3. Transverse section of lower part of main axes (D80-10-026);
4. Tip of branchlet; 5. Tetrasporangia; 6. Cystocarp; 7. Spermatangial branch.

　　习性：附生于中潮带、低潮带的大型海藻，如鼠尾藻、蜈蚣藻、软骨藻、刚毛藻上，也生长于养殖架上。在养殖架上的植株株形常较大，而附生的则株形较小。
　　产地：黄渤海、东海到南海均有分布。
　　国外分布：朝鲜半岛及日本的太平洋沿岸。

83. 南方新管藻　图 95　图版 X：5

Neosiphonia notoensis (Segi) Kim et Lee, 1999: 279; Yoshida et al., 2000, p. 149 .

Polysiphonia notoensis Segi, 1951, p.266-269, p1.16,1, text-fig.35; Lee, In Kyu and Jae Won Kang, 1986, p. 325; Yoshida, 1998, p. 1069.

Polysiphonia cancellata (non Harvey) Yendo., 1916, p.61; Okamura, 1936, p.836.

模式标本产地：日本，Shibagaki。

藻体直立高 8 cm，基部径 650 μm。在基部固着器周围着生很多假根，假根由基部皮层细胞发生，径 60 μm，细长，先端无附着器。直立主枝 2 回羽状分枝，枝开展，形成树状外观，分枝枝间距 7~14 节，末位枝披针状钻形，顶细胞大，径约 10 μm，长 13 μm，顶圆钝，其下 3、4 节之后发生毛丝体，单条或二叉，其上部细胞细长，早落，痕细胞不明显。上部枝围轴细胞壁薄，细胞内粒状色素体非常明显。围轴管 7~9 个(主枝断面 9 管，上部小枝断面 7 管)。关节长宽比近基部为 0.5 倍，中部主枝为 2~3 倍，侧枝为 0.5 倍。四分孢子囊螺旋状排列于末位枝。囊果散生于小枝旁，宽卵圆形到球形 450 μm×500 μm，具狭喙，一节短柄。

习性：潮间带附生于大型海藻上。

产地：福建。

国外分布：日本，朝鲜半岛。

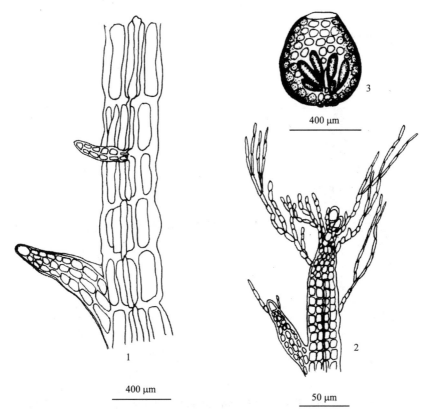

图 95　南方新管藻 *Neosiphonia notoensis* (Segi) Kim et Lee (A 曾 158)

1. 枝条，不定枝；2. 上部小枝，示顶细胞和毛丝体；3. 囊果。

Fig. 95　*Neosiphonia notoensis* (Segi) Kim et Lee (A 曾 158)

1. Branch and indeterminate branchlet; 2. Ultimatic branch shows tip cell and trichoblast; 3. Cystocarp.

84. 细小新管藻 图 96 图版 X：7

Neosiphonia savatieri (Hariot) Kim et Lee, 1999, p.279; Yoshida et al., 2000, p. 149; Xiang
Si-duan, 2004, p. 94.

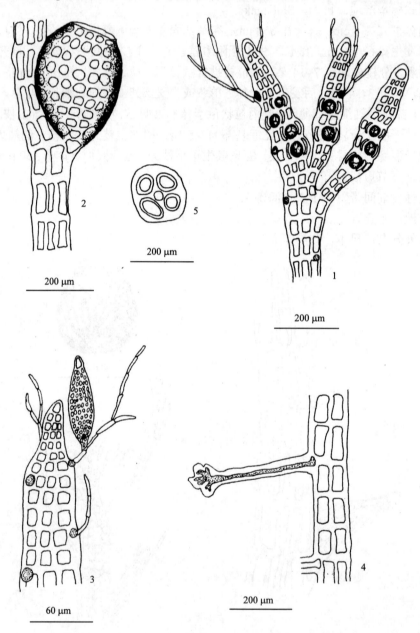

图 96 细小新管藻 *Neosiphonia savatieri* (Horiot) Kim et Lee (79-9-X25)

1. 四分孢子囊在末位枝(77-N 196)；2. 囊果(77-N 196)；3. 精子囊枝；4. 假根；5. 横切面。

Fig. 96 *Neosiphonia savatieri*(Horiot)Kim et Lee (79-9-X25)

1. Tetrasporangia on ultimatic branch (77-N 196); 2. Cystocarp (77-N196); 3. Spermatangial branch;

4. Rhizoid; 5. Transverse section of basal part of the frond.

Polysiphonia savatieri Hariot, 1891, p.226; Tseng, 1944, p. 73; Noda, 1967, p.51; 1966, p.82; Hollenberg, 1977, p.13; Yoshida, 1998, p. 1070; Abbott, 1999, p.424, fig. 125B; Sun Jianzhang, 2006, p. 61.

Polysiphonia minutissima Hollenberg, 1942, p.781.

Polysiphonia aggregata Segi, 1944, p.35.

Polysiphonia japonica var. *savatieri* (Hariot) Yoon, 1986, p. 34; Lee, In Kyu and Jae Won Kang, 1986, p. 325.

模式标本产地：日本神奈川县横须贺。

藻体单生,细小,0.2~1~(2)cm 高。基部径 120~300 μm,基部丛生假根数微米至 200 μm 长,其先端有盘状附着器,也有的假根自藻体基部不发达的匍匐枝的围轴细胞角端发生,被围轴细胞侧壁切隔。主枝关节处稍膨突,数回两歧分枝,略呈伞房状。枝间距 5~10 节,中上部枝条粗细相近,枝形较直,枝上有细小不定枝。分枝腋角小,一般小于 30°,末位小枝稍呈钳状,顶细胞钝圆,毛丝体发达,1/4 螺列,2 或 3 次分叉,早落。痕细胞全株均明显,下部关节的痕细胞直径可达 40~50 μm,有的一节可有 2 个痕细胞,不定枝常由它发生。围轴管 4 个,中轴管细胞较围轴管细胞长,因此中轴管节与节贯连状。皮层无。关节短,关节长宽比基部为 0.5 倍,中部为 0.6~1.2 倍(偶见 1.5 倍),上部末位枝均小于 0.5 倍。四分孢子囊 4、5 个略螺旋状着生于末位枝,有时次末位枝上亦有,球形,直径 50~60 μm。囊果散生,卵形、球形,具宽口缘 260 μm×300 μm,1 节柄,直或弯,未成熟的囊果多呈椭圆形。

精子囊枝 100~130 μm×30~50 μm,由毛丝体第二节的一分枝形成,另一分枝仍为二叉的毛丝体。精子囊枝顶端具一不发达的不孕顶细胞。

习性：附生于大型藻体上,在浙江潮间带的鼠尾藻、软骨藻及刺松藻上均常见本种生长。

产地：浙江、福建。

国外分布：日本,朝鲜半岛,菲律宾,美国;广布于热带、亚热带、太平洋中西部。

85. 球果新管藻　图 97　图版 XI：9

Neosiphonia sphaerocarpa (Børgesen) Kim et Lee, 1999, p.280; Yoshida et al., 2000, p. 149; Xiang Si-duan, 2004, p. 94.

Polysiphonia sphaerocarpa Børgesen, 1918, p.271, fig. 267-271; Yoshida, 1998, p. 1071; Tayor, 1960, p.576; Hollenberg, 1968, p. 87-89; Lee, In Kyu and Jae Won Kang, 1986, p. 325; Silva, P. C., E. G. Menez and R. L. Moe, 1987, p. 70; Silva, P. C., P. W. Basson and R. L. Moe, 1996, p. 546; Abbott, 1999, p.428, fig. 127A-G.

Polysiphonia pulvinata Menez, 1964, p.215.

模式标本产地：维尔京托马斯岛(美国)。

藻体直立,丛生,高 0.5~1.5 cm,下具局限伸展的匍匐枝,假根由其围轴细胞角端(或中部)发生,被侧壁切隔,径 40~50 μm,先端具盘状附着器,径可达 150 μm。直立枝径 120~210 μm,节处膨突,多次假两歧分枝,末位枝枝端单或不等叉状,枝条上部易折断,顶细胞钝圆,毛丝体发达,3、4 回分叉,1/4 螺列,脱落后痕细胞明显,每节 1 或 2 痕细胞。围轴管 4 个，无皮层。关节长宽比为 1~1.5~(2)倍。四分孢子囊 5 至多数螺列于末位及次末位枝上，常间断成熟，生长四分孢子囊的枝基部狭缩两端尖。囊果球形，径 250~360 μm，喙口极狭呈小孔状。精子囊枝由毛丝体第二节的一分枝形成，另一分枝仍为分叉的毛丝体。干标本暗褐红色，镜下棕色。不完全附着于纸上。

习性：潮间带到浅潮下带石生或附生。

产地：香港、海南岛等地。

国外分布：多见于热带太平洋地区，朝鲜半岛，日本，菲律宾，夏威夷，百慕大，维尔京群岛，印度洋的塞舌尔，马尔代夫等。本种在太平洋地区报道是一个多变异的种。

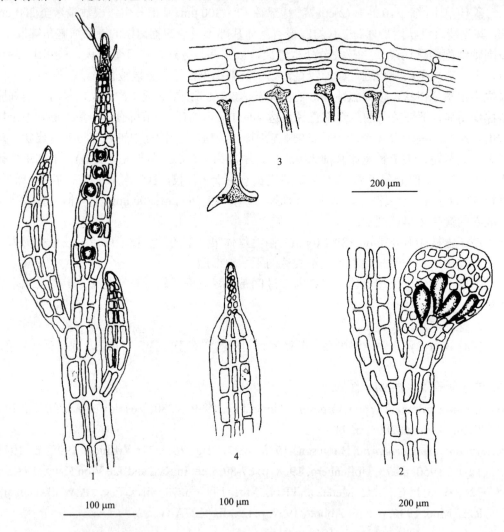

图 97 球果新管藻 Neosiphonia sphaerocarpa (Børgesen) Kim et Lee (A845)

1. 末位枝及四分孢子囊；2. 囊果；3. 假根；4. 断枝顶端的新枝。

Fig. 97 *Neosiphonia sphaerocarp*a (Børgesen) Kim et Lee (A845)

1. Ultimatic branchlets and tetrasporangia; 2. Cystocarp; 3. Rhizoid;

4. New branchlet regenerated broken branch.

86. 疏叉新管藻　图 98　图版 XI: 5

Neosiphonia teradomariensis (Noda) Kim et Lee, 1999, p.280; Xiang Si-duan, 2004, p. 96.
Polysiphonia teradomariensis Noda, 1971, p.47.

模式标本产地：日本。

1.5~3 cm 高。基部径 280 μm。假根由枝的围轴细胞末端发生，被侧壁切隔，每节具 1 或 2 假根，径 40~100 μm，长 700~1300 μm，常具头状附着器。植株不规则叉状分枝，枝间距 8~15 节(有的 20 多节)，分枝疏松错综，枝侧有少数不定枝，下部分枝的腋角大于直角，上部分枝腋角极狭，末位枝细长，渐尖，二者近于平行，小枝具棱，顶细胞钝圆，毛丝体不清楚，偶见不规则排列的痕细胞。围轴管 6~8 个。无皮层。关节长宽比一般小于 1 倍，下部为 0.3~0.8 倍，中部为 1.3~2 倍，小枝为 1 倍或小于 1 倍。四分孢子囊未见，囊果稀少，生于枝侧，卵圆形 250 μm×220 μm。精子囊枝按 Noda 报道由毛丝体第二节的一分枝形成。干标本黑褐色，不完全附着于纸上。

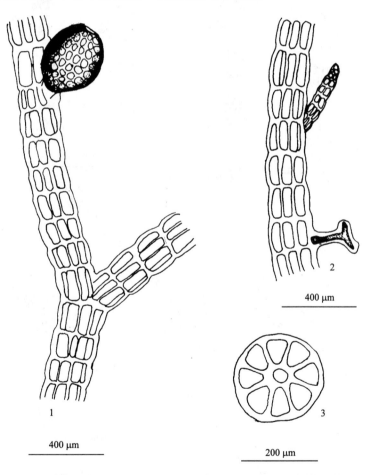

400 μm

200 μm

400 μm

图 98　疏叉新管藻 *Neosiphonia teradomariensis* (Noda) Kim et Lee (F. 65-64)
1. 囊果；2. 不定枝及假根；3. 横断面。

Fig. 98　*Neosiphonia teradomariensis* (Noda) Kim et Lee (F. 65-64)
1. Cystocarp; 2. Adventions branchlet and rhizoid; 3. Transverse section.

习性：附生于潮间带苔状鸭毛藻上。

产地：福建。

国外分布：日本。

87. 汤加新管藻 图 99 图版 XII：1

Neosiphonia tongatensis (Harvey ex. Kützing) Kim et Lee, 1999, p.280; Yoshida et al., 2000, p. 149; Xiang, Si-duan, 2004, p. 94; Sun Jianzhang, 2006, p. 61.

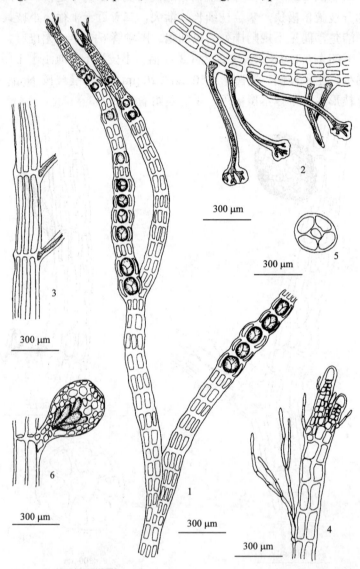

图 99 汤加新管藻 *Neosiphonia tongatensis* (Harvey) Kim et Lee (A995)

1. 末位枝及四分孢子囊；2. 匍匐枝及假根；3. 中部枝的假根；4. 顶细胞与毛丝体；5. 横切面；6. 囊果。

Fig. 99 *Neosiphonia tongatensis* (Harvey) Kim et Lee (A995)

1. Ultimatic branch and tetrsporangia; 2. Decumbent filament and rhizoids; 3. Rhizoids on middle part of frond; 4. Tip cell and trichoblasts; 5. Transverse secton of frond; 6. Cystocarp.

Polysiphonia tongatensis Harvey ex Kützing, 1864, p.14, pl. 41, figs. a-d; De Toni, 1903, V.4 set III, p.877-878; Segi, 1951, p.207-209; Lee, In Kyu and Jae Won Kang, 1986, p. 325; Yoshida, 1998, p. 1072; Abbott, 1999, p. 431, Fig. 128 D-E.

Polysiphonia aquamara Abbott, 1947, V. 1. p.212, fig. 12 a-d.

Polysiphonia mollis (J. Hooker et Harvey) var. *tongatensis* Hollenberg, 1968, p.69-70, fig. 43; Silva, P. C., P. W. Basson and R. L. Moe, 1996, p. 543.

模式标本产地：汤加岛。

藻体单生或聚生，3~9 cm 高，基部藻丝缠结，上部枝细长柔软，复两歧分枝，全株呈亚球形。自倾伏枝围轴细胞角隅发生 1 到数条被侧壁切隔的假根，径 40~80 μm，先端有盘状附着器，在直立枝枝间也有很多假根将枝串联。直立枝基部径 250~300 μm，节处膨突，藻体下方分枝稀疏，枝间距 17~30 多节。上部分枝稍密，枝细长排呈亚伞房状，次末位小枝细长，单条，常 10~20 多节，末位枝仅 5、6 节长，常二叉。顶细胞钝圆，其下 4、5 节之后发生毛丝体，毛丝体发达，长 100 余微米，1~3 叉，1/4 螺列，早落，留下痕细胞。围轴管 4 个。无皮层。下部关节长宽比为 0.4~1 倍，中部为 1.5~3~(6)倍，上部为 2~1 倍。四分孢子囊在末位或次末位枝上常十多个直列或微螺旋状排列，略带椭圆形，70 μm×110 μm。囊果卵圆形，300 μm×250 μm，具 1 节柄，略弯。精子囊枝圆柱形，100 μm×40 μm，自毛丝体第二节的一分枝形成，另一分枝仍为分叉的毛丝体，顶端未见不孕顶细胞。

习性：附生在潮间带大型藻体上或着生于岩礁上，也见于岩池壁上生长。

产地：浙江、福建、海南岛。

国外分布：日本，朝鲜半岛，澳大利亚，美国夏威夷、加州，菲律宾，墨西哥，印度洋毛里求斯。

88. 侧聚新管藻　图 100　图版 XII: 2

Neosiphonia yendoi (Segi) Kim et Lee, 1999, p.280; Yoshida et al., 2000, p. 149; Xiang Si-duan, 2004, p. 95; Sun Jianzhang, 2006, p. 61.

Polysiphonia yendoi Segi, 1951, p.211-214; Lee, In Kyu and Jae Won Kang, 1986, p. 325; Yoshida et al., 1998, p. 1073.

Polysiphonia fibrata sensu Yendo, 1918, p.74.

模式标本原产地：日本北海道。

直立，疏丛生，株高 3~7 cm。主枝径 350 μm，基部每节自围轴细胞角端发生假根，不被侧壁切隔，假根径 50~100 μm，长短不一，先端有盘状附着器或无。植株叉状互生分枝，枝腋多为锐角，下部分枝稀疏，上部小枝常自枝的侧面伞房状集聚，末位枝常呈不等钳状；一粗长锥状，基部径 60 μm；另一略细内弯，基部稍缢缩，径 20 μm。顶细胞钝圆，其下每节发生毛丝体，1/4 螺列，脱落后在枝上留下不显著的痕细胞。围轴管 4 个。无皮层。一般关节均短于宽，基部关节长宽比为 0.7 倍，中下部为 2 倍，上部关节为 0.5~0.2 倍。四分孢子囊 5、6 个螺列于末位小枝上部，成熟时仅 2 或 3 个膨大，球形，径约 60 μm，使枝左右膨突而呈弯曲状。精子囊枝圆柱形，100 μm×35 μm，在末位枝顶端稍下处着生，由毛丝体第二节的一分枝形成，另一枝仍为分叉的毛丝体。Segi 将本种

定为 *P. yendoi*，与 *P. fibrata* (Dillw.) Harvey 不同之处在于本种关节短，中下部关节长宽比为 0.7~2 倍，而 Harvey 的 *P. fibrata* 下部关节长宽比为 2 倍，中部为 6~8 倍，上部为 3~4 倍；另一点，Segi 认为本种生侧枝的关节不生毛丝体，而与 *P. fibrata* Harvey 不同。

习性：生于潮间带岩礁积水处或大沙滩低潮带岩石上，常与珊瑚藻类混生。

产地：浙江、福建。

国外分布：日本，朝鲜半岛。

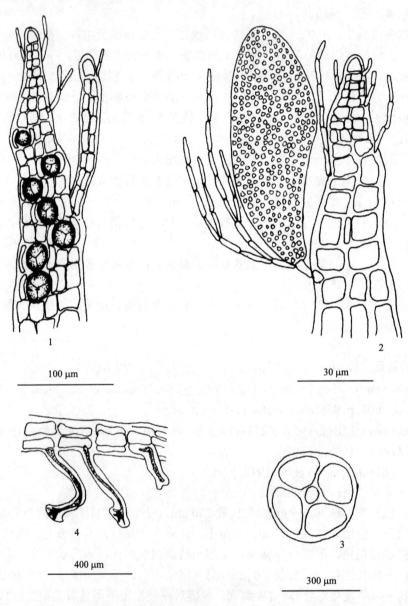

图 100　侧聚新管藻 *Neosiphonia yendoi* (Segi) Kim et Lee (77-X011)

1. 四分孢子囊枝；2. 精子囊枝；3. 横断面；4. 假根。

Fig. 100　*Neosiphonia yendoi* (Segi) Kim et Lee (77-X011)

1. Tetrasporangial branch; 2. Spermatangial branch; 3. Transverse section; 4. Rhizoid.

派膜藻属 *Neurymenia* J. Agardh

J. Agardh, 1863, p. 1134

藻体直立，扁平叶状，体下部具茎状构造，叶片硬膜质，具明显的中肋和斜向两缘贯通的细脉，叶片顶部向腹面内卷，生长点细胞多少凹陷成倒心脏形；在叶片的边缘叶脉的末端呈短的分枝的刺状小枝，又同样的在藻体的两面，在叶脉和中肋上形成短的圆柱形的小枝。边缘小枝以及许多表面生长的小枝通常是不育的。生殖结构形成时，替代了在表面生长的小枝背面的一边的毛丝体。藻体分枝从中肋或从侧脉的顶端产生。

本属目前已知 2 种。属的模式种为 *Neurymenia fraxinifolia* (Mertens ex Turner) J. Agardh, 1863, p. 1156。

89. 派膜藻　图版 VII：5

Neurymenia fraxinifolia (Mertens ex Turner) J. Agardh, 1863, p. 1135; Tanaka and Itono, 1969, p. 7, figs. 2A-D,G, 3A-D,4-9; Silva, P. C., E. G. Menez and R. L. Moe, 1987, p. 69; Norris, R. E., 1988, p. 271, figs. 1-10; Huang, Su-fang, 2000, p. 205.

Fucus fraxinifolia Mertens ex Turner, 1811, p. 140, pl. 193.

Amansia fraxinifolia (Mertens ex Turner) C. Agardh, 1824, p. 247.

Delesseria fraxinifolia (Mertens ex Turner) C. Agardh, 1817, p. xiv.

Dictyomenia fraxinifolia (Mertens ex Turner) J. Agardh, 1841, p. 27.

Epineuron fraxinifolia (Mertens ex Turner) Harvey in Hooker et Harvey, 1845, p. 533.

模式标本产地：东印度(East Indies)。

藻体鲜红色或红褐色，硬膜质，扁平叶状，长椭圆形，边缘有尖锯齿，有中肋，叶面有羽状排列的小突起，两缘有平行的细脉与中肋相连，中肋通到叶顶端，顶端生长点处凹陷成倒心脏形。中肋隆起，副枝由中肋长出，形成 2、3 回羽状分枝，高 15~20 cm，基部有茎状构造，不规则分枝。藻体内部构造为单轴型，顶端生长，横切面有中轴细胞及 5 个围轴细胞。

具同型世代交替，配子体与孢子体外观相似。配子体雌雄异体，有生殖托器构造，囊果球形，有果皮组织及短柄，位于藻体背面边缘侧脉上。孢子体边缘侧脉刺基部生成披针形的孢子囊枝，孢子囊呈 2 纵列分布于孢子囊枝腹面上，四分孢子囊椭圆形，直径 60~90 μm，四面锥形分裂。

习性：生长于低潮线附近的石沼或至潮下带 5 m 深的礁岩上，全年可见。

产地：台湾。

国外分布：日本，菲律宾，马来西亚，澳大利亚，印度洋，南非。

我们没有采到本种标本，以上描述和图均引自 Huang, Su-fang(2000:205)。

多管藻属 *Polysiphonia* Greville

Greville，1823, pl.90, nom. cons.

多管型，具节丝状藻体。自基部匍匐枝向上发生辐射对称的枝，藻体单生、丛生或垫状。藻体由 1 中轴管及 4 至多个围轴管组成，有的种类在围轴管外有皮层细胞，覆盖程度可以是全株外方，也可以仅在藻体基部，依种而异。假根通常由围轴细胞向外突出形成，不被侧壁切隔或被切隔。枝端顶细胞尖或钝圆。通常每节发生单列细胞分叉或不分叉的毛丝体(trichoblast)，螺旋状排列于枝上，脱落后在枝上留有痕细胞。

生活史具有四分孢子体及雌、雄配子体，三相同形。四分孢子体的孢子囊形成于末位或次末位小枝上，每节仅具 1 个四分孢子囊，纵列或螺旋列，间断或连续排列。果孢枝由 4 个细胞组成。囊果成熟后坛形或卵形。精子囊枝由毛丝体原发育形成，顶端常具 1 或 2 个不孕顶细胞。

本属广布于世界各海域，种类繁多，在 1823 年 Greville 定 *Polysiphonia* 属名之前曾用过的属名有 14 个，如 C. Agardh 定为 *Huchinsia*，因与十字花科内属名重复而废，此外曾用过 *Gremmita*、*Grateloupella*、*Conferva*、*Vertebrate* 等十余个废弃属名。属的范畴也历经变动。Greville 初定的 *Polysiphonia* 包括了 Rhodomelaceae 中全部有节藻体；到 1901 年 Falkenberg 将 *Polysiphonia* 范围划在该科中具有下列属性的种：①辐射对称的类型，至少上部枝条也是多管的；②大部分枝条为外起源的；③枝为相似且无限分枝的；④正常情况下每节仅产生 1 个四分孢子囊。按此，两侧分枝的种改为翼管藻属 *Pterosiphonia*，匍匐性的种改为爬管藻属 *Herposiphonia*，而多管藻属主要包括了 *Polysiphonia* 及 *Oligosiphonia* 二亚属。1941 年，Kylin 曾提出将枝条内起源的种分出归于 *Orcasia* 属，但未被藻类学家认可，同时他将枝尖背腹性，植株匍匐性为主内起源分株的种移入 *Lophosiphonia*，将外起源分枝匍匐性的种列入 *Herposiphonia*。1999 年，Kim 和 Lee 将多管藻属按其形态与生殖情况的不同分为二属：将植株常单生基部具盘状固着器，果胞枝由 3 个细胞组成，精子囊由毛丝体第二节的一分枝形成的种类独立为新管藻属 *Neosiphonia*。而将相对应的性状如：①自匍匐枝向上发生直立藻体，丛生或垫状；②假根不被围轴细胞侧壁分隔，或被分隔；③枝端顶细胞尖或钝圆；④果胞枝由 4 个细胞组成；⑤囊果坛状或卵形；⑥精子囊枝由毛丝体原发育形成的种类归于多管藻属 *Polysiphonia*。

属的模式种为 *Polysiphonia senticulosa* Harvey。

多管藻属 *Polysiphonia* 分种检索表

4. 藻体复羽状互生分枝，末位枝极短；枝腋丛生 2~8 个粗短的四分孢子囊枝 ⋯⋯⋯⋯⋯⋯⋯⋯⋯⋯⋯⋯⋯⋯⋯⋯⋯⋯⋯⋯⋯⋯⋯⋯⋯⋯⋯⋯⋯⋯⋯⋯ 丛托多管藻 *P.morrowii*

5. 通常无毛丝体；无痕细胞 ⋯⋯⋯⋯⋯⋯⋯⋯⋯⋯⋯⋯⋯⋯⋯⋯⋯⋯⋯⋯⋯⋯⋯⋯⋯⋯⋯⋯⋯⋯⋯⋯⋯ 6

5. 毛丝体发达；痕细胞大，径可达 15 μm ⋯⋯⋯⋯⋯⋯⋯⋯⋯⋯⋯⋯⋯⋯⋯⋯⋯⋯⋯⋯⋯⋯⋯⋯ 7

　6. 藻体<1 cm，垫状密丛生；四分孢子囊 3~5 直列 ⋯⋯⋯⋯ **大陈多管藻 *P. dachenensis***

　6. 藻体 2~5 cm，丛生；四分孢子囊多数直列 ⋯⋯⋯⋯⋯ **淡盐多管藻 *P.subtilissima***

7. 中下部关节长宽比为 1~2 倍 ⋯⋯⋯⋯⋯⋯⋯⋯⋯⋯ **岩生多管藻绒毛变种 *P. scopulorum* var. *villum***

7. 中下部关节长宽比为 2~4 倍 ⋯⋯⋯⋯⋯ **岩生多管藻长节变种 *P. scopulorum* var.*longnodium***

　8. 四分孢子囊长螺旋状排列(十多个) ⋯⋯⋯⋯⋯⋯⋯⋯⋯⋯⋯⋯⋯⋯⋯⋯⋯⋯⋯⋯⋯⋯⋯⋯ 9

　8. 四分孢子囊 4、5 个短螺列 ⋯⋯⋯⋯⋯⋯⋯⋯⋯⋯⋯⋯⋯⋯⋯⋯⋯⋯⋯⋯⋯⋯⋯⋯⋯⋯⋯ 10

9. 假根中部膨大，干标本近黑色 ⋯⋯⋯⋯⋯⋯⋯⋯⋯⋯⋯⋯⋯⋯⋯⋯⋯ **膨根多管藻 *P. upolensis***

9. 假根中部不膨大，干标本褐紫红色 ⋯⋯⋯⋯⋯⋯⋯⋯⋯⋯⋯⋯⋯⋯ **纤细多管藻 *P. gracilis***

　10. 关节长宽比小于 1~1 ⋯⋯⋯⋯⋯⋯⋯⋯⋯⋯⋯⋯⋯⋯⋯⋯⋯⋯⋯⋯⋯⋯⋯⋯⋯⋯⋯⋯ 11

　10. 关节长宽比(1)~1.5~2 ⋯⋯⋯⋯⋯⋯⋯⋯⋯⋯⋯⋯⋯⋯⋯⋯⋯⋯⋯ **疏枝多管藻 *P. coacta***

11. 矮小垫状，枝间多假根串联 ⋯⋯⋯⋯⋯⋯⋯⋯⋯⋯⋯ **钝顶多管藻缠结变型 *P. ferulacea* f.*implicata***

11. 枝间无假根串联 ⋯⋯⋯⋯⋯⋯⋯⋯⋯⋯⋯⋯⋯⋯⋯⋯⋯⋯⋯⋯⋯⋯ **布兰特多管藻 *P. blandii***

　12. 围轴管 5 个 ⋯⋯⋯⋯⋯⋯⋯⋯⋯⋯⋯⋯⋯⋯⋯⋯⋯⋯⋯⋯⋯⋯⋯⋯⋯⋯⋯⋯⋯⋯⋯ 13

　12. 围轴管多于 5 个 ⋯⋯⋯⋯⋯⋯⋯⋯⋯⋯⋯⋯⋯⋯⋯⋯⋯⋯⋯⋯⋯⋯⋯⋯⋯⋯⋯⋯⋯ 14

13. 关节短，长宽比小于 1 倍，围轴管直 ⋯⋯⋯⋯⋯⋯⋯⋯⋯⋯⋯⋯⋯ **脆多管藻 *P. fragilis***

13. 主干下部关节长宽比可达 3 倍，围轴管略螺旋状扭曲 ⋯⋯⋯⋯⋯ **五旋多管藻 *P. richardsoni***

　14. 围轴管 6 个(偶见 8 个)，正叉状分枝，末位小枝钳状内弯 ⋯⋯ **六棱多管藻 *P. forfex***

　14. 围轴管多于 8 个 ⋯⋯⋯⋯⋯⋯⋯⋯⋯⋯⋯⋯⋯⋯⋯⋯⋯⋯⋯⋯⋯⋯⋯⋯⋯⋯⋯⋯⋯ 15

15. 不具皮层或基部具皮层 ⋯⋯⋯⋯⋯⋯⋯⋯⋯⋯⋯⋯⋯⋯⋯⋯⋯⋯⋯⋯⋯⋯⋯⋯⋯⋯⋯⋯ 16

15. 全株具皮层，围轴管 10 或 11 个 ⋯⋯⋯⋯⋯⋯⋯⋯⋯⋯⋯⋯⋯⋯⋯ **厚多管藻 *P. crassa***

　16. 株高 3 cm 以上 ⋯⋯⋯⋯⋯⋯⋯⋯⋯⋯⋯⋯⋯⋯⋯⋯⋯⋯⋯⋯⋯⋯⋯⋯⋯⋯⋯⋯⋯ 17

　16. 株高 2 cm 以下，垫状丛生 ⋯⋯⋯⋯⋯⋯⋯⋯⋯⋯⋯⋯⋯⋯⋯⋯⋯⋯⋯⋯⋯⋯⋯⋯⋯ 18

17. 中下部关节长宽比为 4~6 倍，上部关节长宽比为 1 倍左右 ⋯⋯⋯ **帚枝多管藻 *P. tapinocarpa***

17. 中下部关节长宽比为 0.5~1 倍，上部关节长宽比为 1.5~2 倍 ⋯⋯⋯ **变管多管藻 *P. denudata***

　18. 关节长宽比为 1.8~2.5 倍 ⋯⋯⋯⋯⋯⋯⋯⋯⋯⋯⋯⋯⋯⋯⋯⋯ **混乱多管藻 *P. confusa***

　18. 关节长宽比小于 1~1.5 倍，末位枝常钳状内卷 ⋯⋯⋯⋯⋯⋯⋯ **霍维多管藻 *P. howei***

90. 布兰特多管藻　图 101　图版 XI：1

Polysiphonia blandii Harvey 1862, pl. 184; Silva, P. C., P. W. Basson and R. L. Moe, 1996, p. 537; Womersley, 2003, p.193, fig. 83 E-H.

Polysiphonia ferulacea J. Agardh, 1863, P.980-981.

　　模式标本产地：澳大利亚维多利亚州菲利普港布赖顿。

　　藻体直立，高 4~15 cm，质糙。基部匍匐枝直径约 300 μm，其细胞角隅发生 1~3 条假根，被侧壁切隔，径 40~60 μm。直立枝基部径约 300 μm，下部关节膨突，假两歧分枝，分枝疏，上部互生，亚集聚，小枝常具四棱状，末位枝枝端常弯扭，顶细胞钝圆，无毛丝体或具单条或二歧分叉的棕褐色的毛丝体，痕细胞 1/4 螺列。但因枝易断，一般枝端不见毛丝体，枝端常粗肥扭曲钝头状。基部细胞壁外面厚 12~40 μm。粗枝旁每隔 2、3 节就有不定枝发生。围轴管 4 个，无皮层。关节短，长宽比为 1 倍或小于 1 倍，但也有关节为 1~1.2~2 倍。

四分孢子囊 4、5 个短螺列于末位小枝上部，球形直径 50~60 μm。囊果卵球形，几无柄。干标本棕褐色到黑褐色，镜下棕色。

习性：生长于亚热带及热带海域的低潮带岩礁上。

产地：福建、广东、海南岛。

国外分布：日本南部海域，西印度，澳大利亚，墨西哥大西洋岸，美国加州等海域均有分布。

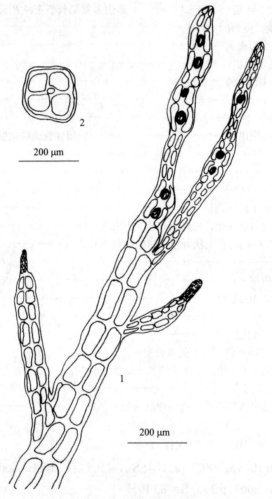

图 101　布兰特多管藻 *Polysiphonia blandii* Harvey (曾 A154)

1. 末位枝上的四分孢子囊；2. 横断面。

Fig. 101　*Polysiphonia blandii* Harvey (曾 A154)

1. Tetrasprongia on ultimatic branch; 2. Transverse section.

91. 疏枝多管藻　图 102　图版 XI：8

Polysiphonia coacta Tseng，1944，p.71-73，pl. II;Silva, P. C., P. W. Basson and R. L. Moe, 1996, p. 538.

模式标本产地：香港。

藻体密丛生，高约 2 cm，下部枝条倾伏，具假根，直立枝枝间也多假根串联，假根自围轴细胞角端发生，被侧壁切隔，先端具盘状附着器。直立枝亚两歧分枝，有时互生或单侧偏生分枝，枝细柔，下部枝径 150 μm，次末位枝细长，径 20~40 μm，末位枝细直短、不等叉状或单头。顶细胞长形，先端钝圆，毛丝体发达，痕细胞明显，1/4 螺列。围轴管 4 个，无皮层。关节长宽比下部为 0.5 倍，中上部小于 1~1~2 倍。四分孢子囊 3~5 个短螺列于末位枝，略椭圆形，33 μm×40 μm。囊果卵形。

习性：在低潮带砂覆盖的岩石上。

产地：香港。

国外分布：印度，塞舌尔，坦桑尼亚。

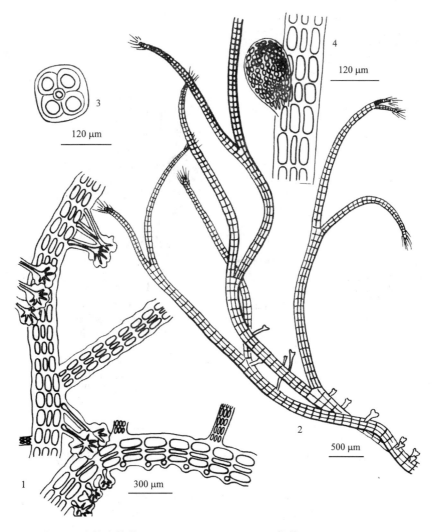

图 102　疏枝多管藻 *Polysiphonia coacta* Tseng (仿曾呈奎，1944，Pl. II)

1. 藻体基部的假根；2. 四分孢子藻体；3. 藻枝横切面；4. 幼囊果。

Fig. 102　*Polysiphonia coacta* Tseng (仿 Tseng，1944，Pl. II)

1. Basal filaments, showing rhizoids; 2. Habit sketch of tetrasporangial plant; 3. Transverse section of filament;

4. Young cystocarp.

92. 混乱多管藻　图 103

Polysiphonia confusa Hollenberg, 1961, p.350; Dawson 1964, p.87; Abbott and Hollenberg, 1976, p. 696; Hollenberg and Norris, 1977, p. 2-4; Xiang Si-duan, 2004, p. 93.

Polysiphonia incospicua sensu Hollenberg, 1944, p.479.

模式标本产地：美国(Corona del Mar, Orange County, Califonia)。

藻体高 0.1~2 cm，匍匐枝发达，径 140 μm，关节长宽比为 1.8~2.2 倍，每节向下生 1 假根，自围轴细胞角端发生，被侧壁切隔，假根径 25~45 μm，先端直或掌裂。直立枝短，其上枝间距 1~3 节，枝端钝圆，毛丝体早落未见。围轴管 8~10 个，无皮层。关节长宽比为 1.8~2.5 倍，一般为 2 倍。

习性：生于中潮带的岩礁上。

产地：浙江、广东。

国外分布：美国，墨西哥等暖海地区。

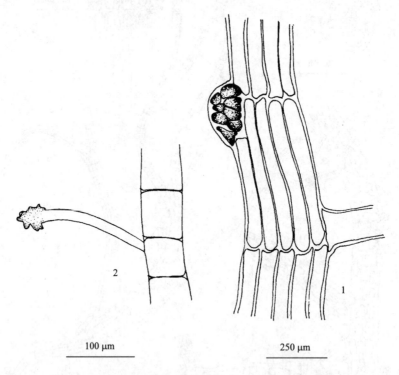

100 μm　　　250 μm

图 103　混乱多管藻 *Polysiphonia confusa* Hollenberg (55-3315)
1. 部分藻体表面观；2. 假根。

Fig. 103　*Polysiphonia confusa* Hollenberg (55-3315)
1. Surface view of part of frond; 2. Rhizoid.

93. 厚多管藻　图 104　图版 XI：3

Polysiphonia crassa Okamura, 1929, p.6, pl. 254; Okamura, 1936, p.837; Segi, 1951, p. 269-270, pl. 16,2, Text-fig. 36; Noda, 1966, p.81-82; Lee, In Kyu and Jae Won Kang, 1986, p. 324; Yoshida et al., 2000, p. 149; Xiang Si-duan, 2004, p. 93.

模式标本产地：日本神奈川县江之岛。

藻体高 3~3.5 cm，粗，肉质，基部直径约 700 μm，除末位枝径 100~150 μm 之外，全株粗细差距不大。分枝叉状互生，下部枝腋角钝圆。小枝基部不狭缩，顶端有短的毛丝体，早落。围轴管 10 或 11 个。藻体自下而上均围有皮层细胞，基部皮层细胞 1 或 2 层，上部一层，到末位小枝皮层细胞特别小，径 3~4 μm。整株除末位枝外关节不明显，小枝关节长宽比为 0.3~0.5 倍，其他部分关节长宽比不易看清。四分孢子囊丛生在纺锤形瘤状的短小末位枝上，少数成列，略螺旋状，四分孢子囊球形，径约 80 μm。囊果无柄，球形或卵圆形。藻体暗红褐色，干后暗褐色，不完全附着于纸上。

习性：单生或少数聚生于低潮线下，常附生于马尾藻 Sargassum 等大型海藻藻体。

分布：海南岛、福建。

国外分布：朝鲜半岛，日本，加勒比海，美国(夏威夷)，印度尼西亚。

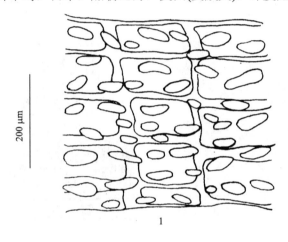

1

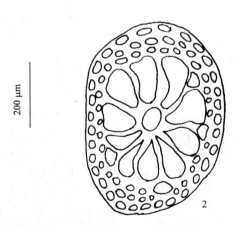

2

图 104　厚多管藻 *Polysiphonia crassa* Okamura　(A306)
1. 表面观示围轴及皮层细胞；2. 横断面。

Fig. 104　*Polysiphonia crassa* Okamura　(A306)

1. Surface view shows siphons and corticated throughout the filament; 2. Transverse section of the frond.

94. 大陈多管藻 图105 图版 XI：4

Polysiphonia dachenensis Xiang Si-duan, nom. nov.

Polysiphonia caespitosa Xiang Si-duan, 2004, p. 90-91, fig.1; Sun Jianzhang, 2006, p. 61.

模式标本产地：浙江大陈岛。

藻体高 0.2~0.6 cm，丛生，垫状，附生，匍匐枝发达、分叉，径 60~78 μm，关节长宽比为 0.5 倍，其围轴细胞向外突出形成假根，不被侧壁切隔，假根径 26~40 μm。匍匐枝向上内起源发生直立枝，径 80~112 μm，关节微膨，分枝互生，上部常伞房状集聚，末位小枝细长 40~48 μm 径，基部缢缩。顶细胞钝圆，无毛丝体，无痕细胞。围轴管 4 个，无皮层。关节长宽比基部小于 1~1 倍，中部为 1.5~2 倍，上部为 1 倍。四分孢子囊 3~10 个纵列于末位枝，65~80 μm×80 μm。囊果坛状，280~320 μm×360 μm，具狭颈宽口，柄 1 节。精子囊枝由毛丝体原发育而成细圆柱状，枝端略内弯，80~104 μm×16~24 μm，顶端具 1 不孕顶细胞，偶见 2 或无。

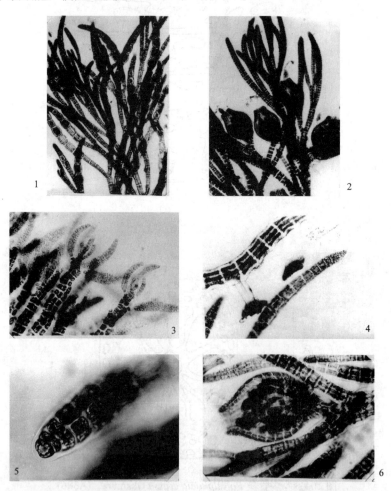

图 105　大陈多管藻 *Polysiphonia dachenensis* Xiang (D81-5-32)

1. 四分孢子囊；2,6. 囊果；3. 精子囊枝；4. 假根；5. 小枝顶细胞。

Fig. 105　*Polysiphonia dachenensis* Xiang (D81-5-32)

1. Tetrasporangia; 2,6. Cystocarpa; 3. Spermatangial branch; 4. Rhizoid; 5. tip-cell of branchlet.

本种与 *Polysiphonia sertularioides* Harvey (*P. macrocarpa* Harvey) 均为囊果坛状具短柄，四分孢子囊直列，小枝多少伞房状，但是，*P. sertulurioides* 精子囊枝由毛丝体一分枝形成且粗短，关节长宽比可达 3~4 倍，具毛丝体等性状与本种不同(Womersley, 2003)。本种也与 *Polysiphonia pacifica* var. *delicatula* Hollenberg 性状相近，如顶细胞钝圆、囊果坛状、精子囊枝细长、四分孢子囊直列等，但 *P. pacifica* var. *delicatula* Hollenberg (1942) 新变种发表时未见附图，因此无法深入比较。

习性：附生于繁枝蜈蚣藻 *Grateloupia ramosissima* Okamura 上。

产地：浙江大陈岛。

本种为我国特有种。

95. 变管多管藻　图 106　图版 XI：2

Polysiphonia denudata (Dillwyn) Greville in Hooker, 1833, p.332.

Polysiphonia variegata (C. Agardh) Zanardini, 1840, p.202.

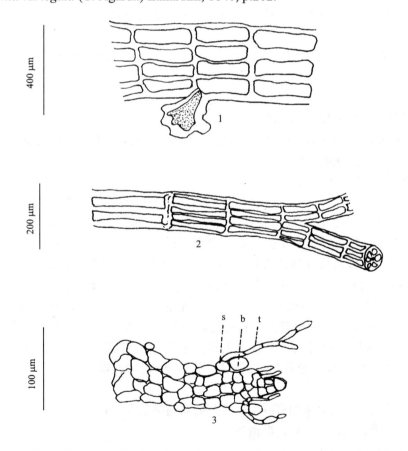

图 106　变管多管藻 *Polysiphonia denudata* (Dillwyn) Greville (Amal 152a)

1. 主轴及假根；2. 上部小枝；3. 末位枝端毛丝体腋内有幼枝发生(t:毛丝体；b: 幼枝；s: 痕细胞)。

Fig. 106　*Polysiphonia denudata* (Dillwyn) Greville (Amal 152a)

1. Main axes and rhizoid; 2. Branch of the upper part; 3. The tip of ultimate branch shows the trichoblast connecting branches (t: trichoblast; b: young branch; s: scar cell).

Conferva denudata Dillwyn, 1809, p.85.

Hutchinsia variegata C. Agardh, 1824, p.153.

模式标本产地：英国南安普敦(Southampton, England)。

藻体高 3~9 cm，直立粗壮。多回叉状分枝，整株辐射状排列呈亚球状。第 1、2 回分枝腋角大，多呈钝角，到上部分枝腋角渐小，呈锐角状，使小枝细长直立近于平行状，枝间距大，常在十余节以上，末位枝较短不等长二叉。顶细胞椭圆状，顶细胞下 1、2 节发生毛丝体，幼枝发生于毛丝体腋内。下部枝径 360 μm，上部小枝径 100 μm 左右。上部枝间亦有假根，自围轴细胞角端发生，被切隔。

本种外形与日本新管藻相似，但围轴管数变化大，基部及中下部为 8 管，上部则为 6 管，亦有 5 管、7 管、8 管，小枝常呈四棱状。标本未见皮层。下部关节长宽比为 0.5~1 倍，中部大多为 1 倍，少数为 2 倍，小枝为 1~1.5~2 倍。干标本下部不完全附着于台纸。

习性：生于潮间带淤泥的岩礁上，或附生于其他大型海藻上。

产地：福建。

国外分布：法国，加勒比海，巴基斯坦，伊朗，伊拉克等以及美国大西洋岸等暖海地区。

96. 钝顶多管藻缠结变型　图 107　图版 XI：6

Polysiphonia ferulacea Suhr ex J. Agardh f. **implicata** Tseng, 1944, p.76-78. pl. III, figs. 4-7; Xiang Si-duan, 2004, p. 92.

模式标本产地：中国香港。

垫状密丛生，高 0.2~1 cm。基部有匍匐枝径 150 μm，匍匐枝的围轴细胞角端(或中部)常发生 1~3 条假根，被侧壁切隔，假根径 30~80 μm，长短不一，先端具盘状附着器。藻体中下部枝也多发生假根穿到附近的枝内，使枝条相互缠结。藻体基部径 200~300 μm，假两歧分枝或叉状互生使枝条屈曲不直，小枝基部不缢缩，多少四棱状，末位枝常钻形不等钳状，有的肥短粗钝。顶细胞钝圆。毛丝体在小枝顶细胞稍下 2、3 节开始发生，单或二次分叉，1/4 左旋，早落，因此，在一般枝端不见毛丝体，而痕细胞可见。围轴管 4，无皮层。关节短，关节长宽比小于 1 倍。四分孢子囊 4 或 5 个短螺旋状排列于末位枝上部，成熟后左右膨突，四分孢子囊球形，径约 70 μm。本变种为垫状密丛生，假根特别多，使枝与枝串联缠结，标本暗红褐色，镜下棕色。

习性：生长于中低潮带的岩礁上，常与珊瑚藻类长在一起。

产地：香港、福建、广东、海南岛。

本变型为我国特有。

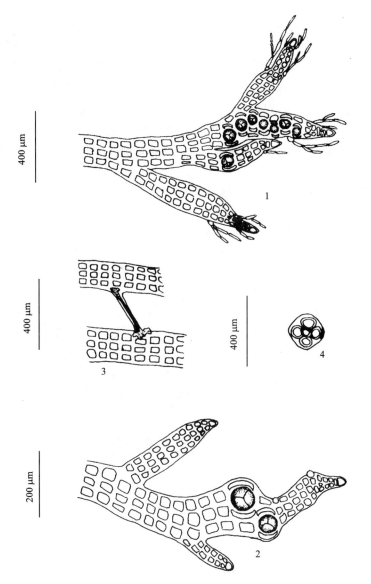

图 107　钝顶多管藻缠结变种 *Polysiphonia ferulacea* f. *implicata* Tseng (曾　香港 591)

1,2. 末位枝上的四分孢子囊；3. 枝间假根；4. 横断面。

Fig. 107　*Polysiphonia ferulacea* f. *implicata* Tseng (曾　香港 591)

1,2. Tetrasporangia on ultimate branch; 3. Rhizoid, connecting with each branch; 4. Transverse section of branch.

97. 六棱多管藻　图 108　图版 XI：7

Polysiphonia forfex Harvey, 1859, p1.96; Womersley, 2003, p.202, fig. 86D-G.

Polysiphonia forcipata Harvey, 1855 b, p.541 (non Kützing)(non Segi)(non J. Agardh).

Polysiphonia japonica Harvey var. *forfex* Harvey(=*Polysiphonia forfex* Harvey), Lee, In Kyu and Jae Won Kang, 1986, p. 324.

模式标本产地：澳大利亚罗特内斯特岛。

藻体直立，单生或 2~3 株聚生，高 0.8~1 cm，基部具盘状固着器，主枝近基部径约 180 μm，其上连续规则叉状分枝，分枝腋角大 90°~120°，末位枝腋角稍小 30°~60°，枝间距 15~30 节不等，末位枝先端尖，二者内弯呈剪刀状或钳状，顶细胞钝圆，枝端末见毛丝体及痕细胞。围轴管 6(偶见 8)个，无皮层，横断面六棱或四棱状。关节极短，关节长宽比为 0.5~0.2 倍，细胞排列整齐，围轴细胞小形近立方体状，关节间胶质丰富，使节与节间界线透明清晰，而中轴管的每个中轴细胞则紧密涵接。繁殖情况未见，按 Womersley 描述，囊果为亚球形到卵圆形，具短柄，精子囊枝由整个毛丝体形成，四分孢子囊螺列。

习性：附生在 *Zostera* 及其他大型藻体上。

产地：福建、广东。

国外分布：朝鲜半岛，澳大利亚西澳大利亚州。

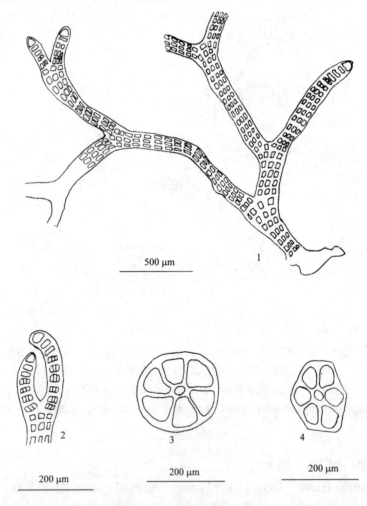

图 108　六棱多管藻 *Polysiphonia forfex* Harvey (福师大 65-9)
1. 藻体；2. 枝端；3,4. 横断面。

Fig. 108　*Polysiphonia forfex* Harvey (福师大 65-9)
1. Habit sketch of frond; 2. Tip of branch; 3,4. Transverse section.

98. 脆多管藻　图 109　图版 XII：3

Polysiphonia fragilis Suringar, 1867, p. 259; 1870, p.37, pl. 258; Okamura, 1929, p. 7, pl. 255;
　　1936, p.834; Segi, 1960, p.620; Silva, P. C., E. G. Menez and R. L. Moe, 1987, p. 69;
　　Yoshida, 1998, p. 1066, fig. 3-112E; Xiang Si-duan, 2004, p. 92; Sun Jianzhang, 2006, p. 61.

Polysiphonia forcipata sensu Segi, 1951, p. 251, f. 31, pl. 13, f. 1; Segawa, 1980, p. 112, pl. 67,
　　fig. 545.

模式标本产地：日本。

藻体高 4~5 cm。下有匍匐枝，每节自围轴细胞末端发生 1、2 条假根，被侧壁切隔，
假根径 30~80 μm，其末端具掌状附着器。上部枝与枝间亦有假根细胞串联。直立枝基部
径 240~330 μm，多次两歧分枝到两歧状互生分枝，下部分枝稀疏，上部稍密，呈亚伞房
状集聚，末位小枝直、长，顶端二叉，或一直一内弯，顶细胞钝圆，每节发生毛丝体，
1/5 开度排列，毛丝体常呈灰褐色。围轴管 5 个，无皮层，关节透明，细胞表面乳突状。

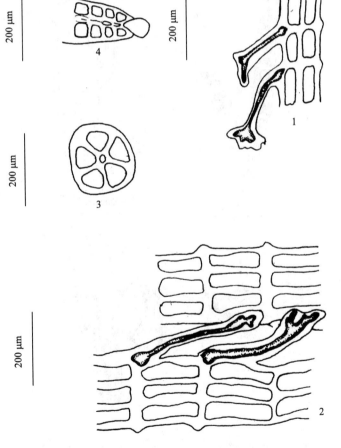

图 109　脆多管藻 *Polysiphonia fragilis* Suringar (浙普 57)

1,2. 上部枝间的假根；3. 横断面；4. 顶细胞。

Fig. 109　*Polysiphonia fragilis* Suringar　(浙普 57)

1,2. Rhizoid, connecting with branch; 3. Transverse section of branch; 4. Tip cell.

关节长宽比一般小于 1 倍，中部可为 0.7~1.5 倍，少数可为 2 倍。关节脆、易断。四分孢子囊 6、7 个螺旋状排列于末位小枝，连续或间断膨突，径约 70 μm。囊果卵形到宽椭圆形，长 350~400 μm，宽 200 μm，喙口宽 13 μm，具二节柄。藻体干后黑褐色，不完全附着于纸上，压片后细胞易分散。

习性：生于潮间带的岩礁上，常与珊瑚藻长在一起。

产地：浙江、福建。

国外分布：日本，菲律宾。

99. 纤细多管藻　图 110　图版 XII：4

Polysiphonia gracilis Tseng, 1944, p.74 pl.III, figs. 2-3; Xiang Si-duan, 2004, p. 92.

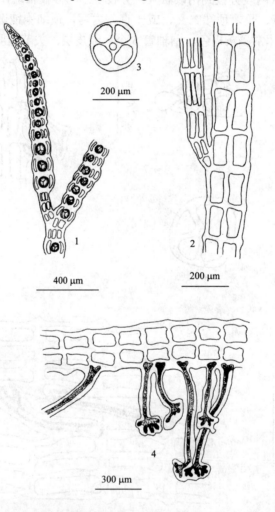

图 110　纤细多管藻 *Polysiphonia gracilis* Tseng (F 2152)
1. 四分孢子囊长螺旋列；2. 小枝基部狭隘；3. 枝横断面；4. 假根。
Fig. 110　*Polysiphonia gracilis* Tseng (F 2152)
1. Elongated tetrasporangial series; 2. Narrowed base part of branchlet; 3. Transverse section of branch;
4. rhizoid.

模式标本产地：中国香港。

藻体 3~6 cm 高，柔软纤细，基部匍匐枝径约 300 μm，假根自匍匐枝的围轴细胞角端或中部发生，被侧壁切隔，上部枝间亦有假根。直立枝互生分枝，基部关节略膨突，上部小枝特别细长，基部狭缢，先端渐尖，枝间距可达十余节，末位小枝先端有的呈不等长的二叉，顶细胞下 1~3 节之后发生毛丝体，毛丝体不分叉到 1 回分叉，痕细胞自顶至下部均明显。围轴管 4 个，无皮层。细胞扁短，关节长宽比为 1 倍或 0.5 倍，偶见 2 倍。

四分孢子囊长螺旋状排列于次末位枝，仅 1、2 个成熟，直径可达 90 μm。

习性：潮间带岩面淤泥上。

产地：广东、香港、福建等地。

本种为我国特有种。

100. 霍维多管藻　图 111　图版 XII：5

Polysiphonia howei Hollenberg in Taylor, 1945, p. 302, fig. 3; , 1958, p.64; 1968, p.203-204; Silva, P. C., E. G. Menez and R. L. Moe, 1987, p. 70; Silva, P. C., P. W. Basson and R. L. Moe, 1996, p. 541; Yoshida, 1998, p. 1066; Abbott, 1999, p.419, fig. 123A-B; Xiang Si-duan, 2004, p. 93.

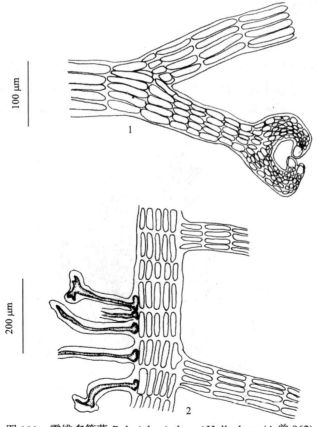

图 111　霍维多管藻 *Polysiphonia howei* Hollenberg (A 曾 962)
1. 小枝端钳状；2. 匍匐枝、假根、直立枝。

Fig. 111　*Polysiphonia howei* Hollenberg (A 曾 962)

1. Forked tip the branch; 2. Prostrate filament, rhizoids, erect filament.

Polysiphonia yonakuniensis Segi, 1951, p.257-259, pl.33, fig. 4.

Polysiphonia. yonakuniensis Menez, 1964, p.21, Text-fig. 33.

模式标本产地：巴哈马贝里群岛。

藻体垫状，丛生，1~2 cm 高。匍匐枝径 240 μm，其关节长宽比为 0.6~0.8 倍，自其围轴细胞的角端生出 1~3 条假根，被侧壁切隔，长 700 μm，宽 20~60 μm，先端直或具盘状附着器。匍匐枝向上以内起源方式发生直立枝，直立枝径 128~180 μm，下部分枝少，上部叉状到不规则互生分枝，枝间距不等，直立枝也常发生假根使枝间缠结，并且枝上常具短小不定枝，呈刺状突起或钩状。末位枝常钳状或二者相对内卷。顶细胞钝圆，毛丝体发达，1/4 螺列，2、3 回分叉，长可达 1200 μm，毛丝体基部细胞短，稍上细胞渐细长，径 10 μm，毛丝体常早落。围轴管 8~10~12 个，中轴管粗短，无皮层。关节短，长宽比为 0.5~0.8~1.5 倍。四分孢子囊螺列于末位枝上，径约 50 μm，球形。囊果长在末位长枝先端，幼时球形，成熟为坛状，长 360 μm，宽 300 μm，具宽口。干标本褐黑色，不完全附着于纸上。

习性：本种常生长于暖海潮间带岩石上或生于红树林植物的根及茎干部位。

产地：广东及海南岛。

国外分布：日本，新加坡，菲律宾以及美国夏威夷等地，是太平洋、大西洋、印度洋等暖海地区常见藻种。

101. 丛托多管藻　图 112，113　图版 XII：7

Polysiphonia morrowii Harvey, 1857, p.331; Kützing, 1864, v. 14, t. 47 a-c; Okamura, 1914, p. 104, pl. 127, figs, 1-8; Segi, 1951, p. 244, fig. 28, pl. 11, fig. 2; Noda, 1966, p. 82; Lee, In Kyu and Jae Won Kang, 1986, p. 325; Yoshida, 1998, p. 1069, fig. 2-112J; Xiang Si-duan, 2004, p. 90.

图 112　丛托多管藻 *Polysiphonia morrowii* Harvey (AST 55-198)

Fig. 112　*Polysiphonia morrowii* Harvey (AST 55-198)

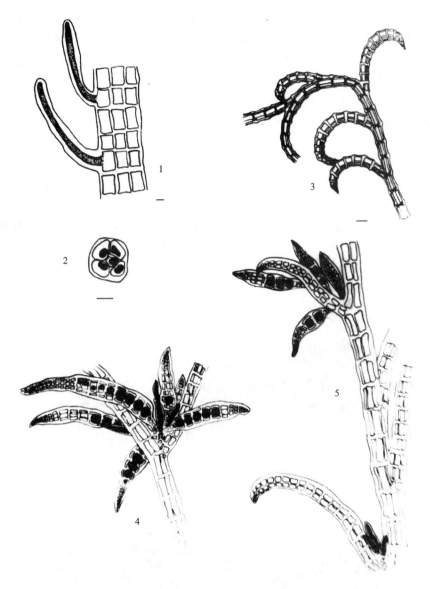

图 113　丛托多管藻 *Polysiphonia morrowii* Harvey (大连 81.6)

1. 假根；2. 横切面；3.小枝；4,5. 四分孢子囊枝。

Fig. 113　*Polysiphonia morrowii* Harvey (大连 81.6)

1. Rhizoids; 2. Transverse section of frond; 3. Branchlet; 4,5. Stichidia.

Orcasia morrowii (Harvey) Kylin, 1941, p.35.

模式标本产地：日本。

藻体丛生，直立，5~30 cm 高，基部具匍匐枝，其上直立枝基部径约 400 μm，匍匐枝及上部枝均具枝间串联的假根，假根径约 40 μm，长短不一，自围轴细胞角端向外突出，不被侧壁切隔。直立枝下部叉状或互生分枝，分枝稀疏，有的枝外弯钩状，上部小枝互生，复羽状排列，末位枝极短，使上部羽状枝外廓若细线状。分枝常为内起源，细胞排列整齐。小枝顶细胞先端具芒尖。毛丝体早落，通常不见，也未留下痕细胞。围轴管 4 个，无皮层。中下部关节长宽比为 4~5 倍，上部小枝及不定枝关节短。四分孢子囊 3 或 4 个着生于粗短梭形的四分孢子囊枝上，四分孢子囊枝 2 至多个丛生于末位小枝腋内。囊果坛状，具颈、宽口、短柄，形状大小与 *P. senticulose* 相似。干标本不附着于纸上。

习性：生长于低潮带岩面或石沼内。

产地：辽宁、山东。

国外分布：日本，朝鲜半岛。

102. 五旋多管藻　图 114　图版 XII：6

Polysiphonia richardsonii Hooker, 1833, p. 333; Harvey, 1849, p. 90, pl. 10; Kützing, 1863, pl. 83, figs. a-e; Segi, 1951, p. 253, pl. 13, fig. 2; Yoshida, 1998, p. 1070; Xiang Si-duan, 2004, p. 92.

Polysiphonia marchantae Setchell et Gardner, 1924, p.768, pl. 49a.

模式标本产地：英国(苏格兰)。

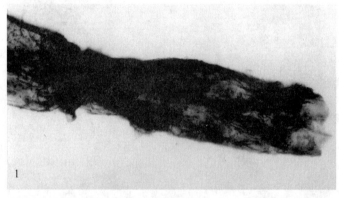

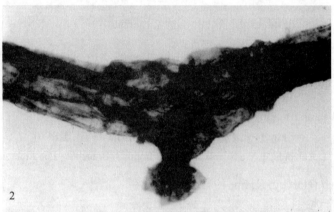

图 114　五旋多管藻 *Polysiphonia richardsonii* Hook. (Am. A. 157)
1. 围轴管螺旋状扭曲；2. 假根。

Fig. 114　*Polysiphonia richardsonii* Hook. (Am. A. 157)
1. Pericentral siphons spirally placed; 2. Rhizoids.

藻体 5 cm 高，近基部径 300 μm，叉状互生，主枝曲折，全株呈不规则圆锥状。主枝下部围轴管螺旋状扭曲，上部直，主枝下部每节或隔一节螺旋状着生不定小枝，1/5螺列；围轴管 5 个，中轴管细，无皮层。关节较长，近基部长宽比为 1.5 倍，中部为 2~3倍，末位枝为 2~1.5 倍。囊果球形，生于末位枝梢部，无柄。干标本暗红棕色。

习性：生于亚热带海域低潮带附近的岩礁上。

产地：浙江、福建。

国外分布：日本，英国(苏格兰)，美国加州。

103a. 岩生多管藻长节变种　图 115　图版 XIII：2

Polysiphonia scopulorum var. **longinodium** Xiang, 2004, p.91-92, fig. 2; Sun Jianzhang, 2006, p. 61.

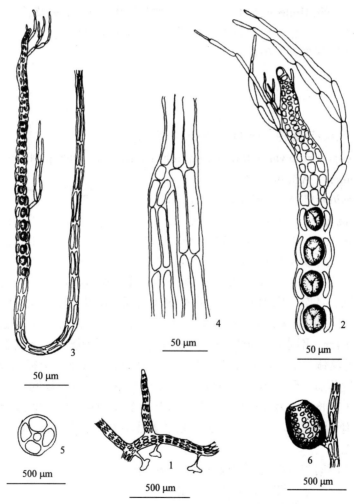

图 115　岩生多管藻长节变种 *Polysiphonia scopulorum* var. *longinodium* Xiang (79-X009)
1. 假根；2. 直立部上部；3. 四分孢子囊；4. 关节长度；5. 横断面；6. 囊果。
Fig. 115　*Polysiphonia scopulorum* var. *longinodium* Xiang (79-X009)
1. Rhizoid; 2. Apex of branch; 3. Tetrasporangia; 4. Length of articulation; 5. Transverse section; 6. Cystocarp.

模式标本产地：中国浙江嵊泗枸杞岛。

藻体高 1 cm，丛生，不呈垫状，纤细柔软，匍匐枝径(50)~70~100 μm，其关节长宽比为 0.5~1 倍，假根自围轴细胞中部向外突出，不被侧壁切隔，假根长 50~200 μm，径 20~30 μm，先端具盘状附着器。匍匐枝向上发生的直立枝，径仅 25~60 μm，在枝端 20 多节以下发生少数分枝。枝端第 5、6 节以下开始发生毛丝体螺旋状着生，可长达 450 μm，1 或 2 次分叉，其最下一节细胞径可达 8 μm，其余细胞径 1~2 μm。痕细胞大，直径 10~15 μm，排列不规则。匍匐枝上也可见痕细胞。围轴管 4 个，无皮层，关节长宽比基部及上部均小于 1 倍，中下部为 2~4 倍。四分孢子囊 10~50 个，长直列于枝的中上部，以 10~20 个为常见，有时略呈螺旋状，四分孢子囊直径 50 μm。囊果卵形，略偏侧膨突，长 290 μm，宽 120~210 μm，柄 1 节。精子囊枝由整个毛丝体原形成，长 70 μm，宽 15 μm，轮生或对生于枝端，顶端具 1 个不孕顶细胞，基部具 1 节柄细胞。本变种与 *P. scopulorum* var. *villum* (J. Agardh) Hollenberg 相近，但本变种非垫状，中下部关节长宽比可达 2~4 倍；后者长宽比为 1~2 倍；精子囊枝具 1 不孕顶细胞，可与后者区别。

习性：生于潮间带岩面积水处。

产地：浙江。

本变种为我国特有。

103b. 岩生多管藻绒毛变种　图 116　图版 XIII：1

Polysiphonia scopulorum var. **villum** (J. Agardh) Hollenberg, 1968, p.81; 1977, p.14

Polysiphonia villum J. Agardh, 1863, p.9 41.

Lophosiphonia villum (J. Agardh) Setchell et Gandner, 1903, p.329-330.

Polysiphonia scopulorum Harvey var. *villum* (J. Agardh) Hollenberg, 1968,m p. 81; 1977, p. 14; Silva, P. C., P. W. Basson and R. L. Moe, 1996, p. 545; Xiang Si-duan, 2004, p. 91.

模式标本产地：墨西哥太平洋岸。

藻体密集丛生呈垫状，高 0.3~0.8 cm。基部匍匐枝径 47~64 μm，其关节长宽比为 1~1.5 倍，匍匐枝每隔 2~4 节由围轴细胞中央向外突出假根，不被侧壁切隔，假根粗短，径约 30 μm，其先端不规则掌状分叉，径可达 100 μm。匍匐枝每隔 2~4 节向上发生直立枝，直立枝径 32~48 μm，不分枝或疏分枝，顶细胞钝圆。在顶细胞稍下 3 细胞之后每节发生 1~3 回分叉的毛丝体，呈 1/4 螺列，长可达 320~400 μm，最下一节径 15 μm，其上细胞细长，毛丝体脱落后，留下稍突出的痕细胞，径 15 μm，排列不规则。围轴管 4 个，无皮层，直立枝关节长宽比为 0.5~1 倍，中下部为 1~2 倍。四分孢子囊 10 余个，微螺旋状直长列，四分孢子囊球形，径 45~65 μm。精子囊枝不具不孕顶细胞。囊果卵形。藻体不完全附着于纸上。

习性：生于潮间带岩滩及岩沼或滨海养鱼池内。

产地：辽宁、山东、江苏、浙江、福建。

国外分布：日本，菲律宾，加拿大，美国，哥伦比亚，新西兰，广布于北太平洋及大西洋西部海区，印度洋。

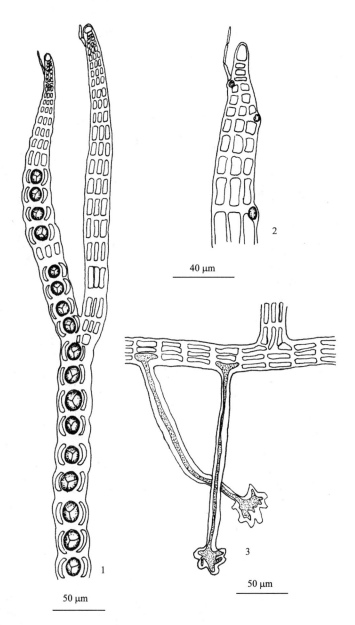

图 116　岩生多管藻绒毛变种 *Polysiphonia scopulorum* var. *villium* (Agardh) Hollenberg (F#59)

1. 四分孢子囊；2. 枝端示顶细胞、痕细胞；3. 假根。

Fig. 116　*Polysiphonia scopulorum* var. *villium* (Agardh) Hollenberg (F#59)

1. Tetrasporangia; 2. Tip of branch show the apex cell，scal cell; 3. Rhizoids.

104. 多管藻　图 117，118　图版 XIII：3

Polysiphonia senticulosa Harvey, 1862, p. 169; Segi, 1960, p. 616, pl. 30D,E, text-figs. 9-11; Noda, 1966, p. 82; Kudo and Masuda, 1988, p. 139, figs. 1-4, 8, 9; Yoshida, 1998, p. 1071, fig. 3-112c; Womersley, 2003, p. 180, fig. 79A-D; Xiang, Si-duan, 2004, p. 89; Sun Jianzhang, 2006, p. 61.

Polysiphonia urceolata (Lightfoot et Dillwyn) Greville, 1824, p.309.

Orcasia senticulosa (Harvey) Kylin, 1941, p.35.

Polysiphonia pungens Hollenberg, 1942, p.774, figs. 1,10.

P. formosa Suhr, 1831, p.709.

P. urceolata (Lightfoot) Greville, Tseng et al., 1983, p. 158, pl. 82, fig. 3.

Conferva urceolata Dillwyn, 1809, p.82.

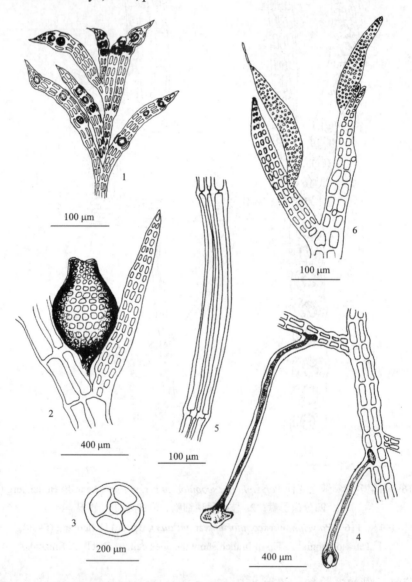

图 117　多管藻 *Polysiphonia senticulosa* Harvey (77-X-031)

1. 四分孢子囊枝；2. 囊果；3. 枝的横断面；4. 匍匐枝及假根；5. 一个中下部关节；6. 精子囊枝。

Fig. 117　*Polysiphonia senticulosa* Harvey (77-X-031)

1. Tetrasporic branchlet; 2. Cystocarp; 3. Transverse section of frond; 4. Prostrate branch and rhizoid;

5. Segment of mid-lower part; 6. Spermatangial branchlet.

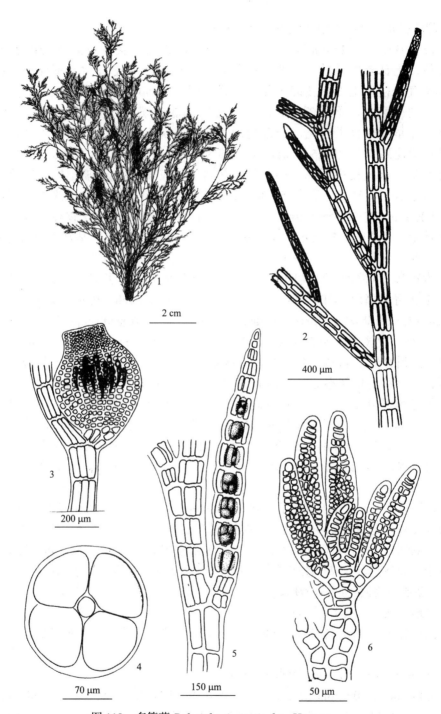

图 118　多管藻 *Polysiphonia senticulosa* Harvey

1. 藻体外形图(AST63-303)；2. 分枝(AST63-303)；3. 囊果(AST63-303)；4. 藻体横切面(AST63-303)；
5. 四分孢子囊小枝(AST63-303)；6. 精子囊小枝(AST82-133)。

Fig. 118　*Polysiphonia senticulosa* Harvey

1. Habit sketch of frond (AST63-303) ; 2. Branches (AST63-303); 3. Cystocarp (AST63-303); 4. Transection of frond (AST63-303); 5. Tetrasporangial branchlets (AST63-303); 6. Spematangial branchlets (AST82-133).

模式标本产地：美国华盛顿州 Orcas 岛。

藻体丛生，5~25 cm 高，基部具匍匐枝，其上直立枝基部径 150~270 μm，叉状分枝，上部互生分枝；一般分枝外起源，小枝及不定枝常为不典型内起源。匍匐枝及直立枝中上部在枝间多假根串联，假根径 40~70 μm，长短不一，自围轴细胞中央向外突出，不被侧壁切隔。小枝顶细胞先端具芒尖(幼枝亦可为钝头)，毛丝体仅在早春幼体上可见，一般情况下枝端均无毛丝体。围轴管 4 个，无皮层。关节长宽比近基部为 0.5~1 倍，中下部为 8~12 倍，末位枝为 0.5~0.3 倍。四分孢子囊产生于末位枝中下部，3~9 个成直列，或在 1 或 2 个腋生的短四分孢子囊枝上，四分孢子囊球状，直径 50~80 μm。囊果坛状具长颈，宽口缘浅缺刻，囊果长 450~600 μm，宽 320~500 μm，基部具短柄。精子囊枝由毛丝体原发育形成，椭圆状披针形，240 μm×50 μm，其先端具 1~3 个不孕顶细胞，基部具 1~(2)节的柄或柄不明显。

本种形态随株龄及环境而变化多端，因此被前人定了多种异名或变种、变型，早春 1~2 月份藻色鲜红、纤细，常被定为 *P. roseola* Arch. (*P. urceolata* f. *roseola* (C. Agardh) J.Agardh)及 *P. formosa* Harvey 或 *P. gracilis* Agardh 等；稍后长大，四分孢子囊产于一般枝上，常被鉴定为 *P. urceolata* Greville 或 *P. urceolata* f. *typical* Kjell.；到春夏之际藻色变深红，干标本呈黑褐色，枝较粗糙，下部枝延伸成钩刺状反曲，上部小枝及不定枝常内起源状，四分孢子囊产于长枝或腋生于 1 或 2 个粗短的四分孢子囊枝上，则常被鉴定为 *P. patens* Harvey 及 *P. senticulosa* Harvey 或 *P. urceolata* f. *patens* (Dillwyn) Harvey；到夏季不适生长的季节，藻体细小，高 0.5~5 cm，基部径 100~225 μm。干标本黑色的藻体，通常被鉴定为 *P. lepadicola* (Lyngby) Kützing 或 *P. urceolata* f. *lepadicola* (Lyngby) Segi，亦是本藻种在不良生长季节的季相。

习性：本种适生于亚寒带到亚热带北部海区，在北部较南部生长更繁茂，同时对海水透明度有一定要求，因此在浙江透明度较差的普陀、洞头，它们生长在中潮带上层岩沟内，嵊泗、中街山列岛可在中潮带下层及低潮带岩石上大片分布，黄、渤海的青岛在低潮带及潮下带岩石或其他底质上均大量生长。青岛除盛夏外各季均可生长，但春季较常见，2~5 月为繁殖期，浙江仅见于早春至初夏。

产地：辽宁、山东、浙江。

国外分布：美国阿拉斯加、Orcas 岛、加州等地，日本及朝鲜等海域。

105. 淡盐多管藻　图 119　图版 XIII：4

Polysiphonia subtilissima Montagne, 1840, p.199; Kützing, 1863, vol. 13, pl. 28, figs. a-e; Tseng, 1944, p.70, pl. 1; Taylor, 1937, p. 305; Lee, In Kyu and Jae Won Kang, 1986, p. 325; Silva, P. C., E. G. Menez and R. L. Moe, 1987, p. 71; Silva, P. C., P. W. Basson and R. L. Moe, 1996, p. 546; Abbott, 1999, p.430, fig. 128A; Womersley, 2003, p. 178, fig. 78F-I; Xiang Si-duan, 2004, p. 91.

Polysiphonia angustissima Kützing, 1864, p.17, pl. 47, figs. d-g.

Polysiphonia subtilissima var. *abbottiae* Hollenberg, 1968, p. 92.

模式标本产地：法属圭亚那。

藻体 2~5 cm 高，丛生，非胶质细毛状。下方匍匐枝径约 50 μm，关节处稍膨大，关节长宽比小于等于 1 倍，细胞壁较厚，其围轴细胞中部向外突出形成假根，不被侧壁切隔，假根径 40~70 μm，长约 400 μm，先端具宽瓣的盘状附着器，直径可达 300 μm。直立枝细长直上，直径常小于 100 μm，下部 1 或 2 次叉状分枝，上方枝互生，枝腋角小于 45°，枝间距 4~14 节，小枝细直，末位枝径 25~30 μm。顶细胞钝圆、大，无毛丝体，无痕细胞。围轴管 4 个。无皮层。关节长宽比基部小于等于 1 倍，中部为 1.5~2.5~3 倍，上部小于 1 倍。四分孢子囊 6~9 个在末位枝中部直列，成熟后左右膨突。干标本褐紫红色，干后不附着于纸上。

习性：常生于淡盐水环境或附生于大型藻体上。

产地：浙江、福建、广东、香港、海南省的西沙群岛。

国外分布：朝鲜半岛，美国，法属圭亚那，古巴，巴西，澳大利亚，印度洋，南非。

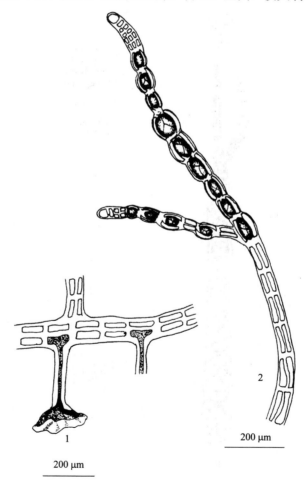

200 μm

200 μm

图 119　淡盐多管藻 Polysiphonia subtilissima Montangne (F65-14)
1. 假根；2. 具四分孢子囊的末位枝。

Fig. 119　Polysiphonia subtilissima Montangne (F65-14)
1. Rhizoids; 2. Tetrasporangia on ultimate branch.

106. 帚枝多管藻 图 120 图版 XIII：5

Polysiphonia tapinocarpa Suringar 1867, p. 259; 1870, p.37. pl.25A. figs. 1-11; Segi, 1951,
    p.254, text-fig. 32, pl.13, fig. 3; Yoshida, 1998, p. 1072.

    模式标本产地：日本相模。

    藻体单株直立，高 5 cm，在基部上面 1 cm 处主干径 260 μm，主干下部无分枝，距基部 2 cm 之后多次规则叉状分枝，腋角大，60°左右，枝间距 20 余节，再向上则小枝集聚成直立的帚状分枝，中部枝上偶见 1、2 不定枝，末位枝单生或不等两叉，顶细胞钝圆，大，其下一节即开始发生毛丝体，毛丝体单条或一次分叉，下有痕细胞。围轴管 8 个，未见皮层(Suringar 报道有皮层，而 Segi 则报道无皮层)。本种关节长宽比下部较大，主干中上部则为 1 倍，偶有 2 倍，关节处微凹。细胞内粒状色素体明显，看上去似细胞壁呈乳突状粒点。四分孢子囊在次末位枝上 10~20 多个直列，间断成熟，直径约 70 μm。

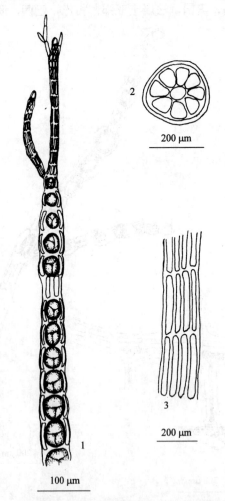

图 120　帚枝多管藻 *Polysiphonia tapinocarpa* Suringar (厦水院 No. 5)

1. 四分孢子囊；2. 主枝横断面；中部枝的关节。

Fig. 120　*Polysiphonia tapinocarpa* Suringar (厦水院 No. 5)

1. Tetrasporangia; 2. Transverse section of a principal branch; 3. The segments of middle filament.

干标本褐紫红色，镜下为棕色，不完全附着于纸上。

习性：生于海带养殖架上或低潮带下部的岩礁上。

产地：福建。

国外分布：日本。

107. 膨根多管藻　图 121　图版 XIII：6

Polysiphonia upolensis (Grunow) Hollenberg, 1968, p.94, fig.6D, 6E, 29, 35, 42; Silva, P. C., E. G. Menez and R. C. Moe, 1987, p. 71; Silva, P. C., P. W. Basson and R. L. Moe, 1996, p. 547; Abbott, 1999, p. 434, figs. 129D-G; Xiang Si-duan, 2004, p. 92.

Polysiphonia tongatensis var. *upolensis* Grunow, 1874, p.49

模式标本产地：西萨摩亚鸟波卢岛(Upolu, Western Samoa)。

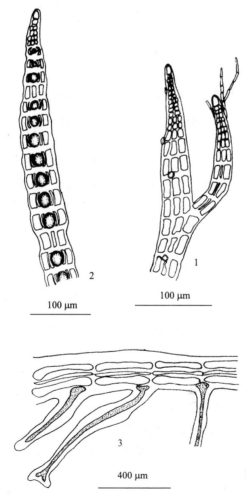

图 121　膨根多管藻 *Polysiphonia upolensis* (Grunow) Hollenberg (F#24)

1. 末位枝；2. 四分孢子囊；3. 假根。

Fig. 121　*Polysiphonia upolensis* (Grunow)Hollenberg (F#24)

1. Ultimatic branchlet; 2.Tetrasporangia; 3. Rhizoids.

藻体密丛生，高 2~3 cm，下部匍匐枝径 200 μm，自围轴细胞角端发生被侧壁切隔的假根，假根径 40~70 μm，中部膨大处直径可达 100 μm，先端具小形盘状附着器。直立枝近基部径 180~200 μm，上部枝一般径 120 μm，节处略膨突，分枝假二歧或叉状互生，上部枝间距大，10~20~(50)节，次末位小枝及末位小枝均细长，其基部稍缢缩，先端渐尖，末位小枝单出或不等叉状，一锥形基部径 39 μm，旁边一细内弯，基部径 24 μm。枝与枝间多假根串联，使枝密联。顶细胞钝圆，毛丝体在顶细胞下 3、4 细胞之后发生，单或分叉，1/4 左旋，早落，痕细胞明显稍突出。围轴管 4，无皮层。关节长宽相近，近基部长宽比为 0.5 倍，中下部为 1~1.5~2 倍，上部为 1~0.5 倍。四分孢子囊十多个在次末位及末位枝上，微螺旋状纵列，有间断，四分孢子囊球形，径约 60 μm。精子囊枝未见，按 Holl 描述由毛丝体原形成，具 1 或 2 个不孕顶细胞。干标本黑褐色，不附着于纸上，易自台纸上脱落。

习性：生于潮间带或潮下带的岩礁上或附生于大型藻体上。

产地：福建、广东。

国外分布：菲律宾，热带太平洋岛屿，印度洋的马尔代夫。

螺旋枝藻属 *Spirocladia* Børgesen

Børgesen, 1933, p. 14

藻体圆柱形，多为直立，轴变平卧或具有直立和匍匐两部分，不规则分枝，具有含色素体的永存的毛丝体，螺旋状排列在藻体的上部，藻体下部裸露；毛丝体分枝少或多。藻体全部被有皮层或仅基部具有皮层；中轴细胞外围 4 个围轴细胞。四分孢子囊螺旋地生长在毛丝体的孢囊枝内。精子囊托(头)圆柱状，混有不育的毛丝体丝。囊果生长在多管枝的侧枝上。

属的模式种为 *Spirocladia barodensis* Børgesen。

108. 印度螺旋枝藻　图 122　图版 II：5

Spirocladia barodensis Børgesen, 1933, p. 14, figs. 1-10; Abbott, 1999, p. 438, figs. 131A-B.

模式标本产地：印度。

藻体线形圆柱状，6~8 cm 高，基部有些错综缠结，形成几个直立的或平卧的轴，体下部次生的附着假根具有盘状末端；丝状体具皮层；不规则多次各方分枝，近基部的轴或枝径可达 747~813 μm，其余部位径 66.4~99.6~132.8~149.6~166~215.8~365.2 μm，越向上越细；藻体上部密被毛丝体，下部裸露；毛丝体是永存的，由单列、圆柱形细胞组成，细胞 56.1~75.9 μm 长，13.2~16.5 μm 宽，常在节处叉状分枝或不分枝。藻体玫瑰紫色，柔弱，膜质，制成的蜡叶标本完全附着于纸上。

藻体横切面观，主枝径 79.2 μm×72.6 μm，中央有明显的中轴细胞，径 23.1 μm×19.8 μm，外围 4 个较大的围轴细胞，胞径 33~39.6 μm×16.5~19.8 μm。单管枝横切面，径 33 μm×19.8 μm。生殖器官未发现。

习性：生长在低潮带岩石上。

产地：海南岛。

国外分布：印度，美国夏威夷，澳大利亚。

本种我们只采集两次，虽然没有采到生殖标本，但从藻体的外形及内部构造上看，它完全符合本属的特征，根据藻体的直径大小，它更接近于印度标本。

本属、种为我国首次报道。

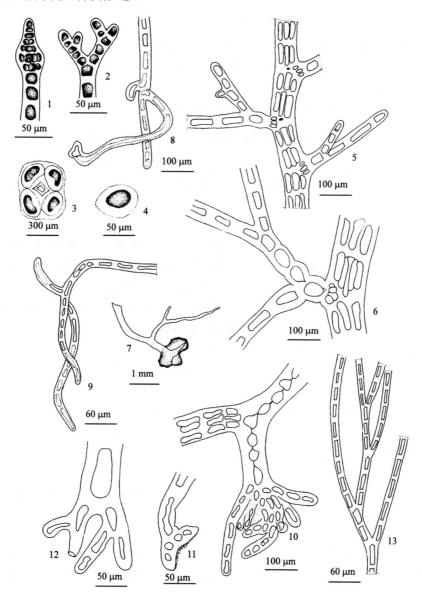

图 122　印度螺旋枝藻 *Spirocladia barodensis* Børgesen (AST60-7184)

1,2. 枝端；3. 主枝横切面；4. 单管枝横切面；5,6. 部分藻体表面观；7. 固着器(AST920308)；

8-12. 各类假根吸附器；13.部分毛丝体

Fig. 122　*Spirocladia barodensis* Børgesen (AST60-7184)

1,2. Apex; 3. Transection of main branch; 4. Transection of simple- siphon branch; 5,6. Surface view of part frond; 7. Holdfast(AST920308); 8-12 Various rhizoid haptera; 13. Part of trichoblasts.

斑管藻属 *Stictosiphonia* Harvey

Harvey in Hooker, 1845, p. 177

藻体由无限生长的匍匐部和直立部组成，匍匐枝的直径比直立的无限生长轴要细，轴为多管构造，围轴细胞(4~)5~7(~8)个，一个中轴细胞对 3~5 个围轴细胞，每个围轴细胞同时产生皮层，分枝有外生枝和内生枝。

精子囊群由最末小枝特化而成，果胞枝在特化的最末小枝内产生，囊果生于枝的近顶端，卵形或球形，具囊孔；四分孢子囊生于孢囊枝状的小枝上，每节形成(3~)4~5 个四分孢子囊，四面锥形分裂。

选定模式种：*Stictosiphonia hookeri* (Harvey) Harvey。

斑管藻属 *Stictosiphonia* 分种检索表

1. 藻体基部有一直立的粗壮的"茎"，围轴细胞正方形 ·························· 卡拉斑管藻 *S. kelanensis*
1. 藻体基部没有粗壮的"茎"，围轴细胞短，通常高是宽的一半 ·················· 缠结斑管藻 *S.intricata*

109. 缠结斑管藻　图 123，124

Stictosiphonia intricata (Bory de Saint-Vincent) Silva in Silva, P. C., P. W. Basson and R. L. Moe, 1996, p. 552; Yoshida, 1998, p. 1080; Womersley, H. B. S., 2003, p. 367, fig. 159.

Scytonema intricatum Bory de Saint-Vincent, 1829(1826-1829), p. 225.

Bostrychia intricate (Bory de Saint-Vincent) Montagne, 1852, p. 317; Tseng, 1943, p. 174, pl. I, figs. 4-5; Silva, P. C., E. G. Menez and R. L. Moe, 1987, p. 61.

Bostrychia hookeri Harvey in J. Hooker and Harvey, 1845, p. 269.

Stictosiphonia hookeri (Harvey) Harvey in J. Hooker, 1847, p. 483, pl. 186, fig. II.

Bostrychia mixta J. Hooker & Harvey, 1845, p. 270.

Bostrychia mixta J. Hooker & Harvey f. *inermis* Post, 1936, p. 7, 42.

Amphibian mixta (Hooker & Harvey) Kuntze, 1891, p. 881.

模式标本产地：福克兰群岛(Falkland Island)。

藻体约 12 mm 高，稀疏，远距，亚二叉状分枝；藻体下部枝径可达 240 μm，向上逐渐变细，顶端枝径 40~60 μm。顶端节片钻状，或多或不内弯。丝状体无皮层，多管构造，整体无节。围轴细胞表面观亚正方形到近六角形，高短于宽 1/3~1/2，每个中轴细胞对 4~6 个围轴细胞。体侧的附着器不规则的间距形成。

四分孢子囊枝顶生，膨大，枝约 531 μm 长，径 99~119 μm，四分孢子囊生于膨大处，近圆形或卵形，46.5~49.5 μm×33~52.8 μm 大小，四面锥形分裂；囊果及精子囊未见。

习性：和各种红树林沼地的藻类混生在潮间带覆盖有泥的岩石上。

产地：香港。

国外分布：日本，印度尼西亚，菲律宾，印度洋，大西洋。

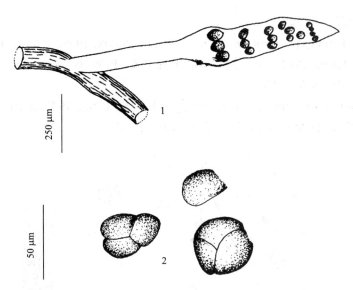

图 123　缠结斑管藻 *Stictosiphon intricata* (Bory de Saint-vincent) Silva (Tseng 27196)
1. 四分孢子囊小枝；2. 四分孢子囊。

Fig. 123　*Stictosiphon intricata* (Bory de Saint-vincent) Silva (Tseng 27196)
1. Tetrasporangial branchles; 2. Tetrasporangia.

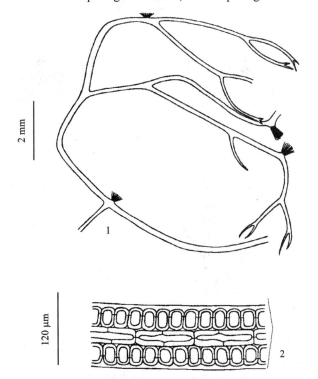

图 124　缠结斑管藻 *Stictosiphon intricata* (Bory de Saint-vincent) Silva (仿曾呈奎，1943)
1. 藻体的部分外形，示分枝和附着器；2. 藻体纵面观，示围轴和中轴细胞。

Fig. 124　*Stictosiphon intricata*(Bory de Saint-vincent) Silva (After Tseng, 1943)
1. Habit sketch of plant, showing branching and haptera; 2. Longitudinal section of a plant, showing pericentral and axial siphon cells.

110. 卡拉斑管藻　图 125

Stictosiphonia kelanensis (Grunow ex Post) King et Puttok, 1989, p. 48; Fujii, M. T., N. S.. cordeiro-Marino, 1990, p. 93, figs. 1-6; Silva, P. C., P. W. Basson and R. L. Moe, 1996, p. 553; Yoshida, 1998, p. 1081.

Bostrychia kelanensis Grunow ex Post, 1936, p. 20; C. K. Tseng, 1943, p. 169, pl. II, figs. 1-5; Silva, P. C., E. G. Menez and R. L. Moe, 1987, p. 62.

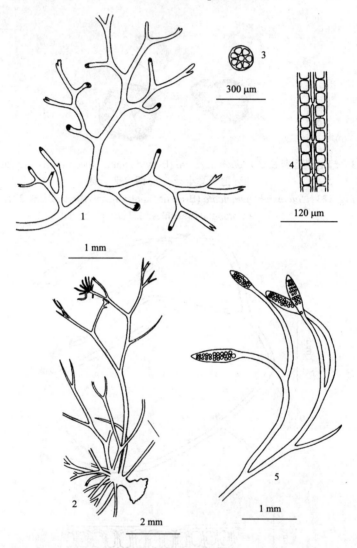

图 125　卡拉斑管藻 *Stictosiphon kelanensis* (Grunow ex Post) King et Puttok (仿曾呈奎，1943)

1. 成熟藻体上部，示附着器；2. 幼体外形图；3. 藻体横切面；4. 藻体纵面观，示围轴管和中轴管；5. 四分孢子体上部，示孢囊枝和孢子囊。

Fig. 125　*Stictosiphon kelanensis* (Grunow ex Post) King et Puttok (After Tseng, 1943)

1. Upper part of mature plant, showing haptera; 2. Habit sketch of a young plant; 3. Transection of frond; 4. Longitudinal section of frond, showing pericentral and axial siphon cells; 5. Upper part of a tetrasporangial plant, showing stichidia and sporangia.

模式标本产地：新几内亚岛(Kelana, New Guinea)。

藻体 0.5~0.8 cm 高，基部具盘状固着器，其上有一粗壮的"茎"，"茎"约 0.8 mm 长，0.4 mm 宽，它比主枝厚几倍，幼时，主枝自"茎"上对生；老时，螺旋生长，一个或多个主枝水平地伸出，作为匍匐茎，并与母体隔开一些自己固定在基质上，并且各产生一个"茎状轴"，自轴上同样再产生分枝，这样重复的结果就形成了一个分散的疏松的簇状体，但是每个个体还是清晰的，因为它们有"茎"的存在。主枝规则地反复地在一个面上亚叉状分枝。成熟的和发育较好的藻体通常十分规则地多回分裂——亚羽状的，有一强的之字形的轴，近"茎"的分枝径约 150 μm，向上逐渐变小，直至近顶端，径约 60 μm；附着器芽型的附着器官，在枝的顶端生有假根丝，假根丝无皮层，多管的且明显分节。节部很短，通常高比宽短 2.5~3 倍，围轴细胞近正方形或长稍短于宽，30 μm×30 μm；由较低位的 8 个变化到近顶端的 4 个，3 个围轴细胞对 1 个中轴细胞，中轴细胞长约 90 μm，宽约 10 μm。

四分孢子囊枝纺锤形，略膨胀，位于分枝的顶端，长 0.6~0.7 mm，径约 180 μm。孢囊枝顶端径 40~80 μm，基部径约 150 μm，茎部径 240~360 μm。四分孢子囊近圆形，径约 60 μm，四面锥形分裂。精子囊、囊果未见。

习性：生长在潮间带红树的树干或根上，或在隐蔽处有泥覆盖的潮间带红树林沼地的岩石上。

产地：福建厦门。

国外分布：日本，越南，菲律宾，印度尼西亚，澳大利亚，密克罗尼西亚群岛，印度洋。

鸭毛藻属 *Symphyocladia* Falkenberg

Falkenberg in Engler et Prant, 1897, p. 443

藻体大多匍匐，或者既匍匐又直立，有些轴上升成直立枝部；由基部平卧部分的假根固着基质；扁平窄带状，具有外倾的全缘或多裂的叶片，宽度往往不相同；相邻枝边缘愈合形成扁平的叶片，叶片浅裂或规则或不规则地分枝；叶片边缘全缘，细圆齿状，齿状或有裂片；所有轴都是多管的；横的围轴细胞加厚常形成中肋；愈合枝的中央轴丝表面观常常有明显的微细叶脉；体上部的侧枝有 4~6 个围轴细胞，较低部位的侧枝有 8~10 个围轴细胞，假围轴细胞偶尔能见到；有些种类具皮层。毛丝体生长沿着有限侧枝的边缘生长，常脱落，留有痕细胞。四分孢子囊直线排列，每个生殖节内形成一个孢子囊；精子囊群替代了毛丝体，呈螺旋状或二列式排列；囊果卵圆形，无柄，生长在侧生的小枝上。

鸭毛藻属 *Symphyocladia* 分种检索表

3. 藻体呈长椭圆形或倒卵形扁平叶片, 幅宽 3~5 mm(个别 1.5~2 mm) ⋯⋯ **苔状鸭毛藻 *S. marchantioides***

3. 藻体呈扁平细线状, 幅宽 1 mm 以下(干标本)⋯⋯⋯⋯⋯⋯⋯⋯⋯ **博鳌鸭毛藻 *S. boaoensis***

111. 博鳌鸭毛藻　新种　图 126　图版 II: 1

Symphyocladia boaoensis Xia et Wang sp. nov.

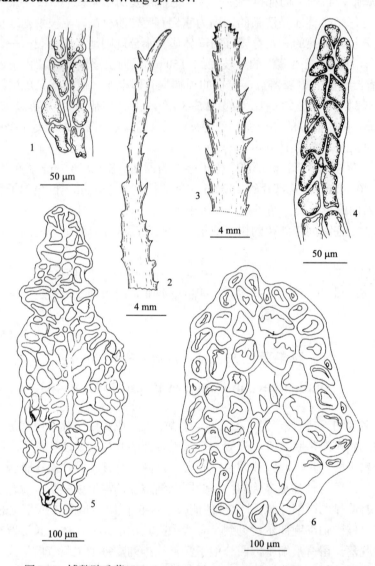

图 126　博鳌鸭毛藻 *Symphyocladia boaoensis* Xia et Wang sp.nov.
1. 藻体中上部部分横切面(AST57-6706); 2. 分枝末端逐渐变窄(AST57-6706); 3. 钝形的分枝末端(AST57-6741); 4. 藻体中上部边缘横切面(AST57-6706); 5. 藻体中肋处横切面(AST57-6741); 6 纤维根的横切面(AST57-6706)。

Fig. 126　*Symphyocladia boaoensis* Xia et Wang sp.nov.
1. Transection of the part of the mid-upper part of frond (AST57-6706); 2. The gradually tapering to point branching end (AST57-6706) ; 3. The obtuse branching end(AST57-6741); 4. Transection of the margin of the mid-upper part of frond(AST57-6706); 5. Transection of the midrib of frond(AST57-6741); 6. Transection of the fibrous(AST57-6706).

藻体非常纤细，线形扁平，8~12 cm 高，干标本径 1 mm 以下，浸泡后近基部径 1162~1195 μm，越向上越细，中部 1112~1162 μm，上部 714~747 μm；基部具纤维状根，固着于基质上。藻体没有及顶的主轴；体下部较宽处有中肋出现；8 或 9 次较规则的叉状分枝，多为二叉分歧，但在某些部位有三叉或四叉分歧，偶有互生现象；分枝基部一般不缢缩，但在个别互生分枝的基部变细，或分枝受损后再长新枝，此新枝基部变细，枝端渐细，顶端圆尖，或变得非常细长，可达 3~5 mm 长，顶端尖细。整体边缘两侧具有较规则分布的微小锯齿，肉眼不易看到，解剖镜下很清晰，锯齿刺状，基部宽，顶尖，长可达 216 μm。藻体褐黑色，膜质，质脆易碎，制成的蜡叶标本不完全附着于纸上。

藻体横切面观，体下部中肋部位较厚，238~277 μm，中央有 2 或 3 层较大的细胞，胞径 53~86 μm×33~46 μm，外围是 2 或 3 层小的皮层细胞，胞径 26~40 μm×13~20 μm；中肋两缘的叶片厚 73~83 μm，由 2 层细胞组成，胞径 23~33 μm×6.6~13 μm。纤维状根近圆形，横切面观圆形扁压，径 498~581 μm×398~432 μm，中央有明显的中轴细胞，径 112~152 μm×79~92 μm，用苯胺蓝着色呈深蓝色，外围是数层由大渐小的薄壁细胞，不规则近圆形、卵形或长卵形，33~106 μm×19.8~79 μm 大小。生殖器官未见。

习性：漂来。

模式标本产地：海南琼海博鳌港。主模式标本为 MBMCAS 57-6706，1957 年 11 月 11 日郑树栋采自我国海南琼海博鳌港。

本新种在藻体纤细特征上与线形鸭毛藻 Symphyocladia linearis (Okamura) Falkenberg 非常相似，但二者的主要区别在于分枝方式上有显著的不同，前者为较规则的二叉、三叉、四叉分枝，而后者则为典型的互生分枝；其次是前者没有及顶的主轴，而后者有明显的及顶的主轴，自主轴和主枝上羽状互生分枝；前者分枝稀疏，后者分枝密集。根据以上特点可以很容易区分二者。

112. 鸭毛藻　图 127　图版 II：2

Symphyocladia latiuscula (Harvey) Yamada, 1941, p. 215, Tseng and Li, 1935, p. 223; Xia, Xia and Zhang in Tseng (ed.) 1983, p. 160, pl. 83, fig. 2; Lee, In Kyu and Jae Won Kang, 1986, p. 325; Luan, 1989, p. 70, fig. 84; Yoshida, 1998, p. 1083, fig. 3-115A-C; Sun Jianzhang, 2006, p. 61.

模式标本产地：日本北海道函馆。

藻体直立，丛生，5~12 cm 高，细线形，1~1.5 mm 宽；固着器为纤维状的假根；藻体基部生有数条主枝，枝扁压，主枝两缘生有不规则数回互生羽状分枝，分枝下部长，上部短，因此藻体常呈塔式或扇形，枝及羽枝均为细线形，广开直生，枝端尖细，末位小羽枝多为细针状，互生，幼时顶端生有毛丝体，小羽枝多单条，但少数再生羽状次生小羽枝；中肋细微，在枝的宽的部分可见。暗紫黑色；厚膜质，脆而易断，制成的干标本不完全附着于纸上。

枝横切面观，中轴细胞外有 6~8 个围轴细胞，围轴细胞径 79~132 μm×66~105 μm，全体被皮层；皮层细胞小，40~46 μm×33~39.6 μm；髓胞壁较厚，16.5~19.8 μm；中肋在枝的宽处可见。

四分孢子囊枝由小羽枝形成，集生在枝上形成短的数回叉状分歧的孢囊枝，长 1~2 mm，枝宽 133~249 μm，顶端二裂，四分孢子囊排成两行，囊不规则圆形，径 46.2~79.2 μm，四面锥形分裂。多在秋季发现四分孢子囊。囊果近球形，径 400~560 μm，生长在羽状小枝的枝侧，纵切面观果孢子囊棍棒状，长可达 180 μm，具有很好的囊果被，果被由 2 或 3 层细胞组成，顶端有一开口。精子囊群生长在最末小枝的顶端，弯月形，色淡，精子囊小粒状。

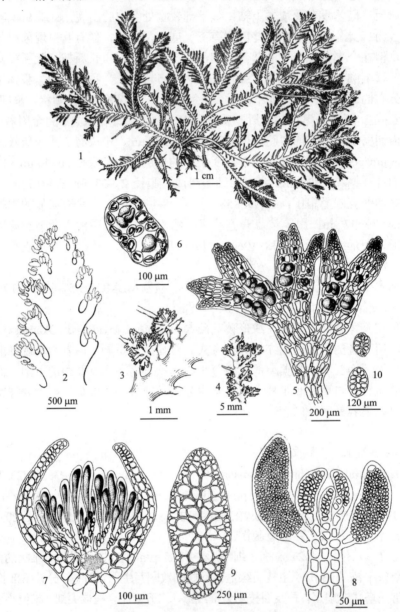

图 127　鸭毛藻 *Symphyocladia latiuscula* (Harvey) Yamada

1. 藻体外形图 (AST56-3994); 2,8. 精子囊小枝 (AST80-001); 3,5. 四分孢子囊小枝 (AST73-240);
4. 囊果小枝 (AST65-349); 6. 四分孢子囊小枝切面观 (AST73-240); 7. 囊果切面观 (AST73-349);
9. 主枝横切面 (AST73-349); 10. 小枝横切面 (AST73-349)。

Fig. 127　*Symphyocladia latiuscula* (Harvey) Yamada

1. Habit sketch of frond (AST56-3994); 2,8. Spermatangial branchlets (AST80-001); 3,5.Tetrasporangial branchlets (AST73-240); 4. Cystocarpic branchlets (AST65-349); 6. Transection of tetrasporangial branchlets (AST73-240); 7. Longitudinal section of cystocarp (AST73-349); 9. Transection of main branch (AST73-349); 10. Transection of young branch (AST73-349).

习性：生于低潮带岩石上或石沼中。5~6 月或 10~11 月成熟。

产地：辽宁、河北、山东、浙江。

国外分布：日本，朝鲜半岛。

113. 苔状鸭毛藻　图 128　图版 II：3

Symphyocladia marchantioides (Harvey) Falkenberg in Engler et Prant, 1897, p. 444; Xia, Xia and Zhang in Tseng (ed.) 1983, p. 160, pl. 83, fig. 3; Hang and Sun, 1983, p. 104; Lee, In Kyu and Jae Won Kang, 1986, p. 325; Luan, 1989, p. 70, fig. 85; Yoshida, 1998, p. 1083, fig. 3-115A-C; Womersley, H. B. S., 2003, p. 341, fig. 149A-E; Sun Jianzhang, 2006, p. 61.

Amansia marchantioides Harvey in Kooker 1855, p. 223.

模式标本产地：新西兰。

图 128　苔状鸭毛藻 *Symphyocladia marchantioides* (Harvey) Falkenberg

1. 藻体外形图 (AST1761a)；2. 图示四分孢子囊分布 (AST1761a)；3. 精子囊小枝 (AST57-2557)。

Fig. 128　*Symphyocladia marchantioides* (Harvey) Falkenberg

1. Habit sketch of frond (AST1761a); 2. Diagram of surface view, showing tetrasporangial distribution (AST1761a); 3. Spermatangial branchlet (AST57-2557).

藻体直立或平卧，3~6 cm 高，呈薄的扁平叶状，形态变异很大，宽的裂片 3~5 mm 宽，窄的裂片只有 1~2 mm 宽，体下部稍细，基部具匍匐茎状假根，固着于基质上；不规则羽状分枝，节片椭圆形或卵圆形，边缘生有不规则锯齿，并生出 1 或 2 次小裂片，其边缘也生有锯齿；藻体成长后，体下部大多有中肋出现；紫褐色，薄膜质，制成的干标本能附着于纸上。

藻体横切面观，中肋部位较厚，481~498 μm，中央有 2 或 3 层较大的细胞组成，胞径 86~106 μm×66~92 μm，外围是 2 或 3 层小的皮层细胞，胞径 26.4~40 μm×46~59 μm；中肋两缘的叶片厚 86~106 μm，由 2 层长柱形或长方形细胞组成，胞径 26.4~37 μm×73~125 μm。

四分孢子囊群丛生于藻体上部两缘，孢子囊连成一纵列，四分孢子囊不规则卵圆形或近圆形，囊径 59~118 μm×66~118 μm，四面锥形分裂。囊果未见。精子囊群长椭圆形，生于上部枝缘。

习性：生于大干潮线附近岩石上，或附生在其他藻体上。

产地：辽宁、山东、浙江。

国外分布：日本，朝鲜半岛，新西兰，澳大利亚。

114. 小鸭毛藻　图 129，130　图版 II：4

Symphyocladia pumila (Yendo) Uwai et Masuda, 1999, p. 125.

Pterosiphonia pumila Yendo, 1920, p. 7.

Symphyocladia pennata Okamura, 1923, p. 186, pl. 196, f. 7-9, pl. 197, f. 9-13; Hang and Sun, 1983, p. 104; Lee, I. K. and J. W. Kang, 1986, p. 325；Sun Jianzhang, 2006, p. 61.

藻体生长在岩基上或其他大型藻体上，约 1 cm 左右高，由匍匐轴和外倾轴组成，扁平膜质丝状；匍匐轴及其分枝的腹面产生许多假根附着于基质上；假根是不定的，单细胞，由围轴细胞远轴分割而成。两轴都在 1 个或 2 个节部的间隔处形成 3~5 次的互生或二列侧枝，枝端渐尖或急尖；藻体淡到深红色，柔质，枝脆易破，制成的蜡叶标本较好地附着于纸上。

藻体横切面观，中央有明显的中轴细胞，近圆形，径 23~50 μm×23~46 μm，外围有 9~11 个围轴细胞，胞径 19.8~29.7 μm×19.8~23.1 μm，轴宽 448~664 μm，厚 79~158 μm；无皮层。

四分孢子囊生长在外倾轴的侧小枝上，每个节部产生一个，排列成一列，孢囊枝略膨胀，成熟的四分孢子囊圆形或椭圆形，径 46~59 μm×53~66 μm，四面锥形分裂。精子囊群生长在侧枝的顶端，弯月形，79~231 μm 长，19.8~73 μm 宽，色淡，精子囊小粒状。囊果未发现。

习性：生长在中、低潮带石沼中，附生在其他藻体上。

产地：浙江。

国外分布：日本，朝鲜半岛。

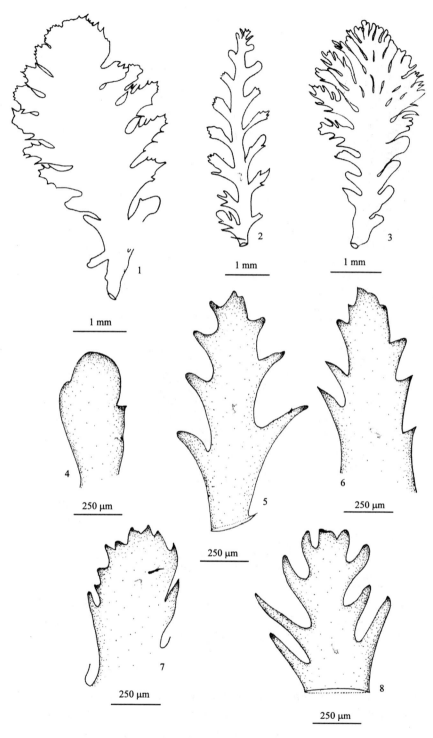

图 129　小鸭毛藻 *Symphyocladia pumila* (Yendo) Uwai et Masuda (AST59-3552)
1-3. 藻体外形图；4-8. 小枝外形图。

Fig. 129　*Symphyocladia pumila* (Yendo) Uwai et Masuda (AST59-3552)
1-3. Habit sketch of frond; 4-8 Habit sketch of branchlets.

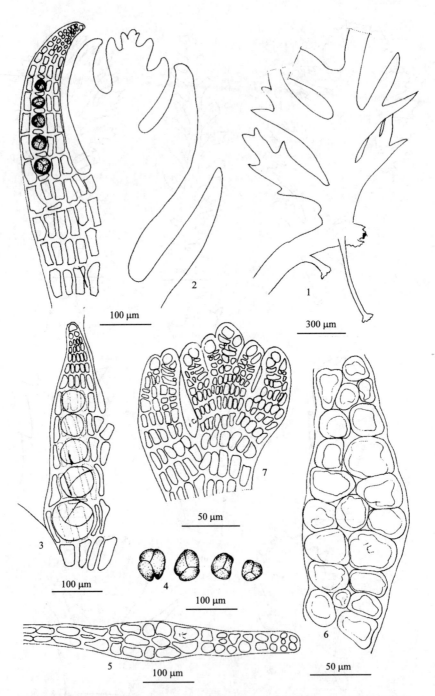

图 130　小鸭毛藻 *Symphyocladia pumila* (Yendo) Uwai et Masuda (AST59-3552)

1. 假根；2.四分孢子囊小枝；3. 四分孢子囊小枝(64-4099)；4. 四分孢子囊；5. 藻体横切面，示叶缘部
分；6. 藻体中部横切面，示中轴细胞；7. 小枝顶端细胞(63-4099)。

Fig. 130　*Symphyocladia pumila* (Yendo) Uwai et Masuda (AST59-3552)

1. Rhizine; 2.Tetrasporangial branchlets; 3. Tetrasporangial branchlets (AST634099); 4. Tetrasporangia;
5. Transection of frond, showing the margin of frond; 6. Transection of middle part of frond, showing the
central cell; 7. The apical cells of branchlets (63-4099).

球枝藻属 *Tolypiocladia* Schmitz

Schmitz in Engler et Prantl, 1897, p. 441

藻体自匍匐的基部直立，利用单细胞的假根固着，多管构造；围轴细胞4个，每个节片以 1/4 的螺旋式产生短的有限的侧枝；不分枝的无色的毛丝体很快地在有限的侧枝上脱落；有些种类具有网结的有限侧枝形成海绵状植物体；在不规则的部位无限的侧枝替代了有限侧枝；假根很多，单个或簇生，在不规则的部位从有限的侧枝围轴细胞处产生。生殖节片在有限侧枝内单个或呈近轴排列，每个节片产生一个四分孢子囊。精子囊群替代了毛丝体，卵球形，常常有顶生的不育细胞。囊果单个，卵球形，生长在有限侧枝上。

属的模式种：*Tolypiocladia glomerulata* (C. Agardh) Schmitz。

球枝藻属 *Tolypiocladia* 分种检索表

1. 最末刺状小枝彼此网结成一规则的连续的海绵状网，围绕在主枝及分枝的周围 ·· 美网球枝藻 *T. calodictyon*
1. 刺状小枝不形成网结·· 球枝藻 *T.glomerulata*

115. 美网球枝藻

Tolypiocladia calodictyon (Harvey ex Kützing) P. Silva, 1952, p. 308; Isaac, 1968, p. 5; Dawson, 1956, p. 58, fig. 62; Fant et al., 1975, p. 50; Silva, P. C., E. G. Menez and R. L. Moe, 1987, p. 71; Silva, P. C., P. W. Basson and R. L. Moe, 1996, p. 554.

Polysiphonia calodictyon Harvey ex Kützing, 1864, p. 16, pl. 46, figs. a-c.

Roschera calodictyon (Harvey ex Kützing) Weber-van Bosse, 1923, p. 359, pl. X:figs. 6-8.

模式标本产地：汤加(Tonga)。

我们没有采到和看到本种的标本，只是根据樊恭炬等(1975) "金银岛及其附近几个岛礁的海藻名录"中的记载而收编的。

产地：海南省的西沙群岛。

国外分布：印度尼西亚，马绍尔群岛，印度洋。

116. 球枝藻 图 131 图版 II：7

Tolypiocladia glomerulata (C. Agardh) Schmitz in Engler et Prantl, 1897, p. 442; Dawson, 1954, p. 59 b,c; Zhang and Xia, 1979, p. 37, pl. I:3, fig. 144; Silva, P. C., E. G. Menez and R. L. Moe, 1987, p. 71; Silva, P. C., P. W. Basson and R. L. Moe, 1996, p. 554; Yoshida, 1998, p. 1086, fig. 3-112K,L; Abbott, 1999, p. 442, fig. 132F-H.

Hutchinsia glomerulata C. Agardh, 1824, p. 158.

Polysiphonia glomerulata (C. Agardh) Sprengel, 1827, p. 350.

Vertebrata glomerulata (C. Agardh) Kuntze, 1891, p. 928

Roschera glomerulata (C. Agardh) Weber-van Bosse, 1913, p. 125; Tseng, 1937, p. 249.

模式标本产地：澳大利亚西海岸沙克湾。

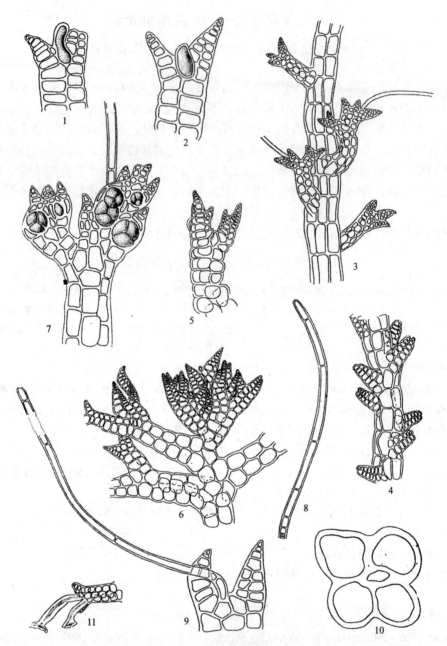

图 131 球枝藻 *Tolypiocladia glomerulata* (Agardh) Schmitz (仿张峻甫，夏邦美，1979)

1,2. 小枝顶端；3. 藻体的一部分；4. 单条不分枝的最末小枝；
5. 分枝的最末小枝；6. 分歧复杂的最末小枝即星状枝；7. 四分孢子囊枝；8,9. 枝端生长的毛丝体；
10. 藻体的横切面，示一个中轴及四个围轴；11. 枝端形成单细胞的假根附着器。

Fig. 131 *Tolypiocladia glomerulata* (Agardh) Schmitz (After Zhang and Xia, 1979)

1,2. Apex of branclets; 3. Part of frond; 4. Simple ultimate branchles; 5. Branching ultimate branches;
6. Compound branching ultimate branch (Stellate branches); 7. Tetrasprongial branches; 8, 9. Trichoblasts;
10. Transection of frond, showing axes cell and pericentral cells; 11. Rhizoid haptera of simple cell on the
apex of branch.

藻体直立，丝状，错综缠结成一团块，10~20 cm，附着在珊瑚砂粒或其他藻体上，暗红褐色，膜质，制成的蜡叶标本能较好地附着于纸上。主枝和分枝由 1 个中轴细胞和 4 个围轴细胞组成，主枝径 0.36~0.39 mm，细胞长圆柱形，一般长 0.25~0.44 mm，宽 0.13~0.18 mm；在主枝上不规则地互生分枝，主枝及分枝上四面螺旋生长有短的末枝，末枝单条，或叉分，或形成复杂的星状枝，星状枝顶端歧分一些圆锥状、顶端尖的小枝，星状枝顶端中央有时生出长的单细胞的丝体，丝径 65~97 μm，其顶端形成盘状吸附器，借以固着于其他物体上；藻体星状枝顶端中央生有很长的无色毛丝体，丝径 16~23 μm。

四分孢子囊生长在最末小枝上，四面锥形分裂，囊径 64~96 μm。有性生殖器官未发现。

习性：生长在礁平台低潮线下 1 m 左右的珊瑚礁石或砂粒上，或其他藻体上。

产地：海南省东沙群岛、西沙群岛、海南岛。

国外分布：日本，越南，菲律宾，印度尼西亚，加罗林群岛，所罗门群岛，澳大利亚，印度，斯里兰卡，毛里求斯，美国夏威夷群岛。

旋叶藻属 *Osmundaria* J.V. Lamouroux

J.V. Lamouroux 1813: 42.

藻体直立，多分枝，具有扁平的叶状分枝及背腹面，顶细胞的末端向枝的腹面内卷；没有毛丝体或存在轴的背部；多管构造，有 5 个围轴细胞，2 个背部的假围轴细胞，有些围轴细胞纵分裂，结果丝状体融合形成侧翼；轴和翼具皮层，轴的皮层常变成较厚的并且形成分离的互生脉或中肋；内生的分枝形成侧生的细微脉，末端形成边缘的锯齿；外生的分枝形成翼的边缘，或表面或中肋；在背部不育节片上有毛丝体或痕细胞。

四分孢子囊的孢囊枝生长在锯齿上或外生的叶或中肋的表面，每节 2 个孢子囊。精子囊群卵球形或圆球形。囊果球形，具有多管的柄，生长在锯齿上或不定枝的小枝上，替代了毛丝体。

选定模式种为 *Vidalia spiralis* (Lamouroux) Laxmouroux ex J. Agardh。

117. 旋叶藻

Osmundaria obtusiloba (C. Agardh) R.E. Norris, 1991, p. 14, figs. 9, 21; Abbott, 1999, p. 406, fig. 119D-G.

Vidalia obtusiloba (Mert. ex C. Agardh) J. Agardh, 1863, p. 1123; Okamura, 1931, p. 117; Shen and Fan, 1950, p. 348; Yoshida, 1998, p. 1087, fig. 3-112M.

Rytiphlaea obtusiloba Mertens ex C. Agardh, 1824, p. 161.

Sphaerococcus maximiliani Martius, 1828, p. 8

模式标本产地：巴西(Brasil)。

根据记录(Okamura, 1931, Shen and Fan, 1950)产于我国台湾红头屿。

国外分布：日本，大西洋。

英文检索表

Key to the genera of Rhodomelaceae

1. Thalli parasitic algae ·· 2
1. Thalli not parasitic algae ··· 3
  2. Thalli are parasitic on *Laurencia*. sp. ······································· *Janczewskia*
  2. Thalli are parasitic on *Chondria* sp. ·· *Benzaitenia*
3. Thalli epiphytic on the other algae, some with indeterminate prostrate axes and determinate
   erect axes, or dorsiventral ··· 4
3. Thalli not epiphytic, independent ··· 10
  4. Apices inrolled ··· 5
  4. Apices not inrolled ··· 7
5. Thalli cylindrical, main axes with 3 determinate branches between successive 2 indeterminate
   branches, regular alternation of determinate and indeterminate branches, generally a branch on every
   segment ·· *Herposiphonia*
5. Thalli filaments, cylindrical or compressed, branching bilateral, sometimes irregular, with haptera ············· 6
  6. There are 2-10 pericentral cells to each central siphon cell, the apical portions are
    more or less monosiphonous ·· *Bostrychia*
  6. There are 3 pericentral cells to each central siphon cell ·············· *Stictosiphonia*
7. Terminated by trichoblast ··· 8
7. Terminated not by trichoblast ·· *Pterosiphonia*
  8. Trichoblast simple, unbranch ··· *Tolypiocladia*
  8. Trichoblast dichotomous branch ·· 9
9. Indeterminate axes terete, determinate branches flattened as wings, regularly alternate on
   the dorsi-lateral of axes, from one side to another side ··················· *Leveillea*
9. Erect terete determinate branches on the terete indeterminate branches ········· *Lophosiphonia*
  10. Thalli flattened ··· 11
  10. Thalli terete ·· 14
11. Thalli with stalk on the base ·· 12
11. Thalli without stalk on the base ·· 13
  12. Apices of blades inrolled, usually gather into roseform ···················· *Amansia*
  12. Apices of blades depressed in heart-shaped ······························· *Neurymenia*
13. Thalli mostly erect, with a holdfast at base, apices of blade markedly inrolled ········· *Osmundaria*
13. Thalli mostly prostrate or prostrate and erect, adthering root at many points, apices of blade uninrolled ·······
   ··· *Symphyocladia*
  14. Thalli with spines or spinous branchlets ···································· 15
  14. Thalli without spines or spinous branchlets ······························· 16
15. 4 pericentral cells, stichidia with the stalk of simple cell, tetrasporangia arranged in spiral ··············
   ··· *Endosiphonia*
15. 5 pericentral cells, stichidia without the stalk of simple cell, tetrasporangia arranged not in spiral, with
   several of per segment ··· *Acanthophora*

16. Apices of frond depressed ·· 17

16. Apices of frond not depressed ·· 18

17. Axis segments with four pericentral cells·· *Laurencia*

17. Axis segments with two pericentral cells, epidermal cells of branchlets neither elongated radially nor arranged as a palisade in transaction ··· *Chondrophycus*

17. Axis segments with two pericentral cells, epidermal cells of branchlets elongated radially and arranged as a palisade in transaction·· *Palisada*

18. Thalli corticated··· 19

18. Thalli ecorticate ·· 24

19. The lower part of frond with short stalk, usually gather together, apices of branches form a hollow ovate or pear-shaped cysts··· *Acrocystis*

19. the lower part of frond without short stalk, apices of branches not form a hollow cysts ·················· 20

20. Thalli densely with branchlets ·· 21

20. Thalli with a few branchlets··· 22

21. Thalli densely with hair-shaped branchlets, the upper of branch as for-brush, 8-10 pericentral cells ············ ·· *Digenea*

21. Thalli densely with short and slender indefinite branches, 6 pericentral cells······················ *Neorhodomela*

22. Thalli erect, branches radially arranged ·· 23

22. Thalli basic prostrate, upper parts erect, dichotomous branching, tetrasporangia whorled of 4················ ·· *Murrayella*

23. Spermatangial sori in flat disks ··· *Chondria*

23. Spermatangial sori terete ·· *Spirocladia*

24. Carpogonial branch consisting of 3 cells, spermatangial branched arise from a branch of the trichoblasts, tetrasporangia are arranged in spiral series ··· *Neosiphonia*

24. Carpogonial branch consisting of 4 cells, spermatangial branches arise from lateral branch initials, tetrasporangia are arranged in straight series on determinate branches······························· *Polysiphonia*

Key to the species of *Acanthophora*

1. Thalli small, less than 2.5 cm high ·· *A. aokii*

1. Thalli large, more than 5 cm high ·· 2

2. Thalli coarse, to 2-3 mm in diameter, loosely branched ·· *A. spicifera*

2. Thalli slender, about 1 mm or less, densely branched ·· *A. muscoides*

Key to the species of *Bostrychia*

1. Thalli ecorticate·· 2

1. Thalli corticate ·· *B. tenella*

2. Thalli with monosiphonous ramuli ·· 3

2. Thalli without monosiphonous ramuli ·· *B. radicans*

3. Thalli with regular monosihonous ramali and more abundant branching····························· *B. hongkongensis*

3. Thalli only remain a short monosiphonous ramuli in the tips ································· *B. simpliciuscula*

Key to the Species of *Herposihonia*

1. Determinate axes branch on the upper part ·· *H. ramosa*

1. Determinate axes simple, unbranch··· 2

2. Branches not bifarious ·· 3

2. Branches bifarious or subbifarious ··· 4

3. Indeterminate and determinate branches arrangement irregularly ··············· *H. insidiosa*

3. Indeterminate and determinate branches arrangement regularly ······················· 5

    4. Determinate branches complanate foliose ···································· *H. fissidentoides*

    4. Determinate branches cylindrical elliptic ······························· *H. subdisticha*

5. The diameter of determinate axes graduate increase from low to upper parts, the numbers of pericentral cells distinct vary, 6-8 cells at the base, 11-13 cells on the apex ················ 6

5. The diameter of determinate axes near same, pericentral cells without distinct vary ················ 7

    6. Main axes without uncovered segment ·································· *H. hollenbergii*

    6. Main axes with uncovered segment ························ *H. hollenbergii* var. *interrupta*

7. Main axes without uncovered segment ····································· 8

7. Main axes with uncovered segment ··· 12

    8. Determinate branches with 12-14(1-15)segments ·············· *H. pecten-veneris*

    8. Determinate branches more than 15 segments ····························· 9

9. Determinate branches not curled near apices ·························· *H. caespitosa*

9. Determinate branches frequently curled near apices ··························· 10

    10. Cystocarps in the terminal of segments of determinate branches ··············· 11

    10. Cystocarps in the basal of segments of determinate branches ··············· *H. basilaris*

    10. Cystocarps in the terminal and basal segments ················ *H. fujianensis*

11. The length more than wide of indeterminate branches ····················· *H. parca*

11. The length near wide of indeterminate branches ························ *H. tenella*

    12. The length of segment as 1.5-2.3 times of diameter, pericentral cells 10(-11) ·········· *H. secunda*

    12. The length of segment as (0.8)-1-1.3 times of diameter, pericentral cells 8(-9) ············ *H. delicatula*

Key to the Species of *Chondria*

1. Thallus cylindrical ·· 2

1. Thallus cylindrical to complanate ·· 7

    2. The branches of frond with haptera here and there ······················· 3

    2. The branches of frond without haptera ·································· 4

3. Thallus with developed pinnate branches, epiphytic on the sands or mud rocks ·············· *C. hapteroclada*

3. Thallus without developed pinnate branches, branching 1-3 orders, epiphytic on *Sargassum* sp. ············

·· *C. xishaensis*

    4. Branchlets clavate ·· 5

    4. Branchlets not clavate ··· 6

5. Branches curled, secund ··· *C. repens*

5. Branches irregularly ·· *C. dasyphylla*

    6. Thallus tree branched, up to 4 cm high, holdfast rhizoid, with short and firmed branched stem ···············

·· *C. armata*

    6. Thallus not tree branched, up to 25 cm high, holdfast disc, and with creeping stem ··········· *C. tenuissima*

7. Thallus larger, more than 10 cm high ······································· *C. crassicaulis*

7. Thallus small , less than 2 cm high ··· 8

    8. Branches less than 0.5 mm diameter ······························· *C. expansa*

    8. Branches more than 0.5 mm diameter ······························ *C. lancifolia*

Key to the species of *Chondrophycus*

1. Superficial cortical cells of branch prolonged radiately and arranged palisade-like ································ 2
1. Superficial cortical cells of branch neither prolonged radiately nor arranged palisade-like ··············· 4
    2. Lenticular thickenings present in the walls of medullary cells ······························· *C. paniculatus*
    2. Lenticular thickenings absent in the walls of medullary cells ·· 3
3. Thalli composed a large mass ·· *C. concreta*
3. Thalli caespitose, erect branches up to 15 cm high ·· *C. palisada*
    4. Tetrasporangia arranged parallel ··· 5
    4. Tetrasporangia arranged perpendicularly ··· 6
5. Thalli cylindrical, verticillate branching ··· *C. verticillata*
5. Thalli compressed, alternate-dichotomous branching ······························ *C. kangiaewonii*
    6. Superficial cortical cells projecting distinctly at apex of branchlets ············ *C. cartilaginea*
    6. Superficial cortical cells not projecting at apex of branchlets ································· 7
7. Thalli compressed completely excepting for its lower part and ultimate branchlets ·············· *C. undulata*
7. Thalli cylindrical or slight subcylindrical partly ··· 8
    8. Thalli cylindrical, with articulate, lenticular thickenings present ··················· *C. articulate*
    8. Thalli usually cylindrical, slightly compressed of upper part, without articulate, lenticular thickenings absent ·· *C. zhangii*

Key to the species of *Palisada*

1. Cells of adjacent filaments without the secondary pit-connections, superficial cortical cells not projecting of ultimate branches ··· 2
1. Cells of adjacent filaments with the secondary pit-connections, superficial cortical cells projecting of ultimate branches ··· *P. parvipapillata*
    2. Thalli with bow main branch and second branches ······························· *P. surculigera*
    2. Thalli without bow main branch and second branches ··· 3
3. Lenticular thickenings present in the walls of medullary cells ······································· 4
3. Lenticular thickenings absent in the walls of medullary cells ······································· 5
    4. Apices of branch showing capitate or tuberculate ······································· *P. jejune*
    4. Apices of branch closely set producing flabellately cymose ······················· *P. longicaulis*
5. Thalli with dense mammilliform branchlets ·· *P. papillosa*
5. Thalli without mammilliform branchlets ··· 6
    6. Thalli cartilaginous, harder, cystocarp oval, adhering not easy to paper on drying ··········· *P. intermedia*
    6. Thalli cartilaginous, not hard, cystocarp urceolate with long neck, adhering easy to paper on drying ·······
    ·· *P. capituliformis*

Key to the species of *Laurencia*

1. Thalli compressed, branching bilaterally ··· 2
1. Thalli cylindrical or compressed partly, not branching bilaterally ································· 3
    2. Ultimate branchlets with almost same length, arranged tightly ··················· *L. brongniartii*
    2. Ultimate branchlets without same length, arranged loosely ···························· *L. pinnata*
3. Lenticular thickenings present at medullary cells wall of thalli ····································· 4
3. Lenticular thickenings absent at medullary cells wall of thalli ····································· 15

4. Superficial cortical cells projecting near to apex of branches ······································ 5

4. Superficial cortical cells not projecting near to apex of branches ···························· 10

5. Main axis compressed excepting for both apices ··· 6

5. Main axis cylindrical ··· 8

6. Thallis simple, only branching one time, and sparse lenticular thickenings present ············· *L. subsimplex*

6. Thalli complex, branching 3-5 times, and abundant lenticular thickenings ··················· 7

7. Branches verticillate excepting at compressed part ··································· *L. chinensis*

7. Branches spiral excepting at compressed part ·· *L. omaezakiana*

8. Thallis more than 1 mm in diameter, ultimate branchlets fasciate ···················· *L. silvai*

8. Thallis less than 1 mm in diameter, branches non fasciate ························ 9

9. Thallis 0.7-1 mm in diameter, branches spiral irregularly ··················· *L. mariannensis*

9. Thallis 0.3-0.4 mm in diameter, branches glomerate to middle and upper part of thallis, deliquescent ·············
··· *L. galtsoffii*

10. Sparse lenticular thickenings present at medullary cells wall of branching point ············· *L. composita*

10. Abundant lenticular thickenings present ·· 11

11. Thallis with secund branches ··· *L. decumben*

11. Thallis without secund branches ·· 12

12. Branches tristichous ··· 13

12. Branches non tristichous ·· 14

13. Ultimate branchlets short, almost with same length, and arranged densely ············· *L. tristicha*

13. Ultimate branhclets long, length varied, and arranged sparsely ················· *L. okamurai*

14. Main axis more than 1 mm in thickness ·· *L. nipponica*

14. Main axis slender, less than 1 mm in thickness ······························· *L. venusta*

15. Tetrasporangia arranged perpendicularly ······································· *L. similis*

15. Tetrasporangia arranged parallel ··· 16

16. Superficial cortical cells at apex of branches projecting ························· 17

16. Superficial cortical cells at apex of branches non projecting ····················· 18

17. Thallis red in color, superficial cortical cells at apex of branches projecting distinctly ············ *L. majuscule*

17. Thallis purple brown to black purple in color, superficial cortical cells at apex of branches projecting
slightly ··· *L. saitoi*

18. Thallis slender, only 1 cm in height ·· *L. tenera*

18. Thallis thick, more than 4 cm in height ·· 19

19. Thallis branching furcately, branches compressed slightly ······················· *L. hongkongensis*

19. Thallis tristichous or more, branches cylindrical ······························· 20

20. Thallis rigid, nake at lower part, annular, not sticking to paper when dried ············ *L. tropica*

20. Thallis soft, with long branches at lower part, non annular, sticking to paper when dried excepting for
old part of thallis ·· *L. nanhaiense*

Key to the species of *Neosiphonia*

1. Pericentral siphon 4 ··· 2

1. Pericentral siphon more than 4 ·· 10

2. ecorticated ··· 3

2. corticated ··· 7

3. Frond often <2 cm ·· 4

3. Frond >2 cm ·· 5

4. Frond solitary, erect, attaching by basal cluster of rhizoids, cystocarps globose to ovate with a wide ostiole at the apex ·· *N. savatieri*

4. Frond pulvinate mats, rhizoids distributed along the prostrate segments, cystocarp globose with a narrow ostiole as a small hole ··· *N. sphaerocarpa*

5. Branchs are united with one another by the rhizoids, Frond decomposite dichotomous ···················· 6

5. Branchs are not united by rhizoids, Frond alternate branched, branchlets often corymboid cluster·············· ··· *N. yendoi*

  6. Segments 2-4 diameter long, tetrasporangia oblong, and placed in long longitudinal series ····················· ··· *N. tongatensis*

  6. Segments about 1-2 diameter long, tetrasporangia in spiral series································· *N. eastwoodae*

7. Corticated except upper branchlets ··· *N. harlandii*

7. Corticated only on basal part of frond··· 8

  8. Cortical cells nearly cubic shape on basal part, slightly upper elongata cells and cubic cells loosely arranged between pericentral siphons ··· 9

  8. Elongate cortical cells densely cover on basal part of frond ······································· *N. elongata*

9. Frond 1-2 cm tall, lower branch decumbent, spermatangial branch with a sterile tip cell··········· *N. decumbers*

9. Frond more than 2 cm, spermatangial branch without sterile tip cell, frond branched in decomposite-dichotomous to form a semiglobose outling··· *N. japonica*

  10. Pericentral siphon 7-9, alternate branch or alternate dichotomous branch························· *N. notoensis*

  10. Pericentral siphon 6-8, irregular dichotomous branch, ultimate branch slender, not forcipate ·············· ··· *N. teradomariensis*

Key to the species of *Polysiphonia*

1. Pericentral siphon 4··· 2

1. Pericentral siphon more than 4·· 12

  2. Rhizoids remaining in open connection with the pericentral cells·· 3

  2. Rhizoids cut off by a crass-wall from the pericentral cells ··· 8

3. Apical cell of branchlets with sharply point apex·· 4

3. Apical cell of branchlets obtuse round ··· 5

  4. Frond dichotomous-alternate, tetrasporangia long series in branchlet or formed 1-2 stichidia in the axilis of ramuli ·· *P. senticulosa*

  4. Frond pinnated-alternate, 3-8 stichidia clusters in the axilis of ramuli ································ *P. morrowii*

5. Without trichoblasts and scar cells ··· 6

5. Trichoblasts well developed, scar cells large to 15 μm diameter··· 7

  6. Frond <1 cm. mat, tetrasporangia 3-5 on branchlet ··· *P. dachenensis*

  6. Frond 2-5 cm tall, Tetrasporangia long series on the branchlets···························· *P. subtilissima*

7. Middle lower part segments 1-2 diameter long ··· *P. scopulorum* var. *villum*

7. Middle lower part segments 2-4 diameter long ····································· *P. scopulorum* var. *longnodium*

  8. Tetrasporangia forming an elongated spiral series (more than ten) ·· 9

  8. Tetrasporangia 3-5 forming a shorted spiral series ·· 10

9. Rhizoids often swollen in middle part··· *P. upolensis*

9. Rhizoids not swollen in middle part·· *P. gracilis*

  10. The length of segments shorter than width ·· 11

  10. Segments (1)-1.5-2 diameter long·· *P. coacta*

11. Branchlets are intricately and united with one another by rhizoids, mats··············· *P. ferulacea* f. *implicata*

11. not as above ⋯⋯⋯ *P. blandii*

   12. Pericentral siphons 5 ⋯⋯⋯⋯⋯⋯⋯⋯⋯⋯⋯⋯⋯⋯⋯⋯⋯⋯⋯⋯⋯⋯⋯⋯⋯⋯⋯⋯⋯⋯⋯⋯⋯⋯ 13

   12. Pericentral siphons more than 5 ⋯⋯⋯⋯⋯⋯⋯⋯⋯⋯⋯⋯⋯⋯⋯⋯⋯⋯⋯⋯⋯⋯⋯⋯⋯⋯⋯⋯ 14

13. Segments generally less than 1 diameter long. Pericentral siphon straight ⋯⋯⋯⋯⋯⋯⋯⋯⋯ *P. fragilis*

13. Segments on lower part of frond rearly 3 diameter long, pericentral siphons more and less spirally zigzag ⋯⋯⋯ *P. richardsonii*

   14. Pericentral siphons 6 (Occasionally 8), regular dichotomous branch, ultimate ramuli forked and the tip incurred ⋯⋯⋯⋯⋯⋯⋯⋯⋯⋯⋯⋯⋯⋯⋯⋯⋯⋯⋯⋯⋯⋯⋯⋯⋯⋯⋯⋯⋯⋯⋯⋯⋯⋯⋯⋯⋯⋯⋯ *P. forfex*

   14. Pericentral siphons more than 6 ⋯⋯⋯⋯⋯⋯⋯⋯⋯⋯⋯⋯⋯⋯⋯⋯⋯⋯⋯⋯⋯⋯⋯⋯⋯⋯⋯⋯⋯ 15

15. Ecorticated or corticated only near the base ⋯⋯⋯⋯⋯⋯⋯⋯⋯⋯⋯⋯⋯⋯⋯⋯⋯⋯⋯⋯⋯⋯⋯⋯⋯ 16

15. Whole frond corticated ⋯⋯⋯⋯⋯⋯⋯⋯⋯⋯⋯⋯⋯⋯⋯⋯⋯⋯⋯⋯⋯⋯⋯⋯⋯⋯⋯⋯⋯⋯⋯⋯⋯⋯ *P. crassa*

   16. Frond >3 cm ⋯⋯⋯⋯⋯⋯⋯⋯⋯⋯⋯⋯⋯⋯⋯⋯⋯⋯⋯⋯⋯⋯⋯⋯⋯⋯⋯⋯⋯⋯⋯⋯⋯⋯⋯⋯ 17

   16. Frond <2 cm, mat ⋯⋯⋯⋯⋯⋯⋯⋯⋯⋯⋯⋯⋯⋯⋯⋯⋯⋯⋯⋯⋯⋯⋯⋯⋯⋯⋯⋯⋯⋯⋯⋯⋯ 18

17. The lower part segment's L/D 4-6, and upper branchlet about ±1 ⋯⋯⋯⋯⋯⋯⋯⋯⋯⋯ *P. tapinocarpa*

17. The lower part segment's L/D 0.5-1, and upper branchlet 1.5-2 ⋯⋯⋯⋯⋯⋯⋯⋯⋯⋯⋯⋯⋯ *P. denudata*

   18. Segments L/D 1.8-2.5 ⋯⋯⋯⋯⋯⋯⋯⋯⋯⋯⋯⋯⋯⋯⋯⋯⋯⋯⋯⋯⋯⋯⋯⋯⋯⋯⋯⋯ *P. confusa*

   18. Segments L/D 1-1.5, ultimate ramuli always incurved fork ⋯⋯⋯⋯⋯⋯⋯⋯⋯⋯⋯⋯ *P. howei*

Key to the species of *Stictosiphonia*

1. Thalli with a characteristically stout thick "trunk", pericentral cells are generally squarish ⋯⋯⋯ *S. kelanensis*

1. Thalli without a characteristically stout thick "trunk", pericentral cells are much shorter usually half as high as broad ⋯⋯ *S. intricata*

Key to the species of *Symphyocladia*

1. Thalli large, more than 2 cm ⋯⋯⋯⋯⋯⋯⋯⋯⋯⋯⋯⋯⋯⋯⋯⋯⋯⋯⋯⋯⋯⋯⋯⋯⋯⋯⋯⋯⋯⋯⋯⋯ 2

1. Thalli small, less than 1.5 cm ⋯⋯⋯⋯⋯⋯⋯⋯⋯⋯⋯⋯⋯⋯⋯⋯⋯⋯⋯⋯⋯⋯⋯⋯⋯⋯⋯⋯ *S. pumila*

   2. Corticated throughout the frond ⋯⋯⋯⋯⋯⋯⋯⋯⋯⋯⋯⋯⋯⋯⋯⋯⋯⋯⋯⋯⋯⋯⋯⋯⋯ *S. latiuscula*

   2. Corticated only at the midrib of lower part of frond ⋯⋯⋯⋯⋯⋯⋯⋯⋯⋯⋯⋯⋯⋯⋯⋯⋯⋯⋯ 3

3. Thalli as long-elliptic or obovate flat foliose, 3-5 mm (seldom 1.5-2 mm) in diameter ⋯⋯⋯⋯⋯⋯⋯⋯ ⋯⋯⋯⋯⋯⋯⋯⋯⋯⋯⋯⋯⋯⋯⋯⋯⋯⋯⋯⋯⋯⋯⋯⋯⋯⋯⋯⋯⋯⋯⋯⋯⋯⋯⋯⋯⋯ *S. marchantioides*

3. Thalli as flat slender filiform, less than 1 mm in diameter ⋯⋯⋯⋯⋯⋯⋯⋯⋯⋯⋯⋯⋯⋯ *S. boaoensis*

Key to the species of *Tolypiocladia* Schmitz

1. Spinate branchlets usually net into a regularly continuous spongy net, around the axes and branches ⋯⋯⋯⋯⋯ ⋯⋯⋯⋯⋯⋯⋯⋯⋯⋯⋯⋯⋯⋯⋯⋯⋯⋯⋯⋯⋯⋯⋯⋯⋯⋯⋯⋯⋯⋯⋯⋯⋯⋯⋯⋯⋯⋯ *T. calodictyon*

1. Spinate branchlets not form net ⋯⋯⋯⋯⋯⋯⋯⋯⋯⋯⋯⋯⋯⋯⋯⋯⋯⋯⋯⋯⋯⋯⋯⋯⋯⋯ *T. glomerulata*

新分类群的拉丁文描述

Diagnoses Algarum Novarum In Hoc Tomo Descriptarum (Typus in Herbario Instituti Oceanologiae Academiae Scinicae Conservatur)

(学名前的号数即为在中文部分的序号，The number before every latin name corresponds to the ordinal number in the text)

仙菜目 Ceramiales Oltmanns

松节藻科 Rhodomelaceae Areschoug

鸭毛藻属 *Symphyocladia* Falkenberg

111. *Symphyocladia boaoensis* Xia et Wang sp. nov.

Plantae complanate filifoliceae, 8-12 cm altae, saxicolae, ca 1 mm crassis, per rhizoidelis affixae, costatae basis, ramis 8-9 ordins, pluris dichotomus, aliquae trichotomus vel tetrachotomus, apices tenuis; corticalis; costis, 238-277 μm crassis; margine denticulatus.

China, Hainan, Qionghai, Boao, drift, 1957-07-11, Zheng Shudong, MBMCAS 57-6706 (Holotypus).

参 考 文 献

丁兰平. 2003. 中国凹顶藻类的研究(博士论文), 1-272

丁兰平, 曾呈奎. 2006. 中国海洋红藻——御前凹顶藻 *Laurencia omaezakiana* Masuda 的形态与结构特征. 海洋科学集刊, 47: 169-175

丁兰平, 曾呈奎. 2006. 中国异枝软骨凹顶藻 *Chondrophycus intermedius* (Yamada) Garbary et Harper 的形态及解剖学. 海洋科学集刊, 47: 182-189

杭金欣, 孙建璋. 1983. 浙江海藻原色图谱. 杭州: 浙江科学技术出版社, 1-119

黄淑芳. 1998. 垦丁海藻——乡土教学活动资源手册. 台湾: 屏东县自然史教育馆, 1-143

黄淑芳. 2000. 台湾东北角海藻图录. 台湾博物馆, XII+233

栾日孝. 1989. 大连沿海海藻类实习指导. 大连: 大连海运学院出版社, 1-129

孙建璋. 2006. 浙江底栖海藻记录. 北京: 海洋出版社, 58-66

夏邦美, 张峻甫. 1982. 一种新发现的藻胶原料——易曲凹顶藻热带变种. 海洋与湖沼, 13(6): 538-543, 图版 I

项斯端. 2004. 中国多管藻及新管藻属的研究. 浙江大学学报 (理学版), 31(1): 88-97, 图 1-2

曾呈奎 (主编). 1962. 中国经济海藻志. 北京: 科学出版社. 7+198, 图 1-52, 图版 I-X

曾呈奎, 毕列爵(主编). 2005. 藻类名词及名称(第二版). 北京: 科学出版社, vii+436

张峻甫, 夏邦美. 1978. 西沙群岛藻类的研究 I. 海洋科学集刊, 12: 35-37, 图 8

张峻甫, 夏邦美. 1979. 西沙群岛红藻的研究 II. 海洋科学集刊, 15: 21-46, 图 1-16, 图版 I

张峻甫, 夏邦美. 1980. 西沙群岛红藻的研究 III. 海洋科学集刊, 17:58-62 图 7-9

张峻甫, 夏邦美. 1980. 西沙群岛凹顶藻属两新种. 海洋与湖沼, 11(3): 267-274, 图 1-5

张峻甫, 夏邦美. 1983. 西沙群岛红藻的研究 IV. 海洋科学集刊, 20: 123-140, 图 1-12

张峻甫, 夏邦美. 1983. 凹顶藻属的一个新种名. 海洋与湖沼, 14(6): 599

张峻甫, 夏邦美. 1985. 西沙群岛凹顶藻属的分类研究. 海洋科学集刊, 24: 51-67, 图版 1

郑怡. 1990. 福建爬管藻属的研究. 福建师范大学(自然科学版), 6(4): 85-89, 图 1-3

郑怡, 陈灼华. 1992. 福建爬管藻属两新种——福建爬管藻和基生爬管藻. 海洋与湖沼, 23(1): 96-98, 图 1-2

周贞英, 陈灼华. 1965. 平潭岛海藻调查报告. 福建师范学院学报, 1: 1-12

周贞英, 陈灼华. 1983. 福建海藻名录. 台湾海峡, 2(1): 91-102

庄惠如. 1993, 冈村凹顶藻东山变种(新变种)的形态构造及其生殖. 福建师范大学学报(自然科学版), 9(4): 96-102, figs. 1-6

冈村金太郎. 1936. 日本海藻志. 东京: 内田老鹤圃, 1-963

濑川宗吉. 1980. 原色日本海藻图鉴(修订版), 日本大阪: 保育社, XVIII+175, 图版 1-72, 图 1-72

濑川宗吉, 香村真德. 1960. 琉球列岛海藻目录. 琉球生物学会, 1-69

Abbott I A. 1999. Marine red algae of the Hawaiia Island, XV+447 pp., 133 figs., Bishop Museum Press, Honolulu, Hawaii

Abbott I A. Hollenberg G J. 1976. Marine algae of California. Stanford, California: Stanford Univ. Press, 1-284, figs

Abe T, Masuda M, Kawaguchi S et al. 1998. Taxonomic notes on *Laurencia brongniartii* (Rhodomelaceae, Rhodophyta). Phycological Research, 46: 231-237

Agardh C A. 1817. Synopsis Algarum Scandinaviae, adjecta dispositione universali algarum. Lund. Offcina Berlingiana, XL+135

Agardh C A. 1822-1823. Species algarum… Vol. 1, part. 2. Lundae [Lund], [I-viii]+169-398 (1822), 399-531 (1823)

Agardh C A. 1824. Systema algarum. Berling, Lundae [Lund], XXXVIII+312

Agardh C A. 1828. Species algarum. Vol. 2. Section 1. Greifswald: Maurtius, [I-viii]+169-lxxvi+189

Agardh C A. 1829. Icones algarum Europaearum. Fasc. 3. Leipsic [Leipzig]. Nos. XXI-XXX, pls. 21-30

Agardh J G. 1841. In historiam algarum symbolae. Continuatio prima. Linnaea, 15: 443-457

Agardh J. 1847. Nya alger fran Mexico. Ofvers. Kongl. Sv. Vet.-Akad. Forh, 4:5-18

Agardh J G. 1863. Species genera et ordines algarum, 2(3): 701-1291. Lund

Agardh J G. 1876. Species genera et ordines algarum, 3(1). Epicrisis systematis floridearum. 724pp. Lund

Ambronn H. 1880. Ueber einige Fälle von Bilateralität bei den Florideen. Botanische Zeitung 38: 161-174, 177-185, 193-200, 209-216, 225-233, pls. III, IV

Areschoug J E. 1847. Phycearum, quae in maribus Scandinaviae crescunt, Enumeratio. Sectio prior Fucaceas continens. Nova Acta Regiae Societatis Scientiarum Upsaliensis ser. 2, 13: 223-384

Børgesen F. 1910. Some new or little known West Indian Florideae II Bot. Tidssk. 30: 177-207, text-figs. 1-20

Børgesen F. 1920. Marine algae from Easter Island.-Nat. Hist. Juan. Fernandez and Easter Island.II, Art. 9. pp. 247-309, figs.1-21

Børgesen F. 1920a. The marine algae of Danish West Indies vol.III. Rhodophyceae, Dansk Bot. Arkiv., 3(1): 286-292

Børgesen F. 1933. On a new genus of the Lophotalieae (fam. Rhodomelaceae).Kongelige Danske Videnskabernes Selskab, Biologiske Meddelelser 10(8). 16 pp., 10 figs

Børgesen F. 1937. Contribution to a South Indian Marine Algal Flora I. Jour. Ind. Bot. Soc. 16:1-56

Børgesen F. 1939. Marine algae from the Iranian Gulf, especially from the innermost part near Bushire and the Island Kharg. Danish Scient. Invest. Iran, part 1. Copenhagen. pp. 47-141, map.1, figs. 1-43

Børgesen F. 1945. Some marine algae from Mauritius, III. Rhodophyceae, pt. 4. Kgl. Danske Vidensk. Selsk., Biol. Meddel. 19(10): 1-68, figs. 1-35

Børgesen F. 1953. Some marine algae from Mauritius. Additioons to the parts previously published, V. Kongelige Danske Videnskabernes Selskab, Biologiske Meddelelser 21(9). 62 pp., 20 figs., III pls

Boisset F, Furnari G, Cormaci M et al. 2000. The distinction between Chondrophycus patentirameus and C. paniculatus (Ceramiales, Rhodophyta). Eur. J. Phycol. 35 (4): 387-395

Bory de Saint-Vincent J B G M. Cryptogamie. *In:* Duperrey L I. ed. Voyage autour du monde, exécuté par order du Roi, sur la corvette de sa Majesté, La Coquille, pendant les années. Paris: Bertrand, 1822, 1823, 1824, 1825 et 1826 (Atlas); Histoire Naturelle, Botanique, 1827 (1-96), 1828 (97-200), 1829 (201-301)

Cribb A B. 1958. Records of marine algae from south-eastern Queensland-Ill. Laurencia Lamouroux University Queensland Papers. Department of Botany 3:159-191, pls. 1-13

Cribb A B. 1983. Marine Algae of the Southern Great Barrier Reef. Part I. Rhodophyta. Handbook No. 2. Australian Coral Reef Society, Brisbane. 173 pp

Dawson E Y. 1954. Marine plants in the vicinity of the institute oceangraphique de Nha Trang, Viet Nam. Pac. Sci. 8(4): 373-481. map. 1, figs. 1-63

Dawson E Y. 1956. Some marine algae of the southern Marshall Islands, Pacific Sci., 10(1): 25-66

Dawson E Y. 1957. An annotated list of marine algae from Eniwetok Atoll. Ibid. 11(1): 92-132, text-figs. 1-31

Dawson E Y. 1963. Marine red algae of Pacific Mexico 8 Ceramiales: Dasyaceae, Rhodomelaceae, Nova Hedwigia, 6: 401-481

De Toni G B. 1903. Sylloge Algaarum[J]. Patavii, 4(3):853-976

De Toni G B. 1924. Sylloge Algarum Omium Hucusque Cognitarum VI Florideae, Sect. V. Additamenta, Published by the author, Patavii, pp. 418-420

Decaisne J. 1839. Note sur le genre Amansia. Annales des Sciences Naturelles, Botanique, ser. 2, 11: 373-376

Decaisne J. 1842. Essais sur une classification des algues et des polypiers calcifères de Lamouroux. Annales des Sciences Naturelles, Botanique Series 2, 17: 297-380

Dillwyn L W. 1802-1809. British Confervae, or colored figures and descriptions of the British plants referred by botanists to the genus Conferva. Pls. 1-20 (1802), 21-38 (1803), 39-44 (1804), 45-56 (1805), 57-68, 70-81(1806), 82-93 (1807), 94-99 (1808), 69, 100-109, A-G (1809). London: W. Phillips

Ding Lanping, Huang Bingxin, Xia Bangmei and Tseng C K. 2007. *Laurencia nanhaiense* sp.nov., a new species of the genus *Laurencia* (Rhodomelaceae, Rhodophyta) from China. Acta Oceanologica Sinica, 26 (5): 136-143

Durairatnam M. 1961. Contribution to the study of the marine algae of Ceylon. Fish. Stat., Dept. Fish. Ceylon, Bull. 10: 1-181, pls. 1-32

Falkenberg P. 1897. Rhodomelaceae, Die naturlichen Pflanzenfamilien.....1(2):1-580, Leipzing

Falkenberg P. 1901. die Rhodomelaceen des Golfes von Neapel und der angrenzenden Meeresabschnitte, Fauna Flora Golfes von Neapel Monogr. 25:1-754

Fujii M T, Yokoya N S, Cordeiro-marino M. 1990. *Stictosiphonia kelanensis* (Grunow ex Post) King et Puttock(Rhodomelaceae, Rhodophyta): A New record from Atlantic mangroves. Hoehnea 17(2): 93-97, 6 figs

Garbary D J. and Harper J T. 1998. A phylogenetic analysis of the *Laurencia* complex (Rhodomelaceae) of the red algae. Cryptogamie Algol. 19 (3): 185-200

Gardner N L. 1927. New Rhodophyceae from the Pacific coast of North America III. Univ. Calif. Publ. Bot., 13: 333-368

Gardner N L. 1927a. New Rhodophyceae from the Pacific Coast of North America VI. Univ.Calif. Publ. Bot., 14(4): 99-138

Greville R K. 1823-1824. Scottish cryptogamic flora…Vol.2. Edinburgh. Pls. 61-90(1823), 91-120 (1824) (with text)

Greville R K. 1824. Flora edinensis: or a description of plants growing at Edinburgh, arranged according to the Linnean system. With a concise introduction to the natural orders of the class Cryptogamia, and illustrative plates. Edinburgh & London: William Blackwood, T. Cadell, lxxi + 478

Greville R K. 1830. Algae britannicae. pp. lxxxviii + 218, pls. 1-19, Edinburgh

Grunow A. 1874. Algen der Fidschi-Tonga-und Ssamoa-Inseln, gesammelt von Dr. E. Graeffe. Jour. Des Museums Godeffroy (Hamburg.) 3: 23-50

Hariot P. 1891. Liste des algues marines rapportées de Yokoska (Japon) par M. le Dr Savatier. Memoires de la Société Nationale des Sciences Naturelles et Mathematiques de Cherbourg, 27: 211-230

Harvey W H. 1834. Notice of a collection of algae, communicated to Dr. Hooker by the late Mrs Charles Telfair, from "Cap Malheureux", in the Mauritius; with descriptions of some new and little known species. Jour. Of Bot. [Hooker] I: 147-157, pls. CXXV, CXXVI

Harvey W H. 1846-1851. Phycologica Britannica. I-IV. Pls.1-360. London

Harvey W H. 1849. Nereis australica……London, viii+65-124 pp., pls. XXVI-L

Harvey W H. 1853. Nereis boreali-americana, part II: Rhodospermeae. Smithsonian Contributions to Knowledge, 5(5): 1-258, pls. XIII-XXXVI

Harvey W H. 1855. Some account of the marine botany of the colony of Western Australia Transaction of the Royal lrish Academy 22(science): 525-566

Harvey W H. 1855a. Algae, L. In J.D. Hooker, The botany of the Antarctic voyade of H. M. Discovery ships Erebus and Terror, in the years 1839-1843, under the command of Captain Sir James Clark Ross…II. Flora Novae-Zelandiae. Part II. Flowerless plants. London. Pp. 221-266, pls. 107-121

Harvey W H. 1856. Algae, in AsaGray, list of dried plants collected in Japan, by S. W. Williams, ESQ., and Dr. J. Morrow. Perry's Exped. Japan, p. 331-332

Harvey W H. 1858-1863. Phycologia Australica, or a history of Australian seaweeds, I-V; pls. 1-300. London

Harvey W H. 1859. Phycologia Australica… Vol. 2. London: viii pp., pls. LXI-CXX (with text)

Harvey W H. 1859a. Characters of new algae chiefly from Japan and adjacent regions collected by Charles Wright in the north Pacific Expedition under Captain John Rodgers. Proc. Amer. Acad. 4: 327-334

Harvey W H. 1860. Phycologia Australica… Vol. 3. London: viii pp.pls.121-180, Rovell Reeve

Harvey W H. 1862. Phycologia Australica… Vol. 4. London. Viii pp., pls. CLXXXI-CCXl (with text)

Harvey W H. 1862a. Notice of a collection of a algae made on the North West Coast of North America[J]. J Linn Soc Bot, 6:169

Harvey W H, Hooker J D. 1845. Algae, L. In J. D. Hooker, The botany of the Antarctic voyage of H. M. Discovery ships Erebus and Terror, in the years 1839-1843, under the command of Captain Sir James Clark Ross…I. [Flora antarctica Part I. Botany of Lord Auckland's Group and Campbell's Island.] London. Pp. 175-193, pls. LXIX-LXXVIII

Hollenberg G J. 1942. An account of the species of *Polysiphonia* on the Pacific coast of North America. I. Oligosiphonia. American Journal of Botany 29: 772-785, 21 figs

Hollenberg G J, in Taylor, 1945. Pacific marine algae of the Allan Hancock Expeditions to the Galapagos Islands, Allan Hancock Pacific Expeditions, 12:81

Hollenberg G J. 1958. Phycological II [J]. Torrey Bot Club, 85(1): 63-69

Hollenberg G J. 1961. Marine red algae of Pacific Mexico, V: The genus *Polysiphonia*. Pacific Naturalist 2(6): 345-367, 7 pls

Hollenberg G J. 1968. An account of the species of *Polysiphonia* of the central and western tropical Pacific Ocean, I: Oligosiphonia.

Pacific Sci. 22: 56-98, 43 figs

Hollenberg G J. 1968a. An account of the species of the red algae *Herposiphonia* occurring in the Central and Western Tropical Pacific Ocean, Pacific Sci., 22(10): 536-559

Hollenberg G, Norris J N. 1977. The red alga *Polysiphonia* (Rhodomelaceae) in the northern Gulf of California. Smithsonian Contr. Mar. Sci. 1-121, 10 figs

Holmes E M. 1896. New marine algae from Japan. Jour. Linn. Soc. Bot., 31: 248-260

Hooker J D. 1833. The English Flora of Sir James Edward Smith. Class 24. Cryptogamia, 5(1). London, [i]-x+[l]-4+[l]-432

Hooker J D, Harvey W H. 1845. Algae Novae zelandiae; being a catalogue of all the species of alfae yet record as inhabiting the ahoves of New Zealand, with characters and brief descriptions of the new species dicovered during the voyage of H. M. Discovery ships "Erebus" and "Terror", and of other communicated to Sir W. Hooker by Dr. Sinclair, the Rev. Colenso, and M. Raoul. London Jour. Bot. 4: 521-551

Hooker J D, Harvey W H. 1845a. Algae antarcticae, being characters and descriptions of the hitherto unpublished species of algae, discovered in Lord Auckland's group, Campbell's Island, kerguelen's Land, Falkland Islands, Cape Horn and other southern circumpolar regions, during the voyage of H. M. Discovery ships "Erebue" and "Terror". London Jour. Bot. 4: 249-276, 293-298

Hooker J D, Harvey W H. 1847. Algae tasmanicae: being a catalogue of the species of algae collected on the shores of Tasmania by Ronald Gunn, Esq., Dr. Jeannerett, Mrs. Smith, Dr. Lyall, and Dr. J. D. Hooker; with characters of the new species. London Jour. Bot. 6: 397-417

Hooker J D, Harvey W H. 1847a. The botany of the Antarctic voyage of H. M. Discovey ships Erebus and Terror, in the year 1839-1843, under the command of Captain Sir James Clark Ross......I. Part II. Bot. Of Fuegia, the Falklands, kerqueleu's London. Pp.[209]-574, pls LXXXI-CXCVIII

Howe M A. 1920. Algae, The Bahama Flora, New York. Pp. 536-631

Howe. M A. 1934. Hawaiian algae collected by Dr. Paul C. Galtsoff. Jour. Washington Academy Sciences 24(1): 32-42, figs. 1-5

Inagaki K. 1933. Marine red algae of Oshoro Bay, Hokkaido and its adjacent waters. Kaiso Kenkyusyo Hokoku 2: 1-77, figs. 1-31 (in Japanese)

Isaac W E. 1968. Marine botany of the Kenya coast 2. A second list of marine algae. Journal of the East Africa Natural History Society and National Museum 27: 1-6, 1 fig

Iwamoto K. 1960. Marine algae from Lake Saroma, Hokkaido. J. Tokyo. Univ. fish, 46:22-49

Jaasund E. 1976. Intertidal seaweeds in Tanzania. University of Tomso. [III+] 159 pp., 12 pls, 288 figs

Kalugina-Gutnik A A, Perestenko L P, Titlyanova T V. 1992. Species composition, distribution and abundance of algae and seagrasses of the Seychelles Islands. Atoll Research Bulletin 369. 67pp., 34figs., 2 tables

Kim M S, Lee I K. 1999. *Neosiphonia flavimarina* gen et sp nov with a taxonomic reassessment of the genus *Polysiphonia* [J]. Phycological Research, 47:271-281

King R J, Puttock C F. 1989. Morphology and taxonomy of *Bostrychia* and *Stictosiphonia* (Rhodomelaceae/Rhodophyta). Australian Systematic Botany 2: 1-73, 25 figs., 4 tables

Kudo T, Masuda M. 1988. Taxonomic notes on *Polysiphonia senticulosa* Harvey and P. pungens Hol[J]. Jap J Phycol, 1988, 36 : 138-142

Kützing F T. 1843. Phycologia generalis. Leipzig, 458 pp. 80 pls

Kützing F T. 1863. Tabulae phycologucae...Vol. 13 Nordhausen. [III+] 31 pp., 100 pls

Kützing F T. 1864. Tabulae phycologucae...Vol. 14 Nordhausen. [III+] 35 pp., 100 pls

Kützing F T. 1866. Tabulae phycologucae...Vol. 16 Nordhausen. [III+] 35 pp., 100 pls

Kuntze O. 1891. Revisio generum plantarum...Part 2 Leipzig. Pp.[375]-1011

Kylin H. 1925. The marine red algae in the vicinity of Friday Harbor, Wash, Lunds. Univ. Arsskr., 21(9): 74-75

Kylin H. 1941. Californische Rhodophyceen. Lunds Universitets Arsskrift, Ny Foljd,

Kylin H. 1956. Die Gattungen der Rhodophyceen, XV+673pp. Fig. 1-458. Gleerups Forlag Lund

Lamouroux J V F. 1809. Observations sur la physiologie des algues marines, et description de cinq nouveaux genres de cette famille.

Nouveau bulletin des Sciences, par la Société philomathique de Paris 1:330-333, pl. 6: fig.2

Lamouroux J V F. 1813. Essai sur les genres de la famille des Thallasiophytes non articulees. Ann.du Mus.d'Hist. Nat. Paris 20: 21-47, 115-139, 267-293, pls. 5-13

Lee K Y. 1965. Some studies on the marine algae of Hong Kong. II. Rhodophyta (Part one). New Asia College Academic Annual 7: 63-110

Lee I K, Kang J W. 1986. A check list of marine algae in Korea. Korean Jour. Phycology, 1(1): 311-325

Lucas A H S. 1935. The marine algae of Lord Howe Island. Proceedings of the Linnean society of New south wales 60: 194-232, 7 figs., pls. V-IX

Lucas A H S, Perrin F. 1947. The seaweeds of south Australia, II. The red seaweeds. P.111-458, figs. 1-202. Adelaide

Martens G Von, Hering C. 1836. *Amansia jungermannioides*. Flora 19: 481-487, [1] pl. [=4 figs.]

Masuda M. 1982. A systematic study of the tribe Rhodomeleae (Rhodomelaceae, Rhodophyta), J. Fac. Sci. Hokkaido Univ. ser. V (Bot.) 12:209-400

Masuda M. 1997. A new species of *Laurencia, L. omaezakiana* (Ceramiales, Rhodophyta), from Japan. Phycological Research 45: 123-131

Masuda M, Abe T. 1993. The occurrence of *Laurencia saitoi* Perestenko (L. obtusa auct. Japon.) (Ceramiales, Rhodophyta) in Japan. Jpn. J. Phycol. 41: 7-18

Masuda M, Abe T, Saito Y. 1992. The conspecificity of *Laurencia yendoi* Yamada and L. nipponica Yamada (Ceramiales. Rhodophyta). Jpn. J. Phycol. 40: 125-133

Masuda M, Kawaguchi S. Phang S M. 1997. Taxonomic notes on *Laurencia similis* and *L. papillosa* (Ceramiales, Rhodophyta) from the Western Pacific. Botanica Marina, 40: 229-239

Masuda M, Kawaguchi S, Takahashi Y. et al. 1999. Halogenated secondary metabolites of *Laurencia similis* (Rhodomelaceae, Rhodophyta). Botanica Marina 42 (2): 199-202

Masuda M, Kogame K. 1998. A taxonomic study of the genus *Laurencia* (Ceramiales, Rhodophyta) from Vietnam. V. Laurencia concreta Cribb and L. dinhii sp. nov. Cryptogamie Algol. 19 (3): 201-212

Masuda M, Kogame K, Abe T. et al. 1997. Taxonomic notes on *Laurencia parvipapillata* (Ceramiales, Rhodophyta) from the western pacific. Cryptogamie Algol., 18(4): 319-329

Masuda M, Kogame K, Abe T. et al. 1998. A morphological study of *Laurencia palisada* (Rhodomelaceae, Rhodophyta). Botanica Marina, 41: 133-140

Masuda M, Kogame K, Kamura S. 1998. Taxonomic notes on *Laurencia mariannensis* (Rhodomelaceae, Rhodophyta). Phycological Research, 46: 85-90

Masuda M, Kudo T, Kawaguchi S, Guiry M D. 1995. Lectotypification of some marine algae described by W. H. Harvey form Japan, Phycological Research 43:191-202

McDermid K J. 1988. Laurencia from the Hawaiian Islands: key, annotated list, and distribution of the species. In Taxonomy of Economic Seaweeds, vol.2 (Abbott, I.A., editor), 231-247. California Sea Grant College, University of California, La Jolla

Menez E G. 1964. The taxonomy of Polysiphonia in Hawaii[J]. Pacific Science, 18(2): 207-222

Mertens H. 1811. Icones Plantarum.....ad illustrandum, Flora Danicae, Copenhagen, 9:6

Montagne C. 1840. Seconde centurie de plantes cellulaires exotiques nouvelles. Décades I et II. Annales des Sciences Naturelles, Botanique, ser. 2, 13: 193-207, pl.5; pl.6: figs.1, 3

Montagne C. 1842. Prodromus generum specierumque phycearum in itinere ad polum arcticum. Paris

Montagne C. 1846. Phyceae.In M. C. Durieu de Maisonneuve, Exploratin scientifique De I'Algerie pendant les annees 1840, 1841, 1842, Sciences Naturelles: Botanique, P. 1-197, pls. 1-16. Paris

Montagne C. 1850. Cryptogamia guyanensis, seu plantarum cellularium in Guyana gallica annis 1835-1849 a Cl. Leprieur collectarum enumeratio universalis. Annales des sciences Naturelles, Botanique, ser. 3, 14: 283-309

Montagne C. 1852. Diagnoses phycologicae, seu quibus caracteribus discriminandae sunt species Lichenum Algarumque nonnullae novae,in tomo Florae Chilensis Octavo nondum typis mandato descriptae. Ann. Sci. Nat., Ser.3, Bot., 18: 302-319

Morril J. 1976. Notes on parasitic Rhodomelaceae 1. The morphology and systematic position of Benzaitenia yenoshimensis Yendo, a parasitic red alga from Japan, Proc. Acad. Nat. Sci. Phladelphia 127:203-215

Nageli C. 1846. Uber polysiphonia und Herposiphonia, Zeitschr. Wiss. Bot. 4:207-256, 2 pls

Nam K W. 1999. Morphology of *Chondrophycus undulata* and *C. parvipapillata* and its implications for the taxonomy of the Laurencia (Ceramiales, Rhodophyta) complex. European J. Phycol. 34 (5): 455-468

Nam K W. 2007. Validation of the generic name *Palisada* (Rhodomelaceae, Rhodophyta). Algae 22:53-55

Nam K W, Kang J W. 1984. The classification of genus *Laurencia* in Korea. Bull. Nat. Fish. Univ. Pusan 24; 23-68, pls. 1-11, text-figs. 1-15

Nam K W, Saito Y. 1990. The morphology of *Laurencia cartilaginea* Yamada (Rhodomelaceae, Rhodophyta). Bull. Fac. Fish. Hokkaido Univ. 41(3): 107-120

Nam K W, Saito Y. 1991. *Laurencia similis* (Ceramiales, Rhodophyta), a new species from Queensland, Australia. British Phycological Journal 26: 375-382

Nam K W, Saito Y. 1995. Vegetative and reproductive anatomy of some *Laurencia* (Ceramiales, Rhodophyta) species with a description of L.maris-rubri sp.nov. from the Red Sea. Phycologia 34: 157-165

Nam K W, Saito Y, Sohn C H. 1991. Vegetative structure and reproduction of *Laurencia nipponica* Yamada (Rhodomelaceae, Rhodophyta). Korean Journal of Phycology, 6: 1-12

Nam K W, Sohn C H. 1994. *Laurencia kangjaewonii* sp. nov. (Ceramiales, Rhodophyta) from Korea. Phycologia 33 (6): 397-403

Nasr A H. 1938. A Contribution to our knowledge of Endosiphonia Zanard., in relation to its systematic position. Bull. Inst. d'Egypte, 20: 123-129, text-figs. 1-7, pl.1

Newton L M. 1931. A Handbook of the British Seaweeds. London: British Mseum (Natural History), xiii+478

Noda M. 1964. Marine algae in the vicinity of the Shioyazaki Cape, Fukushima Prefecture. Sci. rep. Niigata Univ., Ser. D, 4: 33-75, figs. 1-19

Noda M. 1966. Marine algae of north-eastern Chinan and Korea. Sci. Rep. Niigata Univ. Ser D (Biology), 3: 19-85

Noda M. 1967. The species of Rhodomelaceae from Sada Island in the Japan Sea [J]. Sci. Rep. Niigata Univ.(Biol), 4: 33-57

Noda M. 1970. Some marine algae collected on the coast of Iwagsaki, Prov Echigo facting the Japan sea [J]. Sci. Rep. Niigata Univ.(Biol), 7:27-35

Noda M. 1971. Flora of the north-eastern (Manchuria), China. Tokyo: Uchida-rokakuko, 1383-1601 (in Japanese)

Noda M, Kitami T. 1971. Some species of marine algae from Echigo Province [J] Sci. Rep. Niigata Univ.(Biol),8: 35-53

Norris R E. 1988. Structure and reproduction of *Amansia* and *Melanamansia* gen. nov. (Rhodohpyta, Rhodomelaceae) on the southeastern African coast. Journal of Phycology 24: 209-223, 35 figs

Norris R E. 1991. The structure, reproduction and taxonomy of *Vidalia* and *Osmundaria* (Rhodophyta, Rhodomelaceae). Botanical Journal of the Linnean Society [London] 106: 1-40, 60 figs

Okamura K. 1899. Contributions to the knowledge of the marine algae of Japan. III. Botanical Magazine[Tokyo] 13: 2-10, 35-43, pl. I

Okamura K. 1902. Nippon Sorui Mcii. Keigyosha, Tokyo (in Japanese)

Okamura K. 1907. Icones of Japanese algae. Vol. 1. Tokyo, 1-258, pls.1-50

Okamura K. 1914. Icones of Japanese algae. Vol. 3. Tokyo, p. 1-218, pls. 101-150

Okamura K. 1922. Icones of Japanese Algae. Published by the author, Tokyo 4 (9)

Okamura K. 1923-1928. Icones of Japanese Algae. Vol. 5, Tokyo, p. 1-203, pls.201-250

Okamura K. 1929-1932. Icones of Japanese Algae. Vol. 6, Tokyo, p. 1-101, pls.251-300

Okamura K. 1934. Icones of Japanese algae. Vol. 7. Tokyo, p. 1-116, pls. 301-345

Okamura K. 1936. Nippon Kaiso Shi (Descriptions of Japanese algae). Tokyo: Uchidarokakuho. P. 1-964, figs. 1-427 (in Japanese)

Perestenko L P. 1980. Algae of Peter the Great Bay. Nauka, Leningrad, p. 192. (in Russian)

Post E. 1936. Systematische und pflanzengeographische Notizen zur Bostrychia-Caloglossa-Assoziation. Revue Algologique 9: 1-84, 4 figs

Saito Y. 1967. Studies on Japanese species of *Laurencia*, with special reference to their comparative morphology. Memoirs of the Faculty of Fisheries. Hokkaido University 15(1): 1-81

Saito Y, Womersley H B S. 1974. The southern Australian species of *Laurencia* (Ceramiales, Rhodophyta). Australian Journal of Botany 22: 815-874

Sauvageau C. 1897. Note préliminaire sur les alques marines du golfe de Gascogne. Journal de Botanique [Morot] 11: 166-179, 202-214, 252-257, 263-288, 301-311, 6 figs

Schmitz F. 1893. Die Gattung Lophothalia J. Agardh Berichte der Deutschen gesellschaft 11: 212-232

Schmitz F. in Engler and Prantl. 1897. Die natürlichen Plfanzenfamilien. 1(1,2), Engelmann, Leipzing

Schmitz F, Falkenberg. 1897. Rhodomelaceae In A. Engler & K. Prantl (eds.), Die naturlichen Pflanzenfamilien... I. Teil, Abt. 2. Leipzig. pp.421-480, figs. 240-266

Segi T. 1951. Systematic study of the genus *Polysiphonia* from japan and its vicinity[J]. J. of the Faculty of Fisheries, Prefectural Univ of Mie, 1(2):169-272

Segi T. 1954. The new species of *Herposiphonia* from Japan. J. Fac. Fish., Mie Prefecture Univ., 1(3): 365-571

Segi T. 1960. Futher study of *Polysiphonia* from Japan[J]. Rep. Fac. Fish. Pref. Univ. of Mie. 3(3):608-626

Setchell W A. 1926 Tahitian algae and Tahitian spermatophytes, Univ. Calif, Publ. Bot., 12(5): 61-143

Setchell W A, Gardner N L. 1903. Algae of northwestern America. University of California Publications in Botany, 1: 165-418

Setchell M A, Gardner N L. 1924. New Marine Algae from the Gulf of California. Porc. Calif. Acad. Sci., ser. 4, 12: 695-949, pls. 12-88

Setchell W A, Gardner N I. 1930. Marine algae of the Revillagigedo Islands Expediton in 1925. Proc. Calif. Acad. Sci. ser. 4, 19: 109~215

Shen Y F, Fan K C. 1950. Marine Algae of Formosa. Taiwania. 1 (2-4): 317-345

Silva P C. 1952. A review of nomenclatural conservation in the algae from the point of view of the type method. Univ. Calif. Pub. Bot., 25 (4): 241-324

Silva P C, Basson P W, Moe R L. 1996. Catalogue of the Benthic Marine Algae of the Indian Ocean. Univ. Calif. Publ. Bot., 79: 1-1259

Silva P C, Meñez E G, Moe R L. 1987. Catalog of the benthic marine algae of the Philippines. Smithsonian Contributions to Marine Sciences, 27: iv+179

Solms-Laubach H. 1877. Note sur *Janczewskia*, nouvelle floridee parasite du Chondria obtuse, Mem. Soc. Sc. Nbourg 21:209-224

South G R, Skelton P A, 1999. *Amansia paloloensis* sp. Nov. (rhodomelaceae, Rhodophyta) from Samoa, South Pacific. Phycologia 38(3): 245-250, figs. 1-14

Sprengel K. 1827. Caroli Linnaei......Systtema vegetabilium, editio decima sexta, valumins IV, Pars 1, Classis 24: 1-592, Gottinga

Suhr J N. Von. 1831. Beschreibung einiger neuen Algen. Flora 14: 673-687, 709-716, 725-731

Suringar W F R. 1867. Algarum iapoinicarum Musei Botanici L. B. index praecursorius. Annales Musei Botanici Lugduno-Batavi, 3: 256-259

Suringar W F R. 1870. Algae japonicae Musei Botanici Lugdune—Batavia. Harlemi, viii+39

Tanaka T. 1963. Studies on Some Marine Algae from southern Japan.-IV. Memoirs of the Faculty of Fisheries, Kagoshima University 12 (1): 64-73. Figs. 1-8, pl. I

Tanaka T, Itono H. 1969. Studies on the genus *Neurymenia* (Rhodomelaceae) from southern Japan and vicinities. Memoirs of the Faculty of Fisheries, Kagoshima University 18: 7-27, including II pls., 12 figs., I table

Tanaka T, Chihara M. 1988. Macroalgae in Indonesian Mangrove Forests. Bull. Natn. Sci. Mus., Tokyo, ser. B., 14(3): 93-106

Taylor W R. 1928. The Marine algae of Florida with Special Reference to the Dry Tortugas. Washington: Carnegie Insit. Publ., [V+] 219 [220]

Taylor W R. 1937. Marine algae of the northeastern coast of North America. Univ. Michigan, Stud., Sci. Ser. 13, vii+427

Taylor W R. 1944. Marine Algae of the Eastern Tropical and Subtropical Coasts of the Americas, Univ. Michigan Press, pp. 601-605

Taylor W R. 1950. Plant of Bikini and other Northern Marshell Islands. Univ. Michigan, Stud., Sci. Ser. 18: XV+227

Taylor W R. 1960. Marine algae of the eastern tropical and subtropical coast of the Americas. Ann Arbor: Univ. Michigan Press, xi+870

Tseng C K. 1936. Notes on the Marine Algae from Amoy, Amory Mar. Biol. Bull. 1(1): 1-86

Tseng C K. 1937. On marine algae new to China II. Bull. Fan Mem.Inst. Biol. 7(6): 231-255

Tseng C K. 1943. Marine algae of Hong Kong. IV. The genus *Laurencia*. Michigan Academy of Science, Arts and Letters, 28: 185-208

Tseng C K. 1944. Marine algae of Hong Kong V. The genus *Herposiphonia*, Papers Michigan Acad. Sci. Arts and Letters, 29: 55-65

Tseng C K. 1944a. Marine algae of HongKong VI. The Genus *Polysiphonia* [J]. Michigan Acad sci. Arts, and Letters. 29: 67-82

Tseng C K. 1945. New and unrecorded marine algae of Hong Kong. Pap. Mich. Acad. Sci. Arts, and Letters, 30: 157-173

Tseng C K, Chang C F, Xia Enzhan and Xia Bangmei, 1980. Studies on some marine red algae from Hong Kong. Proceedings of the First International Marine Biological Workshop: The Marine Flora and Fauna of Hong Kong and Southern China. Hong Kong Unviersity Press, 57-84

Tseng C K, Li L C. 1935. Some marine algae from Tsingtao and Chefoo, Shantung. Bulletin of the Fan Memorial Institute of Biology (Botany), 6(4): 183-235

Tseng C K. et al. 1983. Common Seaweeds of China. Bejing: Science Press, X+316

Tsutsui Isao, Huynh Quang Nang, Nguyen Huu Dinh, Arai Shogo and Woshida Tadao, 2005. The Common Marine Plants of Southern Vietnam. Japan Seaweed Assocition, p.1-250

Umezaki I. 1967. Notes on some marine algae from Japan 1, 2, J. Jpn. Bot. 42:169-174, 282-288

Uwai S, Masuda M. 1999. Transfer of *Pterosiphonia pumila* Yendo to the genus *Symphyocladia* (Rhodomelaceae, Rhodophyta). Phycological Research 47: 125-133, figs. 1-30

Vahl M. 1802. Endeel kryptogamiske Planter fra St.-Croix. Skrifter af Naturhistorie-Selskabet [Kiøbenhavn] 5(2): 29-47

Valéria Cassano, Jhoana Diaz-Larrea, Abel Senties, Mariana C. Oliveira, M. Candelaria Gil-Rodriguez and Mutue T. Fujii, 2009. Evidence for the conspecificity of *Palisada papillosa* with *P. perforate* (Ceramiales, Rhodophyta) from the western and eastern Atlantic Ocean on the basis of morphological and molecular analyses. Phycologia 48(2):86-100, figs. 1-30

Weber-van Bosse A. 1913. Marine algae, Rhodophyceae, of the "Sealark" Expedition, collected by Mr. J. Stanley Gardiner, M. A. Transactions of the Linnean Society of London, Second Series, Botany, 8: 105-142, 1 fig., pls. 12-14

Weber-van Bosse A. 1923. Liste des Algues du Siboga. III, Rhodophyceae, seconde partie, Ceramiales. pp.311-392, figs. 110-142, pls. 9, 10. Siboga-Expeditie Monog. 59c. E. J. Brill, Leide

Withering W. 1796. An arrangement of British plants... (Third edition) Vol. IV. Birmingham, 1-418

Womersley H B S. 1965. The morphology and relationships of Sonderella (Rhodophyta, Rhodomelaceae). Australian Journal of Botany 13: 435-450, 16 figs., 3 pls

Womersley H B S. 2003. The Marine Benthic Flora of Southern Austrelia. Part III D: Rhodophyta. Australian Biological Resources Study, Canberra. 533 pp. 226 figs

Woodward T J. 1794. Description of Fucus dasyphllus. Transactions of the Linnean Society [London], 2: 239-241

Wynne M J. 1998. A checklist of benthic marine algae of the tropical and subtropical western Atlantic: first revision. Nova Hedwigia Beih. 116: 1-155

Yamada Y. 1931. Notes on some Japanese algae II. Journal of the Faculty of Science, Hokkaido Imperial University, Ser. V, 1: 65-76

Yamada Y. 1931a. Notes on *Laurencia*, with special reference to the Japanese species. Univ. Calif, Publ. Bot. 16; 185-310, pls. 1-30, text-figs. 1-20 (A-T)

Yamada Y. 1941. Note on some Japanese algae IX, Sci. Pap. Inst. Alg. Res., fac. Sci., Hokkaido Imp. Univ., 2 (2): 195-215, text-figs. 1-15, pls. 40-48

Yendo K. 1913. Some new algae from Japan, Nyt MAgardh Naturv. 51:275-288

Yendo K. 1916. Notes on algae new to Japan. V. Botanical Magazine, Tokyo, 30: 243-263

Yendo K. 1920. Novae algae japoniae. Decas I-III. Botanical Magazine, Tokyo, 34: 1-12

Yoon H Y. 1986. A taxonomic study of genus *Polysiphonia* (Rhodophyta) from Korea. Korean Journal of Phycology 1: 3-86, including 12 pls., 32 figs. [Korean with English summary.]

Yoshida T. 1989. Notes on *Spirocladia loochooensis* (Yendo) Yoshida, comb. Nov. (rhodomelaceae, Rhodophyta). JPn. J. Phycol.

37: 271-273, figs.1-2

Yoshida T. 1998. Marine Algae of Japan. Tokyo: Uchida-Rokakuko, 1-1222, figs. 3-116 (in Japanese)

Young D N, Kapraun D F. 1985. The genus *Polysiphonia* (Rhodophyta, Ceramiales) from Santa Catalina Island, Californi, I. Oligosiphonia. Jpn. J. Phycol. 33:103-117

Zanardini G. 1840. Sopra le Alghe del mare Adriatico. Lettera seconda di Giovanni Zanardini, medico fisico in Venezia, alla Direzione della Biblioteca Italiana. Biblioteca Italiana[Milano] 99: 195-229

Zanardini G. 1872. Phycearum indincarum pugillus. Mem. Istit. Veneto, Venezia. Mem. Ist. Sci., 17: 129-170

Zanardini G. 1878. Phyceae papuanae novae vel minus cognitae a cl. O. Beccari in itinere ad Novam guineam annis 1872-75 collectae. Nuovo Giomale Botanico Italiano, 10: 34-40

Zhang J F. (Chang, C. F.) and Xia B M. 1988. *Laurencia* from China: key, list and distribution of the species. In Abbott, I. A. (Ed.). Taxonomy of Economic Seaweeds with References to Some Pacific and Caribbean Species. Vol. II. California Sea Grant College, University of California, La Jolla, pp. 249-52

中 名 索 引

学 名 索 引

图　版

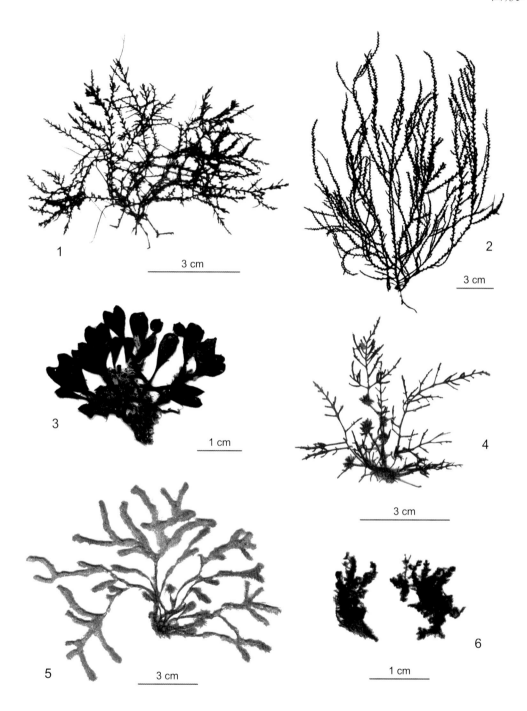

1. 藓状鱼栖苔*Acanthophora muscoides* (Linnaeus) Bory de Saint-Vincent；2. 刺枝鱼栖苔 *Acanthophora spicifera* (Vahl) Børgesen；3. 顶囊藻*Acrocystis nana* Zanardini；4. 菜花藻*Janczewskia ramiformis* Chang et Xia；5. 海人草*Digenea simplex* (Wulfen) C. Agardh；6. 柔弱卷枝藻*Bostrychia tenella* (Lamouroux) J. Agardh

图版II

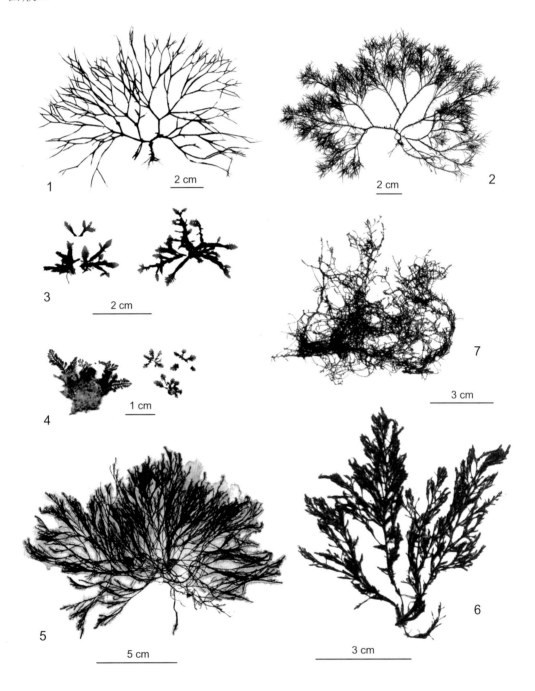

1. 博鳌鸭毛藻*Symphyocladia boaoensis* Xia et Wang；2. 鸭毛藻*Symphyocladia latiuscula* (Harvey) Yamada；3. 苔状鸭毛藻*Symphyocladia marchantioides* (Harvey) Falkenberg；4. 小鸭毛藻 *Symphyocladia pumila* (Yendo) Uwai et Masuda；5. 印度螺旋枝藻*Spiroccladia barodensis* Børgesen；6. 新松节藻*Neorhodomela munita* (Perestenko) Masuda；7. 球枝藻*Tolypiocladia glomerulata* (C. Ag.) Schmitz

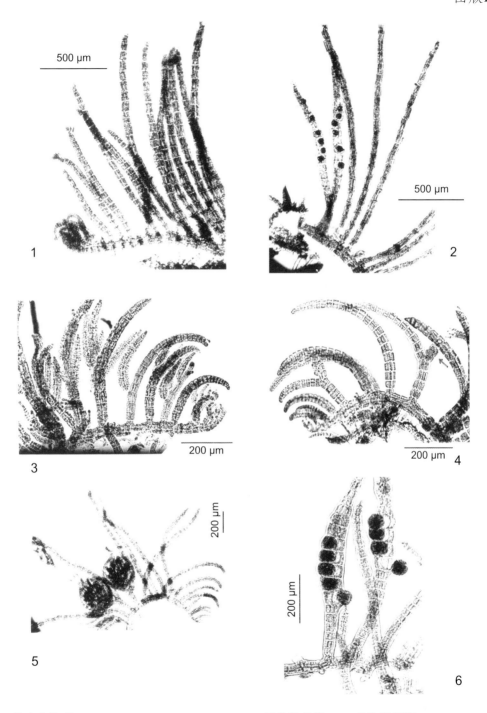

1. 丛生爬管藻 *Herposiphonia caespitosa* Tseng，示分枝前端；2. 丛生爬管藻 *Herposiphonia caespitosa* Tseng 四分孢子体；3. 细嫩爬管藻 *Herposiphonia delicatula* Hollenberg，雄体前端，示精子囊；4. 细嫩爬管藻 *Herposiphonia delicatula* Hollenberg，示果胞系位置；5. 细嫩爬管藻 *Herposiphonia delicatula* Hollenberg，示基生的囊果；6. 细嫩爬管藻 *Herposiphonia delicatula* Hollenberg，四分孢子体，示四分孢子囊枝

图版IV

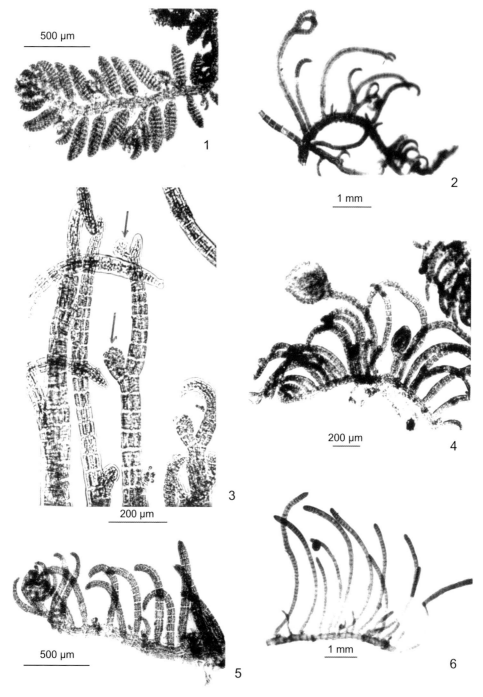

1. 裂齿爬管藻*Herposiphonia fissidentoides* (Holm.) Okamura；2. 赫伦伯爬管藻*Herposiphonia hollenbergii* Dawson，示主轴上的有限枝；3. 福建爬管藻*Herposiphonia fujianensis* Zheng et Chen，示有限枝上的两个果胞系，4. 福建爬管藻*Herposiphonia fujianensis* Zheng et Chen，雌体一部分，示顶生和基生的囊果；5. 篦齿爬管藻*Herposiphonia pecten-veneris* (Harv.) Falkenberg，分枝前端；6. 多枝爬管藻*Herposiphonia ramosa* Tseng

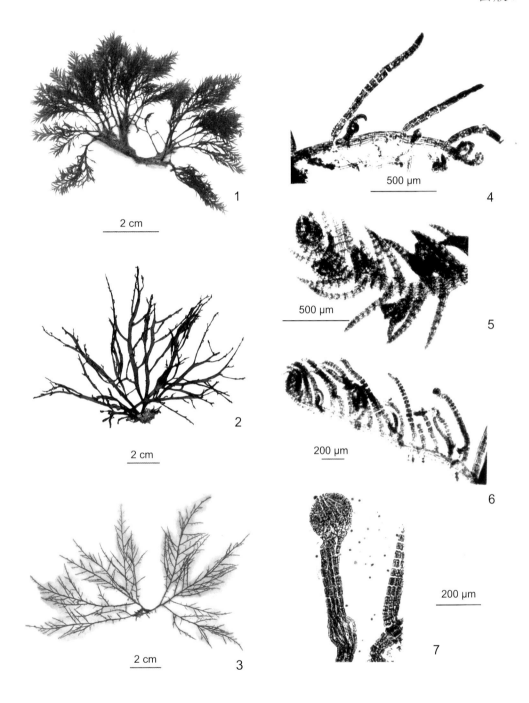

1. 树枝软骨藻 *Chondria armata* (Kuetzing) Okamura；2. 粗枝软骨藻 *Chondria crassicaulis* Harvey；
3. 细枝软骨藻 *Chondria tenuissima* (Withering) C.Agardh；4. 偏枝爬管藻 *Herposiphonia secunda* (C. Ag.) Ambronn，示裸露节片；5. 二列爬管藻 *Herposiphonia subdisticha* Okamura，分枝前端；6. 柔弱爬管藻 *Herposiphonia tenella* (Ag.) Ambronn，分枝前端；7. 柔弱爬管藻 *Herposiphonia tenella* (Ag.)Ambronn，示顶生的幼囊果

图版X

1. 东木新管藻*Neosiphonia eastwoodae* (Set. and Gard.) Xiang 2. 长皮新管藻*Neosiphonia elongata* (Harv.) Xiang；3. 蛇皮新管藻*Neosiphonia harlandii* (Harv.) Kim et Lee；4. 日本新管藻*Neosiphonia japonica* (Harv.) Kim et Lee；5. 南方新管藻*Neosiphonia notoensis* (Segi) Kim et Lee；6. 倾伏新管藻*Neosiphonia decumbens* (Segi) Kim et Lee；7. 细小新管藻*Neosiphonia savatieri* (Hariot) Kim et Lee

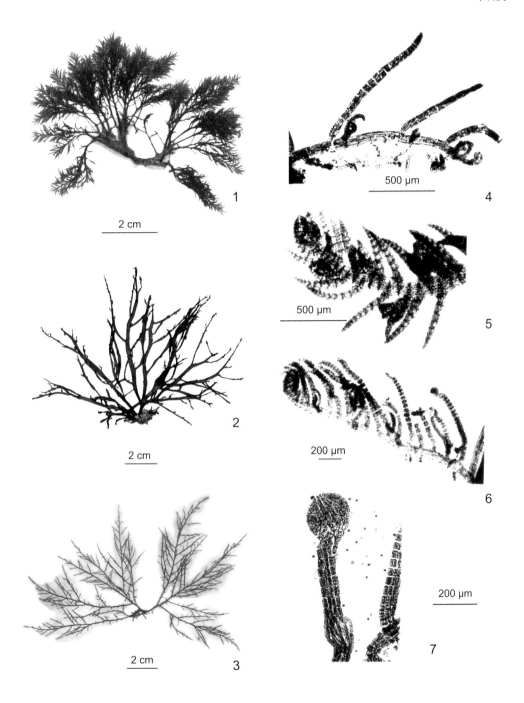

1. 树枝软骨藻*Chondria armata* (Kuetzing) Okamura；2. 粗枝软骨藻*Chondria crassicaulis* Harvey；
3. 细枝软骨藻*Chondria tenuissima* (Withering) C.Agardh；4. 偏枝爬管藻*Herposiphonia secunda* (C.
Ag.) Ambronn，示裸露节片；5. 二列爬管藻*Herposiphonia subdisticha* Okamura，分枝前端；6. 柔
弱爬管藻*Herposiphonia tenella* (Ag.) Ambronn，分枝前端；7. 柔弱爬管藻*Herposiphonia tenella*
(Ag.)Ambronn，示顶生的幼囊果

图版VI

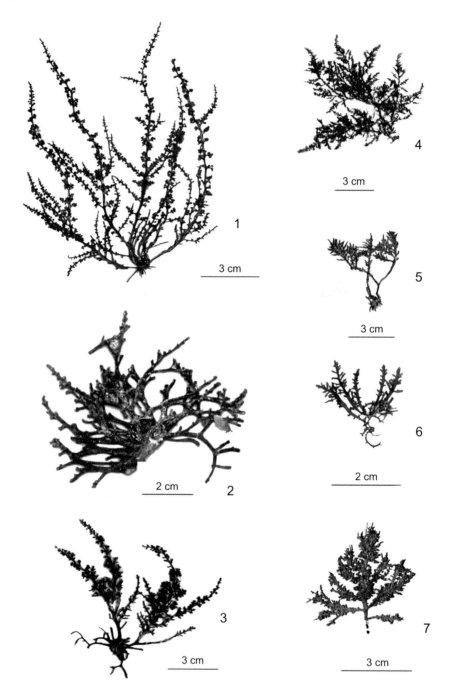

3 cm

3 cm

3 cm

2 cm

2 cm

3 cm

3 cm

1. 头状栅凹藻*Palisada capituliformis* (Yamada) Nam；2. 旋转栅凹藻*Palisada jejuna* (Tseng) Nam；
3. 栅状软凹藻*Chondrophycus palisada* (Yamada) Nam；4. 软凹藻*Chondrophycus cartilaginea* (Yamada) Garbary et Harper；5. 圆锥软凹藻*Chondrophycus paniculatus* (C. Agardh) Furnari；6. 弯枝栅凹藻*Palisada surculigera* (Tseng) Nam；7. 姜氏软凹藻*Chondrophycus kangjaewonii* (Nam et Sohn) Garbary et Harper

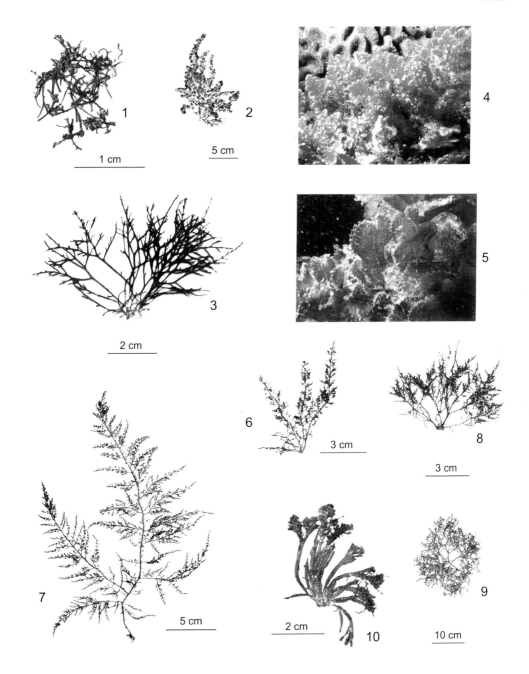

1. 节枝软凹藻*Chondrophycus articulata* (Tseng) Nam；2. 复生凹顶藻*Laurencia composita* Yamada；
3. 香港凹顶藻*Laurencia hongkongensis* Tseng C. K., C. F. Chang, E. Z. Xia and B. M. Xia；4. 红羽凹顶藻*Laurencia brongniartii* J. Agardh；5. 派膜藻*Neurymenia fraxinifolia* (Mertens ex Turner) J. Agardh；6. 齐藤凹顶藻*Laurencia saitoi* Perestenko；7. 日本凹顶藻*Laurencia nipponica* Yamada；
8. 小脉凹顶藻*Laurencia venusta* Yamada；9. 南海凹顶藻*Laurencia nanhaiense* Ding, Huang, Xia et Tseng；10. 长枝栅凹藻*Palisada longicaulis* (Tseng) Nam

1. 单叉凹顶藻 *Laurencia subsimplex* Tseng; 2. 轮枝软凹藻 *Chondrophycus verticillata* (Zhang et Xia) Nam; 3. 旋花藻 *Amansia rhodantha* (Harvey) J. Agardh; 4. 棍棒内管藻 *Endosiphonia horrida* (C. Ag.) P. Silva; 5. 赛氏凹顶藻 *Laurencia silvai* Zhang et Xia; 6. 海藓藻 *Leveillea jungermannioides* (Hering et Martens) Harvey; 7. 柔弱凹顶藻 *Laurencia tenera* Tseng

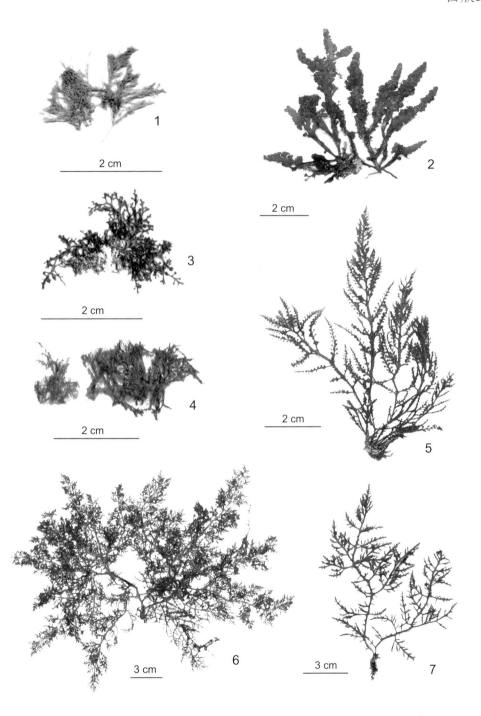

1. 加氏凹顶藻 *Laurencia galtsoffii* Howe；2. 波状软凹顶藻 *Chondrophycus undulata* (Yamada) Garbary et Herper；3. 马岛凹顶藻 *Laurencia mariannensis* Yamada；4. 俯仰凹顶藻 *Laurencia decumbens* Kützing；5. 三列凹顶藻 *Laurencia tristicha* Tseng, Chang, E. Z. Xia et B. M. Xia；6. 略大凹顶藻 *Laurencia majuscula* (Harvey) Lucas；7. 冈村凹顶藻 *Laurencia okamurai* Yamada

图版X

1. 东木新管藻*Neosiphonia eastwoodae* (Set. and Gard.) Xiang 2. 长皮新管藻*Neosiphonia elongata* (Harv.) Xiang；3. 蛇皮新管藻*Neosiphonia harlandii* (Harv.) Kim et Lee；4. 日本新管藻*Neosiphonia japonica* (Harv.) Kim et Lee；5. 南方新管藻*Neosiphonia notoensis* (Segi) Kim et Lee；6. 倾伏新管藻*Neosiphonia decumbens* (Segi) Kim et Lee；7. 细小新管藻*Neosiphonia savatieri* (Hariot) Kim et Lee

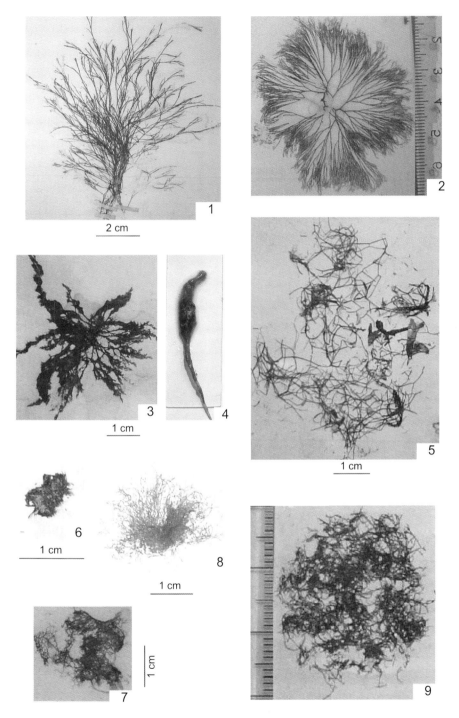

1. 布兰特多管藻 *Polysiphonia blandii* Harv.；2. 变管多管藻 *Polysiphonia denudata* (Dillwyn) Greville；3. 厚多管藻 *Polysiphonia crassa* Okamura；4. 大陈多管藻 *Polysiphonia dachenensis* Xiang；5. 疏叉新管藻 *Neosiphonia teradomariensis* (Noda) Kim et Lee；6. 钝顶多管藻缠结变种 *Polysiphonia ferulacea* f. *implicata* Tseng；7. 六棱多管藻 *Polysiphonia forfex* Harvey；8. 疏枝多管藻 *Polysiphonia coacta* Tseng；9. 球果新管藻 *Neosiphonia sphaerocarpa* (Børg.) Kim et Lee

Q-2785.0101

ISBN 978-7-03-032447-4